여고생 살수

여고생 살수

초판 1쇄 인쇄   2012년 10월 25일
초판 1쇄 발행   2012년 10월 31일

지은이   김 범 영
펴낸이   손 형 국
펴낸곳   (주)북랩
출판등록   2004. 12. 1(제2012-000051호)
주소   153-786 서울시 금천구 가산디지털 1로 168,
                우림라이온스밸리 B동 B113, 114호
홈페이지   www.book.co.kr
전화번호   (02)2026-5777
팩스   (02)2026-5747

ISBN 978-89-98268-14-5   03810

김범영　판타지소설

여고생 살수

김범영 지음

book Lab

서장 1

세 살배기 정미를 안고 늦은 신혼여행을 떠났던 정미의 부모는 낚시를 하기 위해 배를 탔다가 무인도에서 일곱 명의 불량배들에게 무참히 살해된다. 정미 엄마는 강간을 당하고 정미 아빠는 돌로 잔인하게 머리를 내리 찍혀 살해당하고 말았다.

볼일을 끝낸 불량배들은 정미 엄마까지 목을 졸라 살해하고, 섬 바위 사이 깊숙이 정미 부모는 함께 매장 당한다.

불에 덴 듯 애처롭게 우는 정미를 바위틈에 던져버린 일곱 명의 불량배들은 아무 일도 없었다는 듯 무인도를 떠난다.

늦은 밤.
어린아이의 울음소리를 들었는지 머리를 산발한 거지 차림의 여자가 무인도에 나타나 바위틈 깊은 곳에서 정미를 꺼내 데려간다.

바위 사이를 능숙하게 오르고 또 걸어가기를 1시간 정도.
무인도 깊은 곳에 작은 동굴이 나타났다.
여자는 정미를 그곳에 데리고 가서 아무렇게나 바닥에 던져버린다.

여자는 동굴 구석에 앉아 뭔가를 먹기 시작한다.
자세히 보니 생선 말린 것이다.

동굴 여기저기 생선이며 박쥐, 뱀, 곤충까지 말려놓은 것이 가득했다.
여자는 혼자 맛있게 생선 말린 것을 먹더니 자신을 멀뚱멀뚱 바라보는 정미를 힐끗 보았다.

여자는 하얀 이빨을 드러내고 살짝 웃었다.

여자는 바닥에서 사마귀 말린 것을 하나 집어 들더니 머리와 다리, 날개를 제거한 후 정미에게 던져주었다.

"먹어라!"

생긴 모습과는 달리 무척 앳된 목소리다.

정미는 여자가 던진 사마귀 말린 것을 손으로 주워 입으로 가져갔다.

아삭아삭……

정미는 마치 과자를 먹듯 맛있게 먹었다.

여자의 이름은 아사.

성도 모른다.

정미와 마찬가지로 아사도 이 섬에 낚시를 하러 왔다가 부모님이 불량배들에게 당해 처참히 죽고 버려진 아이 같았다.

아사는 정미 부모님이 당하는 모습을 숨어서 지켜보았다.

그리고 정미를 구했다.

아사는 자신이 홀로 자라면서 생존을 위해 스스로 터득한 사냥 기술과 무술을 정미에게 가르치기 시작한다.

세월은 빠르게 흘러 어느덧 15년이 흐른다.

서장 2

좁은 골목길.
높은 빌딩 숲에 가려진 그늘진 골목길.

남학생 네 명이 지나가는 남학생 하나를 잡아 때리고 협박하며 돈을 뜯고 있었다.

안현태.
동진고등학교 3학년.
동급생들 사이에선 제법 알아주는 주먹이다.
그런 현태가 목소리 한번 내지 못하고 얻어맞고 있는 데는 이유가 있었다.

망치파.
어린 나이에 망치로 사람을 죽인 강민규가 대장인 공포의 조직이기 때문이다.

지금 현태 앞에서 팔짱을 끼고 서서 히죽히죽 웃고 있는 키가 가장 작은 녀석이 바로 강민규다.

나이는 이미 스무 살.
전과 2범.
사람을 죽인 사건 외에 한 번의 감방 신세를 더 졌는데.
바로 '오이파'라는 오와 이 두 성을 가진 불량배가 조직한 고교 폭력단과의 싸움에서 오와 이 두 명의 불량배를 반죽음 상태로 만든 사건이었다.

공포.

그 사건 이후 강민규라는 이름은 공포의 대상이었다.

그런 강민규 앞에서 안현태는 겁에 질려 반항은 꿈도 꾸지 못하고 때리는 대로 얻어맞고 있었다.

그런데

바로 그때였다.

"아직도 그 버릇 못 고쳤냐?"

무척 아름다운 목소리다.

안현태는 무척 놀랐다.

목소리의 주인공은 아직 찾지 못했지만.

공포의 대상인 강민규가 사시나무 떨듯 온몸을 부들부들 떨며 무릎을 꿇는 것이 아닌가.

"아사 미나리 누님들 죽을죄를 졌습니다."

강민규와 같이 있던 나머지 세 명도 무릎을 꿇고 머리를 땅바닥에 찧으며 동시에 말했다.

현태는 머리를 들고 목소리의 주인공을 찾아보았다.

"햐!"

현태의 입에서 자신도 모르게 탄성이 터져 나왔다.

긴 생머리를 치렁치렁 늘어뜨리고 가는 허리에 짧은 녹색 교복 치마를 떨어질 듯 걸치고, 하얀 긴 다리가 유독 눈에 들어오는 여학생들.

세 명이다.

"저 교복은 예원예고 교복이다!"
현태는 마치 꿈을 꾸듯 몽롱한 시선으로 세 명의 여학생을 쫓고 있었다.

"먼젓번 경고를 잊지 않았겠지?"
크고 검은 눈동자의 여학생이 싸늘하게 내뱉으며 손에서 뭔가를 꺼내 강민
규 앞에 던졌다.
예리한 면도칼이다.

잠시 망설이는 것처럼 보이더니 강민규가 면도칼을 들고 자신의 왼손 새끼
손가락을 잘랐다.
잘려진 손가락은 팔딱팔딱 땅바닥에 뛰며 피를 뿌리고 있었다.
나머지 세 명의 남학생들도 면도칼을 들어 자신의 새끼손가락을 하나씩
잘랐다.

바닥은 온통 피로 얼룩졌다.

강민규는 손가락 네 개를 소중히 주워 종이에 싸더니 두 손으로 들고 엎드
렸다.
나머지 세 명의 남학생들도 같이 엎드렸다.

가장 키가 큰 여학생이 앞으로 걸어와 강민규의 손에서 손가락이 들어 있
는 종이를 받아들고는 제자리로 돌아갔다.
"다음에 또 걸리면 손목이 될 거야. 알았어?"
크고 검은 눈동자의 여학생이 싸늘한 한마디를 남기고 시선을 현태 쪽으
로 돌렸다.

"넌 얼른 가거라!"

현태의 대답 따위는 필요 없었다.

그 한마디를 남기고 세 명의 여학생은 저쪽 골목길로 사라져갔다.

"아사 미나리 누님들 고맙습니다!"

강민규 패거리는 계속 고개를 조아리며 무엇이 그리 고마운지 같은 말만 되풀이하고 있었다.

현태는 슬그머니 그 자리를 벗어났다.

두 번째 이야기.

벵가지.

리비아 제2의 도시.

지중해 해안가에 위치한 벵가지는 반군들의 수세를 대변하듯 검은 연기에 뒤덮여 있었다.

암울한 반군들의 가슴을 시원하게 만들어주는 빛이 비추기 시작한 것은 홀연히 나타난 세 소녀들의 활약 덕분이다.

마치 축지법을 쓰듯 사막을 헤집고 다니며 잔혹한 죽음만을 남기고 다녔다.

그들이 나타나자 반군들은 진격을 시작했다.

그러나 반군들은 그녀들을 한 번도 볼 수 없었다.

마치 신들린 듯 움직이는 그녀들이기에 그녀들의 움직임을 따라잡기란 불가능했던 것이다.

모습은 보이지 않고 입에서 입으로 전해지기만 했다.

하지만 반군들은 그녀들의 손에 두려움을 느꼈다.

비록 정부군과 죽이고 죽이는 전쟁터라 하지만, 그녀들의 살수는 너무도 잔혹했다.

그녀들 손에 죽은 시체들은 온전한 것이 하나도 없었다.

찢어지고 토막 난 시체들은 보통이고, 마치 걸레처럼 변해버린 시체들이 사하라 사막을 가득 메웠다.

그러나

그녀들이 무엇으로 어떻게 사람을 죽였는지 그녀들이 사용하는 무기에 대해서 알 수 있는 것은 하나도 없었다.

심지어 그녀들이 몇 살이고 어느 나라 사람인지 아는 사람도 하나도 없었다.

그건 누구도 그녀들의 모습을 볼 수 없었기 때문이다.

전쟁터에서 그녀들을 목격했다는 어느 군인 이야기는 이러했다.

마치 날개가 달린 듯 다리에 모터를 단 듯 사막 위를 날아다니는데, 그녀들 몸을 모래 바람이 항상 따라다녀서 형체를 분간하기도 어렵고, 마치 천둥 치듯 번갯불이 번쩍 하면 사막 위에 시체들이 낙엽처럼 널브러졌다고 했다.

어떤 무기를 사용했는지 모르나 신이 아니면 장갑차 속의 인간까지 걸레로 만들어버릴 수는 없다고도 했다.

목차

01.

헉헉……

주택가 골목길에 거친 숨소리가 들리며 한 사나이가 정신없이 도망치고 있었다.

하얀색 점퍼가 붉게 피로 얼룩진 것을 보니 심하게 부상을 입은 듯 보였다.

간혹 비틀거리긴 해도 달리는 속도는 무척 빨랐다.

"무서운 년들! 어서 경찰서로 가야 한다."

사나이는 피를 토하듯 한마디 씹어 뱉고는 힐끗 뒤를 돌아보았다.

"휴우……!"

안도의 한숨인가.

아무도 따라오지 않는 것을 확인한 사나이는 달리는 속도를 조금 늦췄다.

이마에 흐르는 땀을 닦으려는 듯 사나이는 소매로 이마를 쓱 문질렀다.

이제 40대 초반. 잘생긴 남자였다.

특이한 것은 이마부터 한쪽 눈을 지나 귀까지 길게 흉터가 있었다.

"저년들은 도대체 뭐지!?"

사나이는 다시 힘을 내서 도망치며 습관처럼 뒤를 힐끗 돌아보았다.

"흐흐흐…… 이제 따돌린 것인가!"

사나이는 달리던 걸음을 멈추었다.

다시 뒤를 한 번 더 돌아보고 난 사나이는 무척 안심을 하는 모습이었는데…….

바로 그때였다.

"둘째의 판단은 틀림이 없어! 그치?"

"응! 언니! 녀석이 이곳으로 온다더니, 진짜네!"

"도망치던 녀석이 한숨 돌리며 쉴 거라더니, 맞지?"

"그러게! 역시 둘째언니는 신이 내린 두뇌야! 호호……"

화들짝 놀란 사나이는 어린 소녀들 목소리가 들려오는 방향으로 고개를 홱 돌렸다.

주택가 높은 담장 위.

짧은 녹색 교복 치마를 입고 담장에 나란히 앉아 자신을 내려다보고 하얗게 웃고 있는 두 소녀를 발견한 사나이는 털썩 땅바닥에 주저앉았다.

교복 치마가 너무도 짧아 팬티가 보일 듯 말 듯한 두 소녀.

하얗고 가는 긴 다리를 흔들흔들 장난치며 사나이를 내려다보고 재미있다는 듯 웃고 있었다.

"도대체 왜? 너희들은 누구냐? 왜? 나를 죽이려고 하지? 도대체 왜?"

사나이는 될 대로 되라는 식으로 악을 쓰며 소리를 질렀다.

"그건 이따가 죽일 때 알려주지. 지금은 아냐."

"정말 둘째언니 말이 하나도 틀리지 않네. 여기서 저놈이 도망치는 것을 포기하고 악을 쓰며 저렇게 물을 것이라더니 딱 맞네. 그치, 언니?"

"그래! 다음에 도망칠 곳도 이미 우리는 알지, 안 그래?"

"또 맞을까?"

"암! 둘째가 언제 틀린 적 있었어?"

"그럼 이번엔 저놈 양팔의 힘줄을 끊어놓으면 되는 거야?"

"아마 맞을걸. 음…… 처음엔 저자의 젖꼭지를 잘랐지?"

"응!"

"두 번째는 저자의 등에 갈치 자를 썼고, 세 번째는 성기를 잘랐으니……. 아! 맞다! 이번엔 두 팔을 못 쓰게 힘줄과 신경을 잘라야 하는 거구나!"

"다음은 저놈의 배꼽에 구멍을 내고, 그다음은 혀를 자르고, 그다음엔 두 다리의 힘줄을 자르고, 눈알을 빼고 목을 잘라서 죽이면 끝이지?"

"그래! 그럼 끝이야. 헌데…… 난 저자의 간이 얼마나 큰지 그것도 꺼내볼래."

두 소녀가 나누는 장난스런 이야기를 듣던 사나이는 온몸을 부르르 떨었다.

마지막 발악인가.

사나이는 벌떡 일어나 반대 방향으로 도망치기 시작했다.

그러나

바로 그때.

긴 생머리에 눈이 무척이나 큰 소녀가 몸을 일으키나 싶더니 마치 바람처럼 도망치는 사나이를 따라가 몸 주위를 한 바퀴 빙 돌고 제자리에 돌아와 앉았다.

"크윽!"

사나이의 비명은 그 후에 터졌다.

두 팔을 흐느적거리며 도망치는 꼴이 이미 두 팔의 기능을 잃은 듯 보였다.

팍!

도망치는 사나이를 바라보는 두 소녀는 무척 재미있다는 듯 깔깔거리고 웃다가

두 소녀는 동시에 사라졌다.

마치 두 소녀의 모습이 환상이었던 것처럼.

그렇게 사라져버렸다.

"뭐! 내가 도망칠 곳을 미리 안다고? 그럼 방향을 바꿔주지. 흐흐……"

사나이는 도망치던 발걸음을 멈추더니 오던 길을 되돌아 달리기 시작했다.

방금 소녀들이 앉아 있던 바로 그 골목길로.

방금 소녀들이 앉아 있던 골목까지 달려온 사나이는 혹시나 하고 담장 위를 힐끗 쳐다보았다.

"헉!"

사나이는 털썩 바닥에 주저앉고 말았다.

두 소녀는 아직도 그 자리에 나란히 앉아 자신을 내려다보며 웃고 있었던 것이다.

"깔깔깔…… 저거 정말 웃기네! 둘째언니 말대로 도망친 길을 되돌아오네."

금빛 머리카락이 바람에 나부껴 그 얼굴을 알아볼 수도 없는 소녀가 담장 옆에서 향나무 잎을 한 개 따더니 마치 파리를 쫓아버리듯 휙 뿌렸다.

"크윽!"

사나이가 배꼽을 움켜쥐며 비명을 질렀다.

"깔깔깔……"

두 소녀는 웃음과 함께 모습을 감췄다.

사나이는 다시 일어나 비틀거리며 오던 길을 되돌아 도망치기 시작했다.

허나 사나이는 멀리 도망치지 않고 골목에 숨어 두 소녀가 앉았던 담장 위를 살피기 시작했다.

"흐흐흐…… 요년들이 내가 다시 되돌아 도망가면 그때 나타나려고 숨은 모양이다. 이번엔 절대 너희들 뜻대로 안 될걸. 내가 여기 숨어 있으니까. 흐흐흐……"

사나이는 골목 후미진 곳에 놓인 큼직한 쓰레기통 속으로 들어가 숨었다.

사나이는 쓰레기 냄새 때문에 숨을 쉬지 못하고 있었다.

"휴우……!"

사나이는 참고 있던 숨을 쉬느라 입을 쓰레기통 밖으로 내밀고 맑은 공기를 들이마셨다.

헌데……

뭔가 입속으로 들어왔다.

사각.

날카로운 소리를 내며 물체는 입 밖으로 사라졌다.

"크윽!"

사나이는 입에서 뭔가를 토해내며 쓰레기통을 뛰쳐나왔다.

"윽!"

사나이는 방금 자신이 토해낸 물체를 바라보다가 다시 한 번 비명을 질렀다.

땅바닥에서 핏물과 함께 떨어져 팔딱거리는 물체.

바로 자신의 혀가 아닌가.

"깔깔깔…… 둘째언니가 저놈이 쓰레기통 속에 숨었다가 숨을 쉬려고 입을 벌릴 때 혀를 자르라더니 진짜네."

저 높이 담장 너머 향나무 위에 나란히 앉아 있는 두 소녀를 발견한 사나이는 두 눈이 벌겋게 충혈되기 시작했다.

"크윽! 어버버버……? ……! 크악!"

사나이는 뭔가 말을 하려다가 말이 제대로 나오지 않자 비명을 지르며 다시 도망치기 시작했다.

"깔깔…… 이제 마지막 갈 길을 왜 저렇게 바쁘게 갈까?"

"호호…… 그러게 말이야!"

두 소녀도 다시 모습을 감추었다.

누런 똥개 한 마리가 골목에 나타나 킁킁 냄새를 맡더니 사나이가 떨어뜨린 혀를 얼른 먹어 치웠다.

헉헉……

사나이는 비탈진 숲을 달리고 있었다.

주택가 근처에 있는 소나무 숲이다.

사나이는 달린다기보다는 비탈길을 굴러 내려가고 있었다.

턱!

사나이의 몸은 뭔가에 부딪혀 구르던 것을 멈추었다.

사나이는 자신이 부딪힌 것이 뭔지 확인하려고 핏물이 가득한 두 눈을 크게 뜨고 말았다.

"헉!"

뭔가 두 눈을 향해 빠르게 다가오는 것을 바라보던 사나이는 비켜야 한다는 것은 생각뿐 몸이 말을 듣지 않았다.

"크악!"

비명과 함께 사나이의 두 눈에서 피와 먹물이 함께 튀었다.

"깔깔깔…… 두 눈은 내가 없앴으니 나머진 언니가 해!"

소녀의 해맑은 웃음소리를 들으며 사나이는 온몸을 부르르 떨었다.

"그래! 알았다."

언니라는 소녀의 목소리가 들리는가 싶더니 사나이의 목에 뭔가 차가운 것이 닿았다.

"이제 말해주지. 네가 왜 죽어야 하는지. 16년 전, 남해 완도 근처 무인도에서 네가 저지른 죄의 대가다. 알겠는가?"

소녀의 목소리는 사나이의 귀를 헤집고 날카롭게 뇌로 파고들었다.

"헉!"

사나이는 온몸을 파르르 떨더니 이내 잠잠해졌다.

방금까지 사나이의 몸에 붙어 있던 목이 땅바닥에 뒹굴고 있었다.

휘잉.

피비린내가 진동을 했다.

사나이의 목에서 흘러나온 피는 꾸역꾸역 내를 이루며 비탈길을 흘러내리기 시작했다.

앵앵……

때를 같이해서 경찰들이 숲속으로 달려왔다.

소녀들은 이미 모습을 감춘 뒤였다.

"깔깔…… 둘째언니는 시간도 정확하단 말이야. 벌써 경찰들이 오잖아."

저 멀리서 소녀의 목소리가 아련히 울려 퍼졌다.

장안동.

중랑천이 눈앞에 흐르는 J아파트 11층 1109호.

파란 두 눈이 무척이나 큰 소녀가 열심히 음식을 만들고 있었다.

유난히 하얀 피부. 몸집도 꽤 컸다.

"후훗……! 이제 엘리베이터에서 내렸군!"

소녀는 식탁에 음식을 차리는 속도를 조금 빨리했다.

"풋……! 지쳤나! 발걸음이 무거워 보이네. 음……! 이제 도착했군!"

소녀는 음식 차리던 손을 멈추고 주방에서 나와 현관문을 바라보았다.

덜컥.

현관문이 열리며 두 소녀가 들어왔다.

주택가 골목길에서 한 사나이를 무참히 살해한 소녀들이다.

"정미언니! 아리! 어서와! 배고프지?"

방금 음식을 차리던 소녀가 먼저 말을 꺼냈다.

"유나언니! 언니 말이 딱 맞았어!"

금발 소녀가 손으로 머리를 뒤로 걷어 올리며 말했다. 무척 귀엽게 생긴 소녀. 흠이라면 코가 좀 작다는 것인데, 그것마저 소녀를 더욱 귀엽게 만들었다.

"아리 고생했다. 어서 밥이나 먹자!"

"둘째언니는 정말 집에 있으면서도 다 보이나 봐! 우리 올 시간도 정확히 알고 있었지?"

아리의 말에 유나는 그냥 미소만 지었다.

어느새 정미는 욕실에서 손을 씻고 나와서 식탁에 앉았다.

그 모습을 본 아리도 얼른 욕실로 들어갔다.

무척 배가 고팠던 모양이다.

정미는 빠른 속도로 밥을 먹고 있었다.

정미의 밥 먹는 것을 물끄러미 바라보던 유나는 따뜻한 보리차를 컵에 따라서 정미 앞에 놓았다.

아리가 욕실에서 나와 식탁에 앉았다.

"너무 잔인하다고 생각하지? 그래도 나머지 놈들을 찾으려면 어쩔 수 없어! 그렇게 해야 한 놈이라도 스스로 나타날 테니까."

유나가 밥을 천천히 먹기 시작하면서 말했다.

"난 재미있던데."

화사하게 웃는 아리.

그런 아리를 걱정스러운 눈으로 바라보는 정미.

그러나

그냥 그렇게 바라만 볼 뿐 정미는 아무런 말도 하지 않고 열심히 밥만 먹었다.

"사흘 후 오전 6시 20분에 그놈이 죽은 장소에 공범이 나타날 거야. 그날이 토요일이야."

유나가 정미를 힐끗 보며 말했다.

"그래! 알았다!"

이미 밥을 다 먹은 정미가 보리차를 입으로 가져가다가 말했다.

"내일은 스승님 제삿날이니 학교 수업 마치고 같이 쇼핑하자!"

정미가 다시 말했다.

"알았어! 언니!"

"난……! 약속이 있는데…… 정말 미안해!"

아리가 무척 미안하다는 표정으로 말했다.

"무슨 약속?"

정미가 아리를 무섭게 노려보며 물었다.

"도남여고 일진회 애들과…… 미안해!"

아리의 눈에 금세 눈물이 핑 돈다.

"사고치지 마라! 스승님 제삿날엔 경건해야지."

정미가 얼른 아리의 어깨를 손바닥으로 토닥거리며 다정하게 말하고는 거실로 나갔다.

아리의 표정이 다시 밝아졌다.

"걱정 안 해도 돼! 아리 이번엔 사고 안 칠 거야. 아무 일도 없을 거니까."

유나가 거실로 나가는 정미 등 뒤에다 대고 한마디 던졌다.

"일찍 들어와라!"

거실에서 정미의 목소리가 들렸다.

"알았어! 언니!"

아리가 밝은 표정으로 밥을 먹기 시작한다.

현태는 입술이 터져 피가 나고 눈도 퉁퉁 부어서 겨우 앞만 볼 수 있었다.

투덜거리며 비틀비틀 길을 걷던 현태는 얼른 고개를 돌리며 손으로 얼굴을 가렸다.

저쪽 앞에서 걸어오는 남학생 때문이다.

현태와 학교는 달라도 같은 동네에 사는 친구다.

고개를 돌리고 얼굴도 가렸지만, 녀석은 현태를 알아본 모양이다.

손을 흔들며 현태에게 달려왔다.

"야! 현태야!"

눈치도 없게 녀석은 현태가 돌아서 있는 곳으로 다가와 얼굴을 빤히 들여다본다.

"뭐야? 너 왜 그래?"

현태가 얻어맞은 몰골을 보고 녀석이 무척 놀라서 물었다.

입도 가볍고 오지랖이 넓어 간섭하기를 무척 좋아하는 용현이에게 걸렸으니 현태로서는 주절주절 변명을 늘어놓았다.

"도끼파 강민규 패거리에 걸려서 죽을 뻔했다. 다행히 선녀들이 나타나서 구해줬기에 망정이지. 죽는 줄 알았다."

"선녀들이라니?"

"몰라! 놈들이 뭐라더라……! 웅! 아사 미나리 뭐 그러던데?"

"뭐? 미나리?"

"그래, 분명히 그랬어! 무척 예쁘고 귀여운 여학생들이었는데……. 놈들이 꼼짝도 못하고 손가락까지 잘라서 바치던데?"

"우와! 너! 그 여학생들을 만났단 말이지?"

"웅!"

"우와! 모든 고교생들의 우상인데. 넌 정말 행운이다."

"그렇게 유명해?"

"유명하기만 하나? 셋 다 성이 사 씨인데. 정미, 유나, 아리 이렇게 세 여학생 이름의 끝 자를 따서 미나리라고 부르는 거야. 짱인 정미는 인간새 또는 인간박쥐, 인간거미라 부르는 공포의 투명인간이고, 둘째 유나는 앉아서 세상 모든 것을 안다. 신이 내린 두뇌인가 아니면 처음부터 신인가? 인간신. 셋째 아리는 뭐든 그녀의 손에 들어가면 공포의 무기로 변한다. 무기의 신. 잔혹한 손속. 어찌 보면 셋 중 최고로 무서운 악녀는 바로 그녀가 아닐까. 네티즌들이 투표를 했는데 아리가 최고 악녀로 뽑혔지."

"와! 그렇게 유명하단 말이야?"

"바보! 너만 모르지. 다 아는 사실을."

"첫째 정미는 왜? 인간새 또는 인간거미니 인간박쥐니 그러는 거야?"

"반들반들한 빌딩 벽도 거미처럼 오르고, 천장에 거꾸로 붙어 있기도 하고. 이 빌딩에서 저 빌딩으로 날아다닌다 하여 붙여진 이름이야."

"쳇! 그건 뻥이다. 어찌 인간이."

"정말 너만 모르는구나. 인터넷 검색해봐. 동영상이 쫙 깔렸어."

"정말?"

"그렇다니깐. 그러니 강민규가 살려달라고 구걸하는 수밖에 더 있겠어? 막내 아리 혼자서 도끼파 스물네 명을 10초 만에 떡이 되도록 패줬다는 거 아니겠어. 그 사건 이후 도끼파는 네 명으로 줄었지. 스무 명은 아직 병원 신세를 지고 있거든."

"그런 일이?"

"그래! 그래서 아리가 또다시 나쁜 짓을 하다가 걸리면 손가락을 잘라버린다 했다더니 정말 잘라버린 모양이네."

"강민규 패거리가 스스로 잘라서 바치던걸."

"살고 싶긴 했나보네. 그 인간들이 스스로 손가락까지 잘라 바쳤다면. 하하……"

"헌데! 왜 촌스러운 미나리 앞에 아사라는 것은 또 뭐야?"

"아! 짜식, 정말 귀찮게 하네. 인터넷 검색하면 다 안다니깐. 그 세 소녀 스승이 아사라는 분이래. 더 궁금하면 인터넷 검색해라. 으으…… 저런 멍청이한테 나타나다니. 부럽다."

용현이는 세 소녀를 만났다는 현태가 무척 부러운 눈치다.

탁.

책상에 앉아 공부를 하던 유나가 펜을 책상 위에 소리가 나도록 내려놓고 일어섰다.

"왜?"

컴퓨터를 하던 정미가 유나를 보고 물었다.

"귀찮은 손님이 오네."

"누구? 또 그 형사?"

"응!"

"풋……!"

정미는 손으로 입을 가리고 웃는다.

딩동……

때 맞춰 초인종 소리가 들렸다.

"누구세요?"

아리가 쪼르르 달려 나갔다.

"김 형사다!"

문 밖에서 남자 목소리가 들렸다.

"피곤해요!"

아리가 문전박대를 한다.

"문 좀 열어줘라!"

김 형사가 아쉬운 것이 있나보다.

"열어드려!"

유나가 말했다. 아리는 유나를 보고 눈을 찡긋 하더니 장난을 쳤다.

"또 빈손으로 왔죠?"

"아니다! 네가 좋아하는 통닭 사왔다."

김 형사 말을 듣고 아리가 미소를 지으며 문을 열어준다.

"오늘밤 11시에 M클럽에 나타날 거예요."

유나가 집안으로 들어오는 김 형사를 보며 말했다.

"정말이에요?"

"네!"

"고마워요! 유나님."

김 형사는 유나에게 깍듯이 존대를 했다. 아쉬운 사람이 굽히는 법. 유나의 신통력에 재미를 본 김 형사다.

"그리고……"

김 형사가 뭔가 다시 말하려고 했다.

"한 번에 한 가지만 가르쳐드린다고 했을 텐데요?"

"아! 죄송합니다. 그럼 편히 쉬십시오."

김 형사는 굽실굽실 허리를 굽혀 인사를 하고는 들고 온 통닭을 아리에게 건네주고 밖으로 사라졌다.

"언니! 저 김 형사 말이야. 언니 덕분에 일 계급 특진됐던걸."

아리가 통닭을 먹으며 말했다.

"사흘 후 다시 특진이 될 걸."

"뭐? 저러다 김 형사 경찰총장 되는 것 아냐?"

"아니……!"

갑자기 유나의 얼굴이 굳어졌다.

"왜?"

"이제 36일 남았어."

"뭐가?"

"김 형사 운명이."

"죽는단 말이야?"

"그래. 물에 빠져 죽을 운명이야. 그걸 알기에 도와주는 것이고."

"불쌍하다."

"그래, 불쌍하지."

유나의 눈에 반짝 이슬이 맺힌다.

"너도 불쌍해."

정미가 방에서 한마디 한다.

"정미언니! 왜? 유나언니가 불쌍하다는 거야?"

아리가 물었다.

"남들 운명까지 다 알고 슬퍼서 울고……. 쯧쯧…… 그러니 불쌍하다는 거야."

"그게 뭐가 불쌍해? 난 부러운데."

아리는 생긋 웃으며 유나에게 눈을 찡끗 했다. 유나는 뜻 모를 미소만 지었다.

"현태가 웬일이니? 컴퓨터를 다 하고?"

현태 엄마가 현태 방에 과일을 깎아 들고 들어오다가 깜짝 놀라고 있었다. 늘 공부만 하고 컴퓨터와 인터넷을 멀리하던 현태다.

"응! 알아볼 것이 있어서……. 헤헤……"

현태는 얼른 모니터를 끄고 능청을 떨었다.

"엥? 그러니깐 더 수상한데? 뭘 볼 게 있다고?"

현태 엄마는 고개를 갸웃했지만 현태를 믿기에 미소를 지으며 방을 나갔다.

현태는 엄마가 방을 나가기 무섭게 얼른 모니터를 켜고 컴퓨터 앞에 앉았다.

모니터 화면엔 온통 정미 사진과 정미에 관한 기사들뿐이었다.

"와! 공부도 전교 1등에 키도 크고 예쁘고. 흠흠……"

현태는 완전히 정미에게 빠져 있었다.

"사진은 어떻게 찍었을까. 전부 가까이에서 찍은 것들인데. 걸 그룹 소녀들보다 천 배는 예쁘다. 우와! 다리가 너무 예쁘다. 결심했다. 이제부터 내 목표를 정미로 바꾸기로 결정 했다. 흐흐……"

현태는 모니터 화면의 정미 사진을 넋을 놓고 바라보고 있었다.

02.

예원예술고등학교.

관악산 기슭의 남쪽 방향에 자리 잡은 명문 고등학교.

수많은 연예인은 물론 유명한 국내외 인물들을 배출한 30년 전통의 고등학교.

요즘 예원예고는 매스컴과 인터넷을 뜨겁게 달구며 사람들의 이목이 집중되고 있었다.

유명 걸 그룹도 아니고 유명 탤런트도 아닌 명물로 통하는 세 명의 여학생 때문이다.

이름 하여 미나리.

바로 정미, 유나, 아리 때문인데.

이른 아침부터 예원예고 정문 앞에는 수많은 남학생들이 넓은 도로를 다 점거하고 있었다.

하나같이 그들이 기다리는 것은 바로 미나리 그 소녀들이다.

순간의 기회를 놓칠까.

손에 핸드폰 카메라를 들고 주위를 바쁘게 관찰하고 있었다.

여학생들은 채 5퍼센트도 되지 않았다.

이른 아침인데도 예원예고 정문으로 난 길 양쪽에 늘어선 학생 수는 무려 100여 명은 돼 보였다.

그들 가운데 현태의 모습도 보였다.

현태의 손에는 디지털카메라가 들려 있었다.

작정을 하고 나온 모양이다.

"온다!"

누군가 소리치자 갑자기 학생들이 바쁘게 움직였다.

허나.

누가 시키지도 않았는데.

질서정연하게 길가 양쪽에 늘어서 가운데 길을 열어놓고 있었다.

저쪽 큰 도로에서 예원예고 정문을 향해 걸어오는 세 명의 여학생이 보였다.

바로 정미, 유나, 아리다.

찰칵찰칵……

기침 소리도 내지 않고 너무나 조용히 핸드폰과 카메라의 버튼 소리만 들렸다.

현태는 그런 상황을 어제 인터넷을 검색하여 미나리 중 막내 아리가 한마디 한 일로 학생들이 질서를 잘 지킨다는 것을 미리 알았기 때문에 별로 놀라지는 않았지만 정말 질서를 잘 지키는 학생들이 신기하기만 했다.

"시끄럽게 떠들거나 질서를 지키지 않고 길을 막아서면 다시는 우리를 볼수 없을 것이다. 물론 그 학생은 필히 내가 혼내줄 것이다."

이것이 공포를 몰고 온 아리의 한마디였다.

네티즌이 뽑은 최고의 악녀.

아리의 한마디는 공포 그 자체였다.

특히 '자신이 혼내주겠다'고 하는 것은 가장 무서운 협박이기도 했다.

모 방송국에선 올해의 가장 무서운 협박으로 아리의 그 한마디를 뽑기도했다.

반면 가장 신비한 소녀로는 유나, 가장 아름다운 선녀로는 정미가 뽑혔다.

그러자 누가 질세라 인터넷 포털 사이트들이 먼저 올해의 여신으로 정미를, 귀여운 악녀로 아리를, 신의 대변자로 유나를 뽑고 각국 방송국까지 합세해이 분야 저 분야에 갖다 붙이며 정미, 유나, 아리를 스타로 만들어버렸다.

인터넷에서 검색한 그런 내용들을 떠올리며 앞으로 지나가는 정미의 모습에 정신없이 셔터를 누르던 현태는 누군가 자신의 어깨를 툭툭 치는 손길을느끼고 얼른 고개를 돌렸다.

"헉!"

현태는 너무도 놀라 정신이 아득해졌다.

현태의 어깨를 툭툭 친 사람은 다름 아닌 유나.

당연히 모든 학생들 시선이 현태에게 쏠렸다.

"어제 다친 곳은 괜찮아요?"

유나가 현태의 얼굴을 자세히 살피며 물었다.

"네! 네!"

"다행이네요. 그럼 담에 봐요!"

유나는 미소를 보이며 정미 뒤를 따라갔다. 현태는 정신이 없었다.

"햐……!"

현태의 눈은 초점을 잃고 유나의 등을 계속 쫓기 시작했다.

"언니!"

아리가 유나 옆에서 걸어가며 불렀다.

"응! 미래의 내 남편감이야."

유나는 아리가 무엇을 물으려고 말을 거는지 이미 알고 있었다.

"정말?"

"그래!"

"계속 정미언니만 바라보던데?"

"이젠 나만 바라볼 거야!"

"그럼 정미언니는……"

"형부감은 내년에나 나타날 거야."

"난?"

"너는……"

유나가 갑자기 말을 멈춘다.

"난 왜?"

"아직 멀었어."

유나가 얼른 말하고 고개를 돌리는데, 반짝 눈가에 이슬이 맺혔다.

"넌……! 넌 언니의 복수를 돕기 위한 운명을 타고 태어났어. 네 임무가 끝나면…… 넌……!"

팔딱팔딱 뛰어서 정미에게 달려가는 아리를 바라보며 유나가 들릴 듯 말 듯 한숨 섞인 말을 중얼거린다.

"쳇! 저것들 때문에……"

남학생들에게 완전히 인기 몰이를 하고 있는 세 소녀를 바라보며 표독스런 눈으로 노려보는 여학생이 있었다.

정미, 유나, 아리가 예원예고에 나타나기 전엔 모든 남학생의 인기를 독차지하던 소녀였다.

박윤경.

이 소녀의 이름이다.

화장품 광고까지 했던 톱 모델 출신이다.

이미 중학생 시절부터 모델로 인기를 끌었던 윤경은 고교 3학년이 되면서부터 찬밥 신세로 전락했다.

아직도 그녀를 따라다니는 두 명의 남학생이 있었다.

그녀 말이라면 뭐든 다 하는 남학생 두 명.

그녀가 좋아서 혹은 그녀의 위세에 눌려서. 또는 그녀의 씀씀이를 따라.

무서운 눈빛으로 걸어가는 정미, 유나, 아리를 숨어서 노려보던 윤경은 두 남학생과 함께 학교 건물 뒤로 사라졌다.

현태는 콧노래를 부르며 달려가고 있었다.

유나가 자신의 어깨를 톡톡 치며 말을 걸어줬기 때문이다.

"어머! 저 학생 기분이 좋은가 봐!"

"불쌍해서 어떻게."

"불쌍하다니? 왜?"

"몰랐어? 유나가 저렇게 관심을 갖는 사람은 반드시 죽을 때가 다 된 사람이거든."

"그래 맞아! 유나는 남의 운명을 잘 알잖아."

"그렇다니깐. 전에도 지나가는 남학생을 보고 말을 걸고 눈물을 흘렸는데, 그날 밤 죽었잖아."

"저 남학생도 그럼 죽는 거야?"

"그렇다니깐."

여학생들이 수군대는 말을 듣던 현태는 갑자기 비틀거리기 시작했다.

"정말 내가 죽는 걸까? 정말 내가…… 으으…… 안 돼!"

현태는 두 손으로 머리를 감싸며 두 눈에 눈물을 가득 흘리기 시작했다.

그날 오후.

현태는 수업을 마치자마자 예원예고를 향해 달려갔다.

"……!?"

예원예고를 지척에 두고 현태는 걸음을 멈추고 온몸을 부들부들 떨기 시작했다.

귀여운 악녀 아리가 미소를 지으며 다가오고 있었기 때문이다.

"으으…… 정말 내가 죽는 거구나. 내가 죽는다는 것을 알려준 것이 틀림없어. 그렇지 않고서야 저 귀여운 악녀가 미소까지 지으며 내게 다가오지는 않을 테니까."

현태는 앞이 캄캄해졌다.

자신이 죽는 상상을 하면서 슬픔에 잠겼다.

부모님은 물론이고 처음 목표로 결정한 정미를 어떻게 놔두고 죽느냐. 정말 억울하고 원통했다.

"으으……"

미소를 보이며 살짝 인사까지 하고 지나가는 아리를 보고 자신이 죽는 것이 확실하다고 생각한 현태는 눈물이 핑 돌면서 자신은 어떻게 죽을 것인지 미리 알고 싶어졌다.

교통사고로 피투성이가 돼서 죽는 상상도 하고, 자살하는 애들처럼 옥상에서 떨어져 온몸이 묵사발처럼 되는 상상도 하고, 물에 빠져 허우적거리며 혀를 한 발 내밀고 죽는 상상도 하고, 평소 현태를 미워했던 친구들이 돌멩이로 때려죽이는 상상에, 칼에 찔려 죽는 상상까지 죽는 것이라면 다 상상하면서 유나를 찾기에 여념이 없었다.

아리가 약속 장소로 가는 그 시간에 유나는 정미와 함께 M쇼핑몰에 있었다.

스승님의 제사음식을 준비하기 위해 장을 보던 중이었다.

"스승님께선 언제나 생선과 해초를 좋아하셨지. 무인도를 벗어나지 말았어야 했어."

정미가 안타까운 표정을 지었다.

"그것이 스승님의 운명인 걸 어떡해. 자책하지 마."

유나가 마른 미역을 고르면서 말했다.

"아무튼 내가 떼쓰지만 않았어도 스승님께선……."

"아냐! 스승님은 정해진 운명대로 살다 가신 거야."

"그놈의 운명. 운명. 운명. 그럼 난 얼마나 산다고?"

정미가 몹시 불쾌한 표정을 지었다.

"미안. 언니를 또 화나게 했네. 미안해!"

유나가 얼른 사과했다.

"내가 100년을 더 산다고? 으이그…… 너무 오래 산다고 다 좋은 것은 아냐."

정미가 유나를 보며 빙긋 웃었다.

자신이 방금 성질부린 것이 미안한 모양이다.

"또 남의 운명을 다 아는 것도 즐거운 것만은 아니지?"

"웅! 사실 그래!"

유나가 씁쓸한 표정을 지었다.

"올핸 스승님께 맛있는 것 많이 올려 드리자."

"웅! 언니! 햄도 사고, 소고기도 사고, 돼지고기도 사서 맛있게 차리자."

"그래 과일도 골고루……. 하루나 겉절이도 하자."

"그건 아리가 좋아하는 반찬이잖아?"

"그래! 스승님 얼굴도 못 보고 자란 아리가 스승님께 정이 있겠어? 반찬이라도 좋아하는 걸 만들어줘야지."

"아리는 얼굴도 못 보고 자랐다고? 아하! 항상 복면을 써서 그렇구나!"

"그래! 스승님 얼굴 때문에……. 휴우……"

정미가 자책하는 눈치다.

"벌써 17년이 흘렀구나."

정미가 아련히 옛일을 떠올리고 있었다.

17년 전.

남해안 완도.

응애응애.

이제 갓 두 살이 된 정미는 다가오는 먹구름을 예견이라도 한 듯 아침부터 줄기차게 울기만 했다.

"아기도 우는데 꼭 무인도 낚시를 가야겠어요?"

정미 엄마는 따뜻한 콘도에서 낮잠이라도 푹 자고 싶은 심정이었다.

신혼여행을 못 갔다고 큰 맘 먹고 온 남해안 여행인데.

그놈의 낚시광 남편의 버릇은 쉽게 고쳐지질 않았다.

"제기랄! 연애시절도 그놈의 낚시 때문에 짜증난 때가 한두 번이 아닌데. 신혼여행까지 와서 또 낚시라니……."

정미 엄마는 어떤 핑계를 대서라도 무인도 낚시만큼은 막고 싶었다.

특히 무인도 낚시를 가자고 정미 아빠를 부추기는 저 얼굴에 칼자국이 난 남자도 싫었지만, 자꾸 정미 엄마를 징그럽게 바라보는 같은 패거리들도 너무 싫었다.

특히 남이야 수술을 해서 아기를 낳건 자연분만을 하건 그것이 뭐 그리 알고 싶은지 자연분만이냐, 수술을 해서 낳았냐며 꼬치꼬치 캐묻고, 정미 아빠는 자랑이라도 하듯 자연분만이라고 떠들어댔다.

같은 콘도에 머물며 벌써 이틀을 밥도 같이 먹고 술도 먹으며 정미 아빠와 어울려 다녔다.

그런 그들 패거리는 모두 다섯 명.

정미 엄마가 보기엔 무척 질이 안 좋은 사람들 같았는데, 정미 아빠는 눈치도 없이 무인도 낚시까지 함께 가기로 결정했다.

"정 그럼 당신 혼자 갔다 와요."

정미 엄마는 콘도에 남아 아기와 함께 쉬려고 마음먹었다.

"토종닭을 사왔는데, 아주머니께서 좀 삶아주세요."

기생오라비처럼 생긴 남자가 정미 엄마를 데려가려고 머리를 쓴 모양인데, 정미 엄마는 딱 잘라 거절했다.

"이거 어떻게 요리하죠?"

꼭 게이처럼 생긴 남자는 어디서 사왔는지 홍어를 한 마리 들고 정미 엄마를 무인도로 데려가려고 수작을 부렸지만 정미 엄마는 모른 척했다.

"당신이 홍어 요리 전문이잖아."

눈치 없는 정미 아빠가 거들고 나섰다.

"놔두고 가세요. 요리를 해놓을 테니 갔다 오셔서 드세요."

정미 엄마는 어림없다는 투다.

그러나

정미가 유난히 울어대는 아침.

정미 엄마가 슈퍼에 기저귀 사러 갔다가 온 것이 화근이었다.

응애응애.

기생오라비처럼 생긴 남자가 정미를 안고 낚싯배에 올라타 있는 것이 아니가.

그 잠깐 사이에 정미가 울었던 모양인데.

"우리가 데리고 갔다가 올게요."

우라질 놈들! 자기네들이 어린아이를 왜 데리고 가?

"기다려요!"

정미 엄마는 급히 간단한 짐을 챙겨 낚싯배에 오르고 말았다.

낚싯배 사공까지 합쳐 건장한 남자들이 모두 일곱 명이나 됐다.

정미 엄마는 아기를 받아 안고 불안한 마음으로 하나하나 유심히 살펴보았다.

비쩍 마른 장대같이 키가 큰 남자가 하나 더 있었는데, 같은 패거리들이 하나같이 형님이라 부르는 것이 더욱 정미 엄마를 불안하게 만들었다.

응애응애.

정미는 울음을 그치지 않고.

낚싯배는 물보라를 일으키며 바다 가운데로 빠른 속도로 나가기 시작했다.

응애응애.

정미의 울음소리는 더욱 커지고.

완도가 가물가물 바다 저편에 보일 듯 말 듯 할 때.

낚싯배는 꽤 큼직한 무인도에 도착했다.

"여긴?"

정미 엄마는 불안한 마음에 정미 아빠에게 물었다.

"여긴 낚시꾼들이 잘 오지 않는 육지에서 멀리 떨어진 무인도야. 아마 환상적일걸."

정미 아빠는 잔뜩 들떠 있었다.

"암! 환상적이지."

비쩍 마른 장대처럼 큰 남자가 정미 아빠 곁으로 다가오며 의미심장한 미소로 말했다.

왠지 정미 엄마는 그 말에 소름이 쫙 끼쳤다.

"하! 고것 참! 야들야들하단 말이야!"

게이처럼 생긴 남자가 정미 엄마에게 다가오며 징그럽게 웃었다.

"뭐예요?"

정미 엄마는 불안해하던 일이 드디어 발생할 듯한 예감에 강하게 말했다.

"어! 당신들 뭐하는 거야?"

정미 아빠도 뭔가 분위기가 이상하게 돌아가자 사태를 짐작하고 정미 엄마 앞을 막아서며 말했다.

그러나

장대처럼 큰 남자가 정미 아빠 목덜미를 움켜쥐더니 바닷물로 던져버렸다.

마치 가벼운 물건 던지듯.

"자, 이제 슬슬 재미 좀 볼까?"

일곱 명의 남자들은 정미 엄마에게 징그럽게 웃으며 다가왔다.

응애응애.

정미를 빼앗아 배 바닥에 아무렇게나 던져버린 남자들은 마치 굶주린 아귀처럼 정미 엄마를 꼼짝 못하게 붙잡고 옷을 찢어버렸다.

"정미야! 정미야!"

정미 엄마는 아기를 애타게 불렀지만, 억센 남자들 손을 벗어나긴 역부족이었다.

"으악! 살려줘요!"정미 엄마는 울며 애원했지만, 남자들의 억센 열네 개의 손은 반항조차 할 수 없게 만들었다.

옷을 다 찢어버린 남자들은 정미 엄마의 알몸을 마구 탐하기 시작했다.

응애응애.

정미의 울음소리는 점점 커져만 가는데.

철썩.

바닷가 물 위로 시체 하나가 붕 떠올랐다.

바로 정미 아빠 시체였다.

"형님부터 하소."

패거리들은 정미 엄마를 순서대로 돌아가며 탐했고, 기절한 정미 엄마 젖을 정미에게 먹이고 있었다.

정미는 울음을 그쳤다.

젖을 먹느라고 잠시 울음을 그친 것인데.

남자들은 배에서 내려 정미 아빠 시신을 바위틈에 던져 넣고 돌로 덮기 시작했다.

"으 으……."

정미가 젖을 빨자 정신을 차린 정미 엄마는 배에서 아기를 안고 비틀거리며 무인도에 내렸다.

"이 천벌을 받을 놈들."

정미 엄마가 악을 쓰며 소리를 질렀다.

"저년을 그냥!"

큰 돌을 번쩍 들고는 기생오라비처럼 생긴 남자가 다가왔다.

"아서라! 한 번 하고 버리기엔 아깝다."

얼굴에 칼자국이 길게 난 남자가 말하며 정미 엄마에게 다가왔다.

"그렇게 해라!"

비쩍 마른 장대처럼 큰 남자가 말했다.

일종의 허락을 한 셈인데.

기다리기라도 한 것일까.

세 명의 남자가 우르르 달려와 다시 정미를 빼앗아 땅바닥에 내동댕이치더니 다시 정미 엄마를 탐하기 시작했다.

"하! 이것 참 물건이네! 바로 죽이긴 정말 아까워."

정미 엄마 몸속에 자신의 성기를 집어넣고 식식거리던 녀석이 볼일을 끝내고 일어서며 말했다.

"다음은 나지?"

다른 남자가 얼른 정미 엄마 몸에 올라가며 말했다.

해가 뉘엿뉘엿 서쪽 하늘로 사라져가는 그 시간까지 놈들은 기절한 정미 엄마의 몸 위에 교대로 올라갔다.

"야! 이젠 그만 가자!"

장대처럼 키가 큰 남자가 말했다.

남자들은 정미 엄마를 바위에 올려놓더니 큰 돌을 들어 마구 내리쳤다.

피가 온 바위를 붉게 물들였다.

응애응애.

정미는 부모님의 불행을 아는지또다시 슬피 울고 있었다.

"에구 시끄러워!"

배에 올라가던 장대처럼 큰 남자가 말했다.

그 말이 끝나기가 무섭게 게이처럼 생긴 남자가 정미의 다리를 거꾸로 번쩍 들더니 아무렇게나 집어던졌다.

바위 틈새로 떨어진 정미는 아무런 기척이 없었다.

놈들은 머리가 부서지고, 온몸이 알아볼 수도 없이 처참하게 피투성이가 되어 죽은 정미 엄마를 정미 아빠 곁에 던져놓고 돌로 덮었다.

분명히 바위 틈새였는데 돌로 가득 채워졌다.

그러고 보니 여기저기 같은 모양의 돌무덤이 여러 개 있었다.

"흐흐…… 이놈들아! 동료가 왔으니 반갑지?"

놈들은 징그럽게 웃으며 다른 돌무덤을 힐끗 보더니 곧 배를 타고 무인도를 떠났다.

응애응애.

놈들이 떠난 후 정미의 울음소리가 다시 들렸다.

휘익.

검은 그림자가 바위 저편에서 날아왔다.

그림자는 바위를 마치 평지처럼 날아다녔다.

"흠! 불쌍한 것."

그림자는 정미를 돌 틈새에서 꺼내더니 품에 안고 바위 저편으로 날아갔다.

신기하게도 정미는 울음을 그치고 있었다.

밝은 태양은 처참한 살해 현장인 무인도에도 그 빛을 비추며 떠올랐다.

무인도 바위 높은 곳에 마치 동굴모양으로 두 바위가 어우러져 작은 공간을 만들어놓고 있었다.

정미는 초롱초롱한 눈알을 굴리며 주위를 두리번거리고 있었다.

맞은편에서 머리가 온몸을 덮은 나체여인이 뭔가 맛있게 먹으며 정미를 바라보고 있었다.

유난히 가늘고 작은 눈.

혹시 남자인가 착각을 할 수도 있지만, 가슴을 보면 그가 여자라는 것을 알 수 있다.

혼자 먹기 미안했는지 먹던 것을 정미 앞에 홱 던졌다.

물고기 포를 떠서 말린 것이다.

아삭아삭.

정미가 앙증맞은 손으로 여인이 던져준 것을 주워 맛있게 먹는다.

"불쌍한 것. 부모님을 잃었으니 이제부터 내가 널 기르겠다. 네 이름은 사정미고, 이제부터 나아사의 제자다. 난 아직 결혼을 안 했으니 자식은 필요 없고, 네가 부모님 복수를 하도록 나아사가 제자로 거두마. 그러니 씩씩하게 자라거라. 난 비실비실한 제자는 필요 없거든."

아사는 하얀 이빨이 보이도록 웃었다.

정미 엄마가 정미를 부르던 것을 다 지켜본 아사다.

당연히 그 이름은 알고 있었고 앞에 자신의 이름 한 글자를 붙인 것이다.

"살수단장인 나를 만난 것은 너의 행운이다."

아사는 사실 아랍 살수를 키우는 살수학교 교관이었다.

그녀의 엄청난 능력.

그 능력을 시기한 동료의 배신으로 터무니없게도 무인도에 갇힌 신세가 됐는데.

충분히 탈출을 할 수 있음에도 그녀가 이곳 무인도에 남아 있는 것은 다 까닭이 있었다.

"이곳에 있으면 네 후계자가 나타날 것이다. 그를 가르쳐라! 그것이 너의 운명이다."

그녀의 스승이 남긴 그 말 한마디를 믿기에 그녀는 그렇게 이곳 무인도에 남았던 것이다.

아사의 능력.

정미는 그렇게 아사의 무한 능력을 전수받는 제자가 되었다.

"언니, 무슨 생각해?"

장을 보던 정미가 멍하니 서 있는 모습을 본 유나가 물었다.

정미가 얼른 정신을 수습했다.

"미안! 잠시 스승님 생각하느라고."

정미의 눈가엔 눈물이 가득했다.

유나가 그걸 모를 리 없었다.

"얼른 장 보고 집에 가서 음식 만들어야지."

"알았다! 얼른 장을 보자!"

정미가 앞장서서 물건을 고르기 시작했다.

"부모님 생각했던 모양이네."

유나가 앞장서서 걸어가는 정미의 뒷모습을 보며 혼자 중얼거렸다.

03.

도남여고.

한강이 내려다보이는 한남동 기슭에 자리 잡은 신생 여고다.

개교한 지 이제 3년.

어중이떠중이 다 모여서 겨우 학생 수를 채운 학교다 보니 늘 말썽이 많았다.

그야말로 서로 짱이 되려고 주먹 다툼이 치열했던 도남여고는 한 소녀에 의해 종식됐다.

피투성이가 되어 다투고 또 다투며 일 년을 보낸 도남여고를 통일한 소녀는 바로 민지현.

올해 열여덟 살로 강원도 산골 출신이다.

한때 유도 국가대표를 지낸 민지현은 홀로 피투성이 도남여고를 정벌했다.

지현의 오른팔 영혜와 왼팔 소희 역시 태권도 국가대표 출신이었으나, 경기 도중 싸움을 해서 대표에서 탈락된 말썽꾸러기 소녀들이다.

그런 그들 앞에 거칠 것이 없었다.

일진회.

하나의 이름을 앞세우고 왕십리에서 중구, 마포로 세력을 넓혀갔다.

그러나

잘나가던 그들은 세 소녀에 의해 보잘것없는 존재로 전락하고 말았으니 그

세 소녀가 바로 미나리(정미 유나 아리)였다.

　네티즌이 뽑은 가장 귀여운 악녀.
　그들은 아리에게 도전장을 던졌다.
　인터넷 동영상으로 본 세 소녀의 실력은 감히 상상도 할 수 없는 공포 바로 그 자체였기에 그중 가장 어린 아리에게 도전장을 던진 것인데.
　그것 역시 민지현 그녀가 아니면 가당치도 않은 특별한 용기가 필요했다.
　도끼파라고 거들먹대던 녀석들도 삶을 구걸하는 판에 누가 감히 도전장을 던지겠는가.
　도전장을 던졌다는 이유 하나만으로도 민지현은 고교생 주먹들은 물론 심지어 조폭들에게 까지 지대한 관심을 끌기에 충분했다.

　한강 둔치.
　많은 사람이 모여 있었다.
　고교생들은 오히려 얼마 되지 않았다.
　험상궂게 생긴 폭력배는 물론이고, 심지어 기자들까지 카메라를 들고 포진해 있었다.
　웅성웅성.
　저마다 한마디씩 하며 떠들던 관중이 갑자기 조용해졌다.
　모두의 시선이 한 곳에 쏠렸다.

　휘잉.
　한 가락 바람인가?
　마치 공중에서 미끄러지듯 가볍게 걸어오는 아리.
　아리의 걸음은 천천히 걷는 것처럼 보이지만 무척 빨랐다.
　바로 인터넷 동영상에서나 본 귀여운 악녀가 눈앞에 나타나자 사람들은 핸드폰과 카메라를 들고 사진을 찍기에 바빴다.
　푸르르……

강가에 도착한 아리가 공중을 한 바퀴 돌며 민지현 앞에 섰다.

용기를 내어 도전장을 보냈지만 지현은 왈칵 겁이 났다.

만약에 사람들이 보는 앞에서 개망신을 당하면 앞으로 어떻게 얼굴을 들고 다닐까 하는 걱정이 앞섰다.

"반갑다! 나 아리야!"

의외로 활짝 웃으며 지현에게 손을 내미는 아리.

"난…… 난! 민지현이야!"

엉겁결에 지현도 아리가 내미는 손을 잡고 인사를 나누었다.

"난 너하고 싸우기 싫다! 네가 만나자고 해서 나오긴 했는데. 못된 짓을 하지 않는 한 난 누구라도 마찬가지다. 꼭 싸워야 하겠니? 그냥 친구로 지내면 안 될까?"

아리가 지현의 손을 잡고 미소를 지으며 말했다.

지현은 기회다 싶어 유도 실력을 발휘해서 아리를 내동댕이치려고 했다.

헌데 이게 웬일인가. 아리는 꿈쩍도 하지 않는다.

마치 지현의 힘을 몸으로 흡수하기라도 한 듯.

미소를 짓고 있는 아리에게 정말 지현이 힘을 썼는지 의심스러운 상황이다.

지현은 고개를 갸웃거리며 다시 있는 힘껏 아리를 넘어뜨리려 했다.

결과는 마찬가지였다.

판단이 빠른 지현이다.

자신이 이길 수 있는 상대가 아니란 것을 느낀 지현은 얼른 얼굴에 미소를 띠었다.

"만나서 반가워! 누군지 만나보고 싶었다. 싸우려고 만나자 한 것은 아냐."

지현이 태도를 바꾸자 싸움을 구경하려고 모인 사람들은 실망하는 눈치다.

"그래? 앞으로 친하게 지내자. 그럼, 난 바쁜 일이 있어서 이만."

아리가 몸을 돌려 천천히 걸어가기 시작했다.

아리의 모습은 모인 사람들 시선에서 차츰 멀어졌다.

"쳇! 이게 뭐야! 유나언니가 시키는 대로 하긴 했는데, 내 스타일이 아냐!"

아리의 투덜거리는 소리가 멀리서 들려왔다.

지현 일행과 헤어진 아리는 부지런히 집으로 향하기 시작했다.

"스승님 제사. 그래 난 한 번도 스승님 얼굴을 뵌 적이 없지. 늘 복면을 하고 나타났으니깐. 내가 스승님을 만난 건 8년 전이다."

아리가 아련한 기억 속의 아사를 떠올리고 있었다.

아리의 스승 아사.

늘 복면을 하고 나타났던 스승.

8년 전, 이라크 내전으로 부모를 모두 잃고 배고픔에 떨고 있던 시기에 처음 정미를 만났고, 정미를 따라 간 곳에 복면을 한 스승 아사가 있었다.

아사는 아리를 혹독하게 훈련시켰다.

배고픔을 면하는 대신 아리는 혹독한 훈련을 받아야 했다.

차츰 훈련에 익숙해질 무렵.

아리는 아사와 정미를 따라 리비아로 갔다.

사하라 사막 가운데 야자수 몇 그루만 있는 오아시스.

그곳에서 유나를 만났다.

유나는 이미 죽은 노파의 품에서 울고 있었다.

노파는 유나의 스승이라 했다.

유나는 스승의 혼이 자신에게 들어왔다며, 앞날을 예언하고 운명을 말해주기도 하는 등 신들린 두뇌로 아사와 아리, 정미를 도왔다.

그때부터 나이순으로 정미가 제일 큰언니, 유나가 둘째, 아리가 막내가 되었다.

나이순이라고는 하지만 모두 한 살 차이였다.

사막에서 아리는 또다시 아사의 혹독한 훈련을 받으며 인간 병기로 자랐다.

아리가 열두 살이 되던 때.

아사는 지중해 해안으로 자리를 옮겨 아리에게 물에서 싸우는 훈련을 가르치기 시작했다.

정미 역시 같은 훈련을 받았지만 아리와는 달리 전혀 막힘이 없었다.

정미는 이미 몇 번이고 같은 훈련을 받은 듯 숙달된 모습이었다.

그렇게 물에서 싸우는 훈련을 하던 스승 아사는 어느 날 갑자기 세상을 떠났다.

오랜 지병이 원인이라 했다.

아리가 열네 살이 되던 그해 가을이었다.

그때부터 정미는 큰언니이자 아리에겐 부모 같은 존재였다.

스승 아사가 남긴 정미 부모의 원수에 대한 단서.

아리 부모의 원수에 대한 단서.

그 단서를 갖고 정미가 제일 먼저 한국으로 왔다. 아사의 도움으로 한국어에 능통한 아리와 유나도 검정고시를 패스하고 고교생이 되었다.

타고난 천재적인 두뇌로 셋은 공부를 잘했다.

함께 예원여고에 들어간 소녀들은 차츰 이름을 날리기 시작했다.

불의를 못 참고 간섭한 결과였다.

그런 이유로 오늘 같은 미나리란 별호를 얻은 것이었다.

"그래! 한때 죽이고 싶도록 미웠던 스승님이지만, 그래도 나에게 새로운 삶을 주신 분이 아닌가. 비록 아직도 얼굴은 모르지만…… 얼른 가서 음식 만드는 일을 도와야지. 언니들이 걱정하겠다."

아리는 걸음을 빨리했다.

귀여운 악마니 뭐니 하고 남들이 불러도 아리는 무척 착했다.

다만 손속이 매서울 뿐.

"어!"

바쁘게 집으로 향하던 아리는 현태를 발견하고 미소를 지었다.

"안녕하세요?"

현태가 주춤주춤 다가오며 인사를 했다.

"네! 안녕하세요?"

아리도 밝게 미소 지으며 인사를 했다.

"저…… 유나님을 좀 만나려고요."

현태가 용기를 내어 말했다.

"오늘은 안 돼요. 스승님 제사거든요."

"꼭 물어보고 싶은 것이 있어서……."

"죽는다는 말 때문이죠? 저도 아이들이 수군대는 말을 들어서 알고 있어요. 걱정 말아요. 죽는 거 아니니깐."

"그럼 뭐죠?"

"후훗…… 유나언니가 당신이 좋다고……."

아리가 현태를 보며 살짝 웃었다.

"네? 유나님이 절?"

"그래요. 미래의 형부님."

"헉! 형부……? 감사합니다!"

현태는 얼굴이 빨개져서 꾸뻑 인사를 하고 도망치듯 저편으로 사라졌다.

아리는 깔깔거리고 웃었다.

"언니는 어떻게 뭐든 그렇게 잘할 수 있어? 비결이 뭐야?"

언젠가 아리가 정미에게 그런 질문을 했던 기억이 있다.

그때 정미 대신 스승님이신 아사가 대신 이렇게 설명했다.

"정미 부모를 죽인 원수들이 두 살짜리 정미도 죽이려고 바위에 던졌는데, 다행히 바위 틈새로 떨어져 목숨은 건졌지만 떨어지는 과정에서 돌에 머리를 부딪쳐 두개골이 일부 깨졌다. 천행인지 두뇌 활동이 더욱 활발해진 이유는 그 때문일 것이다. 하나를 가르치면 열을 알고, 스스로 무술도 개발하고 인간으로서는 가질 수 없는 체력까지 소유하게 되었다."

"그럼, 언니 아이큐는 도대체 얼마예요?"

"인간으로서 상상할 수 없을 정도."

"와! 대단하다!"

아리는 정말 정미의 능력이 부러웠다.

그래서 더욱 열심히 노력했는지도 모른다.

이런저런 생각을 하면서 아리가 집에 도착한 시간은 정미와 유나가 장보기를 마치고 집에 도착한 시간과 비슷했기에 아파트 앞에서 만났다.

"언니!"

아리가 먼저 정미와 유나를 발견하고 달려갔다.

"벌써 볼일 다 본 거야?"

정미가 반기는 눈치다.

"응! 헤헤……"

정미한테는 언제나 어린 아기다.

"들어가자!"

유나가 팔로 아리 등을 감싸며 말했다.

"야호…… 내가 형부란다."

현태는 팔딱팔딱 뛰면서 신이 나서 소리쳤다.

지나가던 사람들이 이상하게 생각하며 힐끗힐끗 쳐다본다.

"헌데…… 왜? 정미가 아닌 유나야. 자세히 보면 유나도 예뻐. 날 좋아한다고? 야호……!"

현태는 혼자 떠들고 혼자 웃고 하면서 신이 나게 달렸다.

"현태야!"

동네 대형 마트에서 현태 엄마가 장바구니를 들고 나오다가 현태를 발견하고 불렀다.

"어! 엄마!"

현태가 달려가 와락 엄마를 끌어안았다.

"아빠 오셨다."

엄마의 한마디.

현태의 입가에 웃음기가 사라졌다.

"오랜만에 오신 아빤데 너무 미워하지 말거라!"

현태 엄마가 현태 등을 토닥거리며 말했다.

현태가 아빠를 얼마나 싫어하는지 잘 알기 때문이다.

"뭐 하러 또 오셨대?"

"녀석 말버릇하곤."

"난 아빠를 이해할 수 없어. 매일 배 타고 고기를 잡는 것도 아니고, 그렇다고 돈을 잘 버는 것도 아니고, 일 년에 한두 번 집에 다녀가시면서 엄마 돈이

나 뜯어가잖아. 그런 아빠가 세상에 어디 있어? 돈을 벌어다 가족을 위해 써야지. 도대체 뭘 하시는지 도통 알 수 없단 말이야! 어부도 아니고 낚시꾼도 아니고. 도대체 아빠 직업이 뭐야?"

"녀석! 어른들 일은 간혹 이해할 수 없는 것도 있는 거야. 아빠의 고충을 넌 아직 모른단다."

"무슨 고충? 아빠한테도 고충이란 게 있어?"

"있단다. 모든 것이 엄마 때문이기도 하지."

현태 엄마의 얼굴은 암울하게 변하고 있었다.

현태는 그런 엄마의 모습을 보며 엄마에게도 아빠에게도 말 못할 고충이 있다는 것을 오래전부터 알았지만 한 번도 내막을 말해주지 않았기에 알 수는 없었다.

물어봐도 알려주지 않기에 현태는 더 이상 묻지 않았다.

현태는 얼른 엄마 손에 들린 장바구니를 받아 드는 것으로 엄마의 기분을 풀어드린다.

그런 현태 마음을 아는지 엄마도 살짝 입가에 미소를 보였다.

현태네 집은 서울의 끝자락 성산동에 있었다.

앞에 난지도가 바라보이는 언덕 위에 초라한 연립주택 반지하가 현태네 집이다.

현태가 엄마와 같이 집에 도착하여 방문을 열고 들어서다가 인상을 찌푸렸다.

거실 소파에 코를 골며 잠자고 있는 아빠를 발견한 것이다.

"아빠가 피곤한 모양이다. 조용히 들어가자!"

현태 엄마가 손가락으로 입을 가리는 시늉을 하며 발걸음 소리를 죽여 살금살금 걸어가기 시작했다.

"뭘 피곤해! 뭘 했다고 피곤하냐고? 오랜만에 집에 오면 그냥 잠이나 자고 갈 땐 돈이나 들고 가고. 뭐가 아빠야."

현태는 오히려 큰 소리를 질렀다.

끄응.

현태 아빠가 잠에서 깼다.

소파에 엎드려 자던 현태 아빠가 일어나 앉았다.

헌데……

비쩍 마르고 키가 장대같이 큰 남자.

어디서 본 듯하지 않는가.

비록 나이가 먹고 머리에 흰머리가 조금 났다고는 하지만 틀림없는 그다.

정미 부모를 무참히 살해한 패거리들의 우두머리.

그가 바로 현태 아빠인 것이다.

"스승님! 스승님의 은혜 하해와 같은데…… 왜? 다시는 뵐 수 없나요?"

정성들여 만든 음식을 차려놓고 정미가 엎드려 울고 있었다.

"얼굴도 한 번 보여주지 않으시고 제게 많은 것을 주신 스승님. 아리의 절 받으세요."

아리도 눈물을 흘리며 절을 올렸다.

유나는 무릎을 꿇고 앉아 두 손 모아 기도를 올리고 있었다.

제사상엔 유나가 그린 아사의 초상화가 활짝 웃고 있었다.

조용히 제를 올리고 나서 세 소녀는 서로 얼굴을 마주보고 앉았다.

"스승님께선 나의 원수부터 갚으라 하셔서 그렇게 시작은 하고 있지만, 사실은 스승님 원수부터 갚아 드려야 하는 것 아닐까?"

정미가 먼저 말을 꺼냈다.

"스승님 원수가 누군지 우린 모르잖아."

아리가 말했다.

유나는 그냥 뭔가 골똘히 생각하고 있었다.

"이번에 얼굴에 칼자국 있는 놈. 그게 무척 컸다고 했지?"

유나가 뭔가 생각하다가 갑자기 아리에게 물었다.

아리가 얼굴을 붉히며 고개를 끄덕거렸다.

"전에 스승님 말씀이 언니 부모님을 살해한 자들은 늘 그 무인도에서 악행을 저지르는데, 반드시 갓난아기가 있는 여자만 데려와 그 짓을 하고 죽여 바위틈에 묻어버린다 했어. 뭔가 실마리가 풀릴 것 같다."

"무슨 소리야?"

유나의 말에 정미가 물었다.

"이번에 그놈 성기가 무척 컸다고 아리가 말했거든."

"응! 내가 어릴 때 본 남자 성기는 요만 했는데."

아리가 가운뎃손가락을 펴 보이며 말했다.

"그거야, 어린아이니깐 그렇지."

"아무리 어른이라 해도 그게 너무 크던데."

"얼마나?"

"응! 소주병 정도는……."

아리가 얼굴을 붉혔다.

소녀로서 그런 말을 하려니까 부끄러웠던 모양이다.

"잘라진 성기가 그렇게 컸다고?"

정미가 놀라는 모습이다.

"응!"

"그렇다면 그게 발기했을 땐…… 어마어마하게 크다는 얘기잖아?"

정미가 유나를 보고 물었다.

"그러니깐!"

유나도 얼굴을 붉혔다.

"음……! 그렇다면! 놈들은?"

"응! 하지만 더 봐야 확신할 수 있을 것 같아."

"허면? 이번 놈은 반드시 생포를 해야 할 것 같구나."

"응! 맞아 언니! 해서 미리 알아봤는데. 놈이 나타나면 반드시 기절시켜서 차에 태우고 광주에서 양평 방향으로 강변을 따라 12킬로미터 정도 가면 옛날 성황당이 나오는데, 그 계곡 길을 500미터 정도 오르면 폐가가 한 채 나와. 그리로 데려와. 토요일부터 일요일까지 놈들 정체를 알아내야 하니깐."

유나가 말했다.

"왜?"

아리가 얼른 물었다.

"바보! 월요일은 학교에 가야 하잖아."

정미가 대신 답해주었다.

"햐! 그렇구나! 둘째언니는 언제 그런 곳까지 알아봤대. 정말 치밀해."

"풋! 그건 그렇고. 이번 토요일 오전에 현장에 나타날 놈은 가장 졸개가 될 거야. 그리고 그들 패거리 중 하나는 멀리서 그를 지켜볼 것이고. 해서 우리도 치밀하게 움직여야 해. 특히 우리가 나타나서도 안 되고."

"우리가 나타나지 않으면?"

유나 말에 아리가 얼른 물었다.

"네가 오늘 만난 애들을 이용할 거야."

"도남여고의 민지현?"

"그래!"

"하지만 어떻게?"

"다 생각이 있어! 그리고 너!"

유나가 갑자기 묘한 표정으로 아리를 바라본다.

"왜?"

"너! 그 남학생에게 쓸데없는 말 하고 다니지 마."

"아하! 그 안현태?"

"그래!"

"안현태? 그게 누군데?"

둘의 이야기에 정미가 끼어들었다.

"옹! 큰언니를 짝사랑한다는 남학생."

아리는 장난기가 발동한 모양이다.

"아!"

정미가 알겠다는 표정이다.

"큰언니도 알고 있었어?"

"날 짝사랑하는 애들이 어디 한둘이냐?"

정미가 퉁명스럽게 말하며 일어서 화장실로 간다.

"풋! 언니의 저 공주병."

유나가 웃었다.

아리도 깔깔거리고 웃는다.

Y대학교 앞.

H커피숍에 아리와 유나가 나타난 것은 금요일 오후 7시쯤이었다.

커피숍엔 이미 민지현이 기다리고 있었다.

유나가 아리를 대동한 것은 아리가 어떤 이유에서든 지현과 친구가 됐으니 함께 온 것이지만, 그 내면엔 깊은 뜻이 내포되어 있다.

아마도 지현은 유나 혼자라면 반드시 힘으로 해결을 시도할 것이기 때문에 쓸데없는 충돌을 미연에 방지하기 위함이었다.

"언니가 왜? 절 보자고 하셨어요?"

지현이 맞은편에 앉은 유나에게 물었다.

비록 자리엔 지현 혼자지만 저 옆자리에 지현의 오른팔과 왼팔이라 불리는 두 소녀가 잠복해 있었다.

"네 부모님, 아니지 네 어머님 원수를 갚게 해주려고."

"네? 제 어머님 원수요? 어떻게 아셨어요? 정말 사람의 과거와 미래를 아신다더니 맞나보네요."

"네 어머닌 네가 한 살 때 남해안에 피서를 갔다가 실종됐지. 그 후 처참한 시신으로 발견됐고. 그 충격으로 네 아빠까지 돌아가시는 계기가 되었잖아. 넌 그 원수를 찾으려고 일진횐가 뭔가를 조직했고."

"네! 맞아요."

"아직까지 원수의 어떤 단서도 못 찾았지?"

"네! 얼굴에 칼자국이 난 남자가 있었다는 것을 겨우 알았는데……. 며칠 전 죽은 시체로 발견된 그자가 제가 찾던 원수는 아닌지……."

지현의 눈가에 눈물이 핑 돌았다.

"그래! 그자가 맞을 거야. 그러니 내일 아침 6시 20분에 그자가 죽은 시체로 발견된 장소에 나타나는 자가 바로 네 엄마를 죽인 범인이야. 명심할 것은

김범영 소설 **49**

반드시 그자를 산 채로 잡아서 일당을 모두 찾아야 한다는 거야. 한두 명이 아니거든."

"한두 명이 아니라면?"

"정확하지는 않지만 아마도 5~7명은 될 듯."

"그렇게 많아요?"

"그래! 그러니 그자를 꼭 생포해서 경찰에 넘기든 아니면 너희들이 직접 심문해서 알아내. 조심할 것은 그자를 지키는 자도 반드시 어딘가 숨어 있을 거야. 마지막 순간엔 그자가 네가 잡으려는 자를 죽여 입막음 할지도 모르지."

"언니! 정말 고마워요."

지현은 정말 유나가 고마웠다.

혼자서 애태우며 범인을 찾아 헤매었지만 아직 이렇다 할 단서 하나 못 찾았는데, 유나가 도와주니 정말 빛이 보이는 듯했다.

인터넷 상으로 대단한 신통력의 소유자로 널리 알려진 유나의 말이기 때문에 지현은 믿을 수밖에 없었다.

저녁 늦은 시간.

정미를 비롯해 유나와 아리가 머리를 맞대고 앉아 있었다.

유나가 하얀 종이에 그림을 그리고 있었다.

"여기가 최초로 놈이 나타날 곳이야. 여기가 가장 잘 보이는 곳이 바로 X아파트 106동 옥상과 G상가 옥상이야. 아마도 틀림없이 패거리 중 하나는 그곳에서 지켜볼 거야. 그를 잡으려고 할 필요는 없어. 타 초 경 사. 지현으로 하여금 뱀이 도망치게 만들어서 우린 그 뱀이 도망칠 곳에 미리 잠복하고 있자 이거야. 그러면 우리 존재는 적에게 발견되지 않을 것이니 누가 자기 동료를 잡아갔는지 그들은 모를 테니까. 그자가 도망칠 곳은 딱 한 군데. 바로 그자가 타고 온 자동차로 향할 거야. 자동차는 바로 이곳, 마을 뒷산에 오를 수 있는 세 개의 등산로 중 X아파트와 G상가 옥상에서 가장 잘 보이는 S초교 정문 앞길이야. 어린이 보호 구역이라 사람들이 주차를 잘 안 하고, 이른 시간이라 아무도 단속하지 않는 시간인 6시 10분. 여기에 주차하고 동료가 죽은 사건 현장에 도착하는 시간이 10분, 현장을 살피는 데 10분, 내려오는 데 10분. 그가 떠날 시간은 해병전우회에서 어린이 보호를 위해 교통정리를 하러 나오는 시간인 6시 40분 이전이 될 거야. 특히 그자는 학교 앞이 아니라 건너편에 주차를 할 것이기 때문에 도주할 방향은 바로 면목동 쪽이 될 거야."

"왜? 건너편에 주차를 할까?"

아리가 궁금증을 참지 못하고 물었다.

"학교 정문 쪽엔 담장 공사를 하느라 주차할 공간이 없거든. 건너편에도 단한 군데 횡단보도 근처야. 다른 곳은 건너편 공사 때문에 차량이 비켜갈 공간이 부족하거든. 2차선 도로라서."

"만약 지현이 그자의 자동차 위치를 파악하고 이곳에 잠복했다가 덮치면?"

정미가 물었다.

"지현인 성격이 활발한 편이야. 좁은 곳보다는 넓은 곳을 좋아하지. 아마도 지현인 어린이 보호구역 공사 중이어서 복잡한 이곳은 포기하고 나머지 두 길을 생각하고 친구들을 잠복 시킬 거야. 물론 두 친구는 같이 행동할 것이지만. 해서 지현의 손을 벗어나 놈은 자동차를 타고 급히 면목동 방향으로 도망갈 거야. D외고 앞에서는 공사 중으로 직진을 못하니 좌회전해서 첫 번째 골목길로 우회전해서 공사 현장을 벗어나 면목동 방향으로 도주할 거야. 그러니 언니와 아리는 바로 이곳 첫 번째 골목에서 기다리면 돼. 난 그자가 타고 온 자동차 색깔과 번호를 가르쳐줄게. 명심할 것은 반드시 대형 차량으로 길을 막고 그자가 나오도록 할 것. 섣불리 사람으로 막아서다간 그자가 차로 그냥 밀어버릴 테니까."

"D외고 앞에서 그냥 좌회전해서 시장 방향으로 갈 수도 있을 텐데?"

정미가 빙긋 웃으며 물었다.

이유가 뭐냐는 것이다.

아마 정미도 이미 알고 있는 눈치다.

"도망치는 자는 습관적으로 경찰은 피해서 가거든. 바로 아래 사거리에 항상 그 시간이면 교통정리를 하는 경찰이 있지. 또 감시 카메라에 방범 카메라까지."

"결국은 놈은 이곳 지리를 잘 안다고 봐야 옳겠구나?"

"맞아! 지켜보는 그자의 동료는 길을 잘 모르거나 운전을 못하거나, 아니면 장기 출장을 다니는 사람으로 이곳 지리의 변화에 둔한 사람일 거야. 범인은 반드시 사건 현장에 나타난다는 말이 있듯 경찰도 아마 신경을 쓰고 있을 거야. 허나 이른 아침이고, 자신의 일도 아닌 월급을 받는 공무원 입장에서 그 시간에 그곳을 잘 지킬 경찰은 없다고 봐야겠지. 내 일처럼 열심히 하는 경찰이라면 모를까. 내가 알아본 정보로는 이곳 관할 경찰서에 그런 자는 없다고 하더군. 그런 책임감 있는 경찰이 하나라도 있었으면 정미언니 부모님 사건을 아직도 모르고 있지는 않을 테니깐."

"맞아! 아무리 행불 신고를 했다고는 하지만 어디서 어떻게 사라졌는지 그 내막도 알아보지 않는 경찰이 어디 있어?"

아리가 분통을 터뜨린다.

정미 부모님 실종 사건은 이미 17년 전에 삼촌들과 할아버지에 의해 경찰에 신고가 접수됐지만, 어느 경찰 하나 작은 실마리 하나 찾아낸 것이 없었다.

아니 관심도 없었다.

수없이 많은 가출이나 실종자 중 하나로 처리된 것이다.

"골목길이 130미터는 되는데, 100미터 지점에 집 한 채가 도로에서 조금 들여 지어서 그 곳에서만 차량이 서로 비켜갈 수 있어. 아리는 봉고차를 끌고 이 지점에서 한쪽으로 차량을 세우고 봉고차 뒤쪽 2미터 지점 반대쪽에 고장 난 자전거를 하나 싣고 가서 세워두고 기다려. 반드시 봉고차 번호판은 가짜로 바꿔달고."

"왜 번호판까지?"

"놈들은 살인자들이야. 자신들은 그런 흉악범죄를 저지르지만 늘 피해의식에 젖어 있지. 해서 놈들은 블랙박스를 필히 달고 다닐 거야. 또한 그런 자들은 남에게 으스대고 싶어 하는 경향이 있어서 앞 유리창에 부착하고 다니는 경우가 많아. 그러니 놈이 네가 세워둔 봉고차를 벗어나야 차문을 열 수 있으니 자전거를 치우려고 차에서 내릴 때 그를 기절시켜 봉고차 뒤에 싣고, 블랙박스를 필히 떼어 가지고 올 것. 또한 그놈의 차 키를 빼서 놈의 차량을 반드시 잠그고 올 것. 이는 아무나 놈의 차를 끌고 가지 못하게 하려는 것이니 반드시 잠그고. 언니는 그 골목이 끝나는 큰길에서 차량을 타고 기다리다가 시간이 지나 차문을 열고 놈의 차를 끌고 가는 자를 미행하면 돼. 아마 1시간은 기다려야 할 테니까 지루해도 좀 참고."

"알았다."

"아리하고 내가 놈을 폐가로 데려가 처리할 테니 언니는 그자만 확실히 미행해서 본거지를 알아둬. 폐가엔 옛날에 무를 보관하던 구덩이가 있어서 매장하기도 쉬우니까 언니는 염려하지 말고."

"폐가에 누가 나타나면 어쩌려고? 주말이면 땅 주인이 내려올 수도 있잖아?"

"언니도 참! 내가 그런 것을 염두에 두지 않았겠어? 토요일부터 일요일까지 그 지역엔 비가 내린다는 예보가 있고, 땅 주인은 고양시에 사는데 일요일이 아들 결혼식이 있어. 그러니 염려하지 말고."

유나가 미소를 지었다.

"알았다."

"참! 아리 혼자서 놈을 기절시킨 후 차에 싣기 힘들지도 모르니 그땐 언니가 근처에 대기하고 있다가 얼른 도와줘."

"언니도…… 아리 하면 힘! 몰라?"

아리가 염려하지 말라는 투다.

"그럼. 난 X아파트 옥상과 G상가 옥상을 살피고 K슈퍼 앞에서 기다릴게."

"알았어. 난 배고픈 것은 못 참으니 먹을 것 좀 사와."

아리가 배시시 웃었다.

유나도 미소로 답했다.

04.

D외고 생활관 옥탑.

유나는 새벽부터 이곳에서 고성능 줌 카메라를 설치하고 X아파트 옥상과 G상가 옥상을 살피고 있었다.

"음……! 지금 시간이 오전 6시 10분. 슬슬 나타날 시간이 됐는데……."

고성능 카메라를 이용해 X아파트 옥상을 살피던 유나는 의외라는 반응을 보였다.

"아니! 저것들은……!"

유나는 X아파트 옥상에서 뭔가를 발견하고, 다시 G상가 옥상 쪽으로 카메라를 돌렸다.

"역시 G상가엔 없다. 그렇다면 저것들이 관련돼 있다는 증거인데……."

유나는 다시 X아파트 옥상을 유심히 살피기 시작했다.

그러면서 아리에게 전화를 걸었다.

"놈들이 움직이기 시작했다. 정확하게 6시 40분에 어제 알려준 골목에서 대기하고 있어. 차량에서 블랙박스 떼는 것 잊지 말고. 핸드폰은 굳이 가져올 필요는 없어. 이미 그들 전화번호는 먼저 죽은 놈 때문에 다 바꾸었거나 없애 버렸을 테니깐. 또한 먼젓번 죽은 자도 있고 해서 아마 그들은 핸드폰도 놔두고 왔을지도 모르니까 찾을 생각도 하지 말고 빨리 그곳을 벗어나."

유나는 다시 정미에게 전화를 걸었다.

"언니! 놈들이 움직이고 있어. 우리 걱정은 하지 말고 언니나 몸조심해."

유나는 카메라를 통해 X아파트 옥상을 살피며 시계를 봤다.

"지현이 제때 움직이기 시작했군! 놈들이 다급하게 움직이는 걸 보니."

유나가 혼자 중얼거렸다.

"이제 누군지 알았으니 난 얼른 K슈퍼로 가야겠다."

유나는 카메라를 거두고 그곳을 떠났다.

지현이 쫓아오자 도망치던 남자는 유나의 생각대로 아리가 기다리는 골목 길로 들어섰다.

아리는 마취 침을 이용해 놈을 기절시킨 뒤 봉고차에 싣고 그 자리를 떠났다.

지현은 그곳까지 그자를 쫓아오진 못했다. 아마도 현장 부근에서 놓친 모양이다.

정미는 근처 가게에서 음료수와 빵을 사 먹으며 자신의 자동차로 가고 있었다.

이제 자동차에서 잠복을 하려는 모양이다.

핸드폰 벨이 울리고 유나에게서 전화가 왔다.

정미가 전화를 받았다.

"우린 이제 폐가로 가니깐 언닌 운전 조심하고."

유나의 일상적인 인사다.

아리는 슈퍼 앞에서 유나를 태우고 잠실대교를 향해 달리기 시작했다.

유나가 뭔가 보따리를 들고 탔다.

"언니, 그 보따리는 다 뭐야?"

"이틀간 우리 먹을 것과 발효균."

"발효균이라니?"

"저놈을 매장하면 썩는 데 너무 오래 걸리잖아. 빨리 썩게 하려고."

"헉!"

아리는 유나의 치밀함에 혀를 내둘렀다.

"정미언니는 추적을 잘할까?"

아리가 물었다.

"아니! 아마도 나타나지 않을 걸."

"무슨 소리야? 언니 말로 놈들이 나타난다고 했잖아?"

"그건…… 정미언니를 이번 일에 개입시키지 않으려고 해. 만약을 위해 정미 언니는 드러나지 않게 해야 해. 저자의 입에서 원하는 답을 얻고, 잘 처리해도 만약에 우리가 노출되면…… 언니라도 노출되지 말아야지. 안 그래?"

"그러다 언니한테 혼나려고?"

"언니는 눈치 채지 못할 거야."

"왜? 놈들이 나타나지 않으면 바로 눈치 챌 텐데?"

"놈들이 저자가 납치된 걸 알고 업체를 통해 차량을 바로 견인 조치할 테니 걱정 마. 언니는 그 업체를 추적하고 나서 실패했다고 자책할 걸."

"햐! 언니는 정말 천재야."

아리는 엄지손가락을 치켜세웠다.

"그렇다 해도 문제가 있네."

아리가 유나의 세밀한 작전에도 틈이 있다는 것을 발견한 모양이다.

"뭐가?"

유나가 빙긋 웃으며 묻는다.

이미 아리가 할 말을 알고 있다는 눈치다.

"큰언니가 실패했다면 그냥 집으로 갈까? 우릴 쫓아오지 않겠어?"

"걱정 마. 지현이가 알아서 할 테니."

"지현이가?"

"그래! 놈을 놓쳤다고 전화가 왔더라. 해서 한 가지를 더 알려줬지."

"그게 뭔데?"

"응! 놈들 자동차가 어디에 있는지 알려줬어. 아마도 지금쯤 놈의 자동차를 발견했을 걸."

"그럼. 지현이 그 자동차를 끌고 가면?"

"차 키가 없잖아. 키는 네가 가지고 있지?"

"응!"

"그러니 아마 지현이도 숨어서 그 차를 끌고 갈 때까지 기다릴 거야. 지현이도 바보는 아니거든. 아마 언니와 지현이 서로 그 차를 추적할 거고, 성질급한 지현이 그 차에서 뭔가를 찾을 것이고, 그런 지현을 언니가 다시 추적할 거야. 물론 지현이 본인이 직접 나타나지 않을 거야."

"그건 어떻게 알아?"

"지현인 운전을 못해. 오른팔 왼팔이라는 두 친구도 그렇고. 아마도 남자친구가 추적할 걸."

"남자친구?"

"웅! 불량배 하나 있어."

유나가 뜻 모를 미소를 지었다.

헌데……

유나의 생각은 빗나가고 있었다.

정미는 놈의 자동차를 정비업체에서 견인 조치하자 그냥 그곳을 떠나버렸다.

그리고 정미가 도착한 곳은 높은 빌딩 안에 있는 어느 레스토랑이다.

정미가 앉아 있는 창가로 가물가물 빌딩들이 내려다보이는 것으로 봐서는 무척 높은 빌딩이었다.

주문한 음식이 나오고 정미가 음식을 맛있게 먹고 있을 때, 키 큰 30대 남자가 정미 앞에 나타나서 공손히 고개를 숙였다.

"가져왔어?"

정미가 마치 하인을 대하듯 반말을 한다.

"네! 단주님!"

30대 남자가 정미에게 단주님이라 부르며 누런 서류 봉투를 하나 꺼내 식탁에 올려놓았다.

"수고했다."

정미가 봉투를 들어 품속에 갈무리하며 단단하게 말했다.

"맛있게 드십시오."

30대 남자는 공손히 인사하고 얼른 그 자리를 떠났다.

P자동차 정비공장.

정미가 그곳에 다시 나타난 것은 오전 9시가 조금 넘은 시간이었다.

이미 지현 일행은 볼일을 마치고 그 자리를 떠난 후였다.

또각또각.

붉은 하이힐을 신은 중년 부인이 그곳에 나타났다.

정미의 눈이 반짝 빛났다.

중년 부인은 놈의 자동차 수리를 의뢰하고 결제를 마친 다음 그곳을 떠났다.

정미는 그 중년 부인을 천천히 뒤따르기 시작했다.

정미의 핸드폰이 울린 것은 바로 그때다.

"단주님! 지현이라는 도남여고 일진회 짱이 그 차량에서 핸드폰과 몇 가지 서류를 꺼내갔습니다. 아마도 유나님 작전 때문에 개입한 것으로 보입니다."

"알았다! X아파트 옥상에 나타났던 아이들이 간 곳은?"

"바로 각자 자신의 집으로 갔습니다."

"세밀히 관찰하도록."

"알겠습니다."

"유나와 아리가 향한 위쪽 300미터 지점에 표고버섯을 재배하기 위해 하우스를 친 곳이 있어. 유나는 그걸 아직 모르니 그곳에 거주하는 사람들 관찰도 잘하고. 유나와 아리 존재가 드러나지 않도록 철저히 막아줘."

정미의 핸드폰 통화는 그렇게 끝났다.

"멍청하게! 자신이 최고라는 우월감 때문에 간혹 허점을 드러내지. 유나가 어서 그걸 깨우쳐야 하는데."

정미가 혼자 투덜거리며 중년 여인을 계속 따라가고 있었다.

중년 여인이 도착한 곳은 강남에 있는 올림픽공원이다.

"젠장! 철저하군! 누가 미행할까 염려되어 시간을 벌려는 수작이다. 공원에서 시간을 보내다가 저녁때나 돌아가겠지."

정미는 투덜거리다가 핸드폰으로 전화를 건다.

"이 여자 차량을 지켜보다가 돌아갈 때 따라가거라! 한 사람이 500미터 이상 따라가지 마. 눈치 채지 않게 하고. 난 피곤해서 잠이나 자야겠다."

정미는 전화를 끊고 곧바로 그 자리를 벗어났다.

깊은 계곡 나무 숲 속의 다 쓰러져가는 폐가.

얼굴이 갸름하고 잘생긴 50대 남자가 굵은 밧줄로 두 손이 천장 대들보에 묶인 채 매달려 있었다.

아직 정신을 차리지 못한 듯.

"아리 넌 잠시 나가 있어."

유나가 품에서 면도칼을 꺼내들고 50대 남자 곁으로 다가서며 말했다.

"왜?"

아리가 의아한 표정을 지었다.

"놈에게서 확인할 것이 있어. 넌 안 보는 게 나아."

"뭘 보려는데?"

"놈의 성기."

"헉!"

아리는 얼른 방에서 뛰쳐나갔다.

"언니는 무엇 하러 그런 걸 보려고."

밖으로 나온 아리가 얼굴을 붉히며 투덜거렸다.

"됐다. 들어와!"

안에서 유나의 목소리가 들렸다.

방으로 천천히 들어온 아리는 깜짝 놀랐다.

"아니! 언니! 그걸 자른 거야?"

50대 남자의 성기 부분이 피로 얼룩진 것을 본 아리가 물었다.

"그래! 예상대로야. 마취를 하고 잘랐으니 아직 느끼지 못할 거야."

유나는 아무렇지도 않게 말했다.

"으으…… 유나언니는 나보다 더 잔인해."

아리가 혼잣말로 중얼거렸다.

"네 말대로 이자도 성기가 엄청 컸어. 내 예상이 맞는다면 이자들은 바로 그것 모임의 회원들일 거야. 대물클럽."

"대물클럽?"

"그래! 성기가 엄청 큰 자들의 모임이야."

"어째서?"

"정미언니 경우도 그렇고 지현이 엄마도 그렇고. 모두 자연분만을 한 갓난 아기 엄마를 상대로 범죄를 저질렀거든. 말하자면 일반 여자들은 놈들의 성기를 받아줄 수 없었던 거야. 아기를 자연분만하면서 자궁이 늘어난 여인만 놈들 성기의 진입이 가능했던 것이지."

유나는 말하면서도 좀 부끄러운지 얼굴을 붉혔다.

"그렇다면 그게 너무 커서? 다른 여자들은 그게 안 된다 이거지?"

"그래!"

"그렇다면 희생자가 더 많을 수도 있다는 거야?"

"맞아! 아마 우리 생각보다 엄청날 수도 있어."

"얼른 깨워서 심문해보자."

"순순히 입을 열지는 않을 거야. 아마 아무것도 알아낼 수 없을지도 몰라."

"어째서?"

"놈들 모임이 어디 하나 둘이겠어? 철저히 서로를 보호하고, 자신의 신분을 감추고, 아마 점조직으로 이뤄진 단체일 거야. 알아낸다 해도 몇 명이나 밝혀 낼지."

"결국 심문 자체도 강하게 나가야 뭔가 하나라도 얻을 수 있다는 거네?"

"그래! 좀 잔인한 방법이긴 해도 면도칼을 사용해 하나씩 사지를 절단하는 수밖에. 우선 피가 바닥에 튀지 않게 비닐을 깔고 고무 양동이를 준비해. 시작하자."

"알았어!"

아리와 유나가 놈을 고문할 준비를 하고 있었다.

장안동.

아파트촌 같아 보이지만 러브호텔이나 룸살롱, 안마시술소 같은 윤락가도 함께 공존하는 동네로 불량배들이 많기로 소문난 곳이기도 하다.

술집이 많다보니 밤이면 술 취한 사람들이 서로 싸우기도 하고 노래도 부 르며 골목길이 시끄럽다.

어중이떠중이 모인 불량배들 속에 멍청한 것으로 치면 열 손가락 안에 드는 '갈고리파'라고 부르는 공사판 철근콘크리트 기능공 모임이 있는데. 늘 손에 철근을 묶는 갈고리를 들고 다니며 폭력을 휘두르는 자들이다.

가장 잘 어울리고 못된 짓을 많이 하는 준태, 경철, 호진, 양화. 이 네 명이 임자를 만나고 있었다.

바로 집으로 돌아가는 정미를 발견하고 슬슬 취기도 올랐겠다 어찌 좀 해볼까 하는 생각에 길을 막고 악취가 풍기는 입을 놀린 것이 잘못이었다.

"헤이! 아가씨! 이 오빠들이 오늘밤 즐겁게 해줄게."

"그럼! 그럼! 즐겁고말고. 아주 죽여줄게."

"환상의 코스 돌림방으로 흐흐……"

경철, 호진, 양화가 한마디씩 했다.

어찌 보면 입을 다물고 있던 준태 녀석은 억울했겠지만.

짝!……

거의 동시에 네 명의 얼굴에 손바닥 자국이 나고 말았다.

입에 핏물이 고일 정도로 무척이나 아팠을 텐데…….

임자를 잘못 만났구나!

제대로 느꼈으면 얼른 정신 차리고 사과하고 꼬리를 내렸으면 끝났을 일이었다.

꼴에 불량배라고.

"이런, 싸가지 없는 년이!"

"이년이 뒈지고 싶어서 환장을 했나?"

입에 더러운 악취를 풍기며 욕이란 욕은 다 뱉으며 어린 소녀 하나를 상대로 네 명이 주먹을 휘두르기 시작했다.

요리조리 피하던 정미는 슬슬 도망치기 시작했다.

사람들이 몰려들었기 때문이다.

멍청한 녀석들은 자신들이 승기를 잡았다고 느낀 것일까.

"이년이 어딜 도망쳐?"

"이년! 너 오늘 임자 잘못 만난 줄 알아."

구경하는 사람들에게 자랑이라도 하고 싶었던 걸까.

피가 나도록 얻어맞은 따귀에 대한 창피함 때문일까.

고래고래 소리를 지르며 정미를 쫓기 시작했다.

정미는 불량배 네 명을 중랑천이 흐르는 조용한 장소로 유인하고 있었다.

"이년이! 오빠들을 즐겁게 해주려는 모양이네."

조용하고 인적이 없는 곳으로 자신들을 데려오자 오히려 신이 난 녀석들.

"……!"

소녀를 어떻게 할지 입가에 침을 흘리며 환상에 젖어 있는데.

정미는 어둠 속으로 자취를 감추고, 검은 복장을 하고 검은 안경에 모자까지 깊숙이 눌러 쓴 남자 하나가 그들 앞을 막아섰다.

"넌 뭐냐?"

"네놈은 뭐야?"

뭔가 불길함을 눈치 챈 것일까.

녀석들 목소리는 기어들어가고 있었다.

불길한 느낌 속에서 녀석들은 생전 처음 듣는 한마디를 들어야 했다.

"겁도 없이 단주님께 불경한 대가다."

단주님……

세상에서 태어나 처음 듣는 단어, 단주님.

그 말을 들으며 뭐가 어떻게 된 일인지 알 수도 없는 순간에 녀석들은 바닥에 쓰러지고 말았다.

그리고

아침이 돼서야 정신을 차린 녀석들은 자신들의 두 눈이 사라진 것을 알고 통곡하고 말았다.

녀석들의 입을 통해 세상에 드러난 세 글자.

단주님.

그리고

잔혹한 손속.

급기야 경찰은 특별 수사팀을 만들고 수사를 시작했다.

강영진.

불량배들의 두 눈을 파내고, 혀와 성기까지 잘랐으며 잔인한 살인 사건까지. 특별 수사를 담당하는 수사팀을 맡게 된 경찰은 공교롭게도 유나의 신통력을 구걸해서 일약 스타덤에 오른 형사 강영진이다.

"나 강영진은 잔인한 살인 사건과 불량배 네 명의 두 눈을 파낸 엽기적인 사건의 범인을 반드시 가까운 시일 안에 잡을 것이다."

특별 수사팀원들 앞에서 강영진이 자신 있게 한 말이다.

수사팀원은 물론 기자들도 그 말을 의심하지 않았다.

지금까지 강영진이 맡은 사건은 반드시 해결하여 초고속 승진을 했기 때문이다.

그리고

그날 밤.

강영진은 통닭을 사 들고 유나를 찾아왔다.

딩동.

초인종 소리가 계속 울렸지만, 정미는 침대에서 일어나지 않았다.

초인종 소리가 멈추고 강영진이 물러간 후 정미는 슬그머니 일어났다.

"형사가 스스로 능력을 발휘해서 수사해야지 유나의 능력에만 의존하려는 저런 자가 무슨 특별 수사팀장이라고⋯⋯. 정말 한심해."

정미는 잠을 자면서도 그가 강영진이라는 것과 방금 만들어진 수사팀까지 다 알고 있었다.

"멍청한 불량배들을 이용해 미끼를 던졌더니 고작 저런 멍청한 형사를 수사팀장이라고? 이건 예상 밖이다. 저 형사가 물러나야 제대로 된 자가 팀을 이끌고 수사를 제대로 하겠군. 한 달은 더 걸리겠어."

정미가 못마땅한 표정을 지었다.

"다른 사건을 하나 더 만들까요?"

창 밖에서 남자 목소리가 들렸다.

"아니다! 이미 만들어진 수사팀 책임자가 이유도 없이 경질되진 않아. 한 달이란 시간이 필요하다. 적어도 한 달 동안 범인을 잡지 못해야 경질 이유가 되지. 내 실수다. 저런 자가 팀장이 될 거라는 생각을 못했어. 후훗……"

정미가 쓸쓸한 미소를 지었다.

"단주님, 그럼 편히 쉬십시오."

"그래! 당분간 움직이지 마라! 별도 지시가 있을 때까지 쉬어."

정미는 다시 침대에 벌렁 몸을 뉘었다.

"당분간 살수단이 할 일이 없겠군. 스승님의 유언을 얼른 지켜야 하는데."

중얼거리는 정미의 눈가에 이슬이 맺힌다.

정미의 이슬 맺힌 눈가에 아련한 추억이 떠오른다.

벌써 10년 전.

무인도에서 스승 아사의 손에서 자란 정미가 아홉 살이 되던 그해.

무더운 여름날.

마치 거미처럼 바위를 기어오르며 갈매기 알을 채취하던 정미는 갈매기들의 공격으로 바위에서 추락하고 만다.

마치 인어처럼 물속에서 물고기 잡기에 여념이 없던 스승 아사가 정미가 추락하는 것을 발견하고 몸을 던져 정미를 구했지만, 아사는 소중한 것을 잃고 만다.

바로 그 고운 얼굴에 깊은 상처를 입은 것인데.

치료약이 변변치 않은 관계로 상처는 점점 악화되어 얼굴이 엉망이 된다.

그 후부터 스승 아사는 늘 복면을 쓰고 다녀야 했던 것이다.

아사의 얼굴 상처가 악화되자 긴급 전문을 보냈고, 검은 복장의 남자들이 몰려왔다.

가져온 약으로 치료를 마친 아사는 남자들을 모아놓고 명을 내린다.

"지금부터 우리 살수단의 단장은 이 아이가 맡을 것이다. 모두 예를 취하라!"

그 후 정미는 처음 보는 그 남자들의 주인이 되었다.

전 세계 각국에 퍼져 있는 320명 살수들 집단의 보스 살수 단장 사정미.

그렇게 정미는 여덟 살에 살수 단장이 되었다.

그것은 절대 극비 사항으로 아사 외엔 유나도 아리도 모르는 일이었다.

"유나와 아리는 너와 나의 원수를 갚기 위한 도구에 불과하다. 먼저 네 원수부터 찾아 없애고 나의 원수는 그다음에 단원들과 같이 처리해라! 아리는 선천적인 병 때문에 스무 살을 넘기지 못할 것이고, 유나는 반드시 널 배신할 것이니 유나가 배신의 기미를 보이면 즉시 죽여라!"

아사는 틈만 있으면 같은 말을 되풀이하며 당부했다.

아사가 죽는 순간까지 정미에게 남긴 말은 그것뿐이었다.

"스승님! 전 아리도 유나도 지킬 겁니다. 왜냐고요? 그들은 나에게 유일한 벗이자 동생이거든요."

정미의 눈에 눈물이 주르륵 흐른다.

"이미 스승님 예상대로 유나는 절 배신하려고 합니다. 허나 전 유나를 꼭 지킬 겁니다. 언니로서. 동생이니깐. 후훗…… 살수의 모진 마음이 없어서 전 자격이 없다고 하셨지요?"

정미는 마음속 스승과 대화를 나누고 있었다.

"그래! 네 최대 약점은 따뜻한 마음이다. 살수는 언제나 냉정해야 하는데, 넌 그게 최대 약점이야."

마음속에서 스승 아사의 말이 들리는 듯했다.

"스승님 말씀이 맞아요. 전 너무 정이 많아요. 하지만 스승님! 그거 아세요? 차가운 마음보다, 냉정함보다 따뜻한 마음이 더 무서울 수도 있다는 것을. 왜냐고요? 따뜻한 마음은 아무도 의심하지 않거든요. 냉정한 살수라고."

"허! 우리 딸. 내 제자가 이젠 다 컸구나."

"스승님도 이젠 인정하시는군요. 앞으로 지켜봐주세요. 제자가, 아니 딸이 커가는 것을요."

스승 아사와 마음속 대화를 나누던 정미는 그만 잠이 들었나보다.

어느덧 아침 해가 밝아오고 있었다.

딩동……

아침부터 초인종 소리가 울리기 시작했다.

정미는 이번엔 정말 깊이 잠들어 있었다.

초인종을 누른 사람은 다름 아닌 특별 수사팀의 강영진 형사였다.

어젯밤 들고 왔던 통닭은 어디 가고 김이 모락모락 나는 통닭이 두 마리나 들려 있었다.

"어디 갔지……! 일요일이라 어디 여행 갔나?"

강영진 형사는 다시 발길을 돌리고 말았다.

안현태는 손에 두 장의 표를 들고 콧노래를 부르며 걸어가고 있었다.

바로 인기가수 S의 콘서트 입장권이다.

유나와 같이 가려는 생각이다.

05.

"뭐하려는 것이냐?"

하체의 엄청난 고통에 정신을 차린 녀석은 귀엽게 생긴 소녀가 면도칼을 들고 다가오자 질겁하며 물었다.

"언니! 이거로 발가락부터 자를까?"

천장에 두 팔을 묶여 매달리고 다리는 벽면에 고정되어 묶인 녀석의 물음에 대답은 하지 않고, 아리는 면도칼을 녀석의 발가락에 갖다 대며 유나에게 물었다.

"자를 땐 작은 발가락부터 잘라. 나중에 큰 거 하나만 남겨두게."

옆에서 버너에 냄비를 올려놓고 물을 끓이던 유나가 고개도 돌리지 않고 말했다.

"오늘은 다리에 힘줄을 한번 빼볼까?"

"뭐하려고?"

"웅! 사람의 힘줄이 뭘 묶을 때 엄청 튼튼하다던데, 정말인지 보려고."

"누가 그래?"

"이라크에서 이집트 용병 녀석이 튼튼한 끈을 하나 갖고 다녔는데, 사람의 힘줄로 만들었다고 했어."

"그래? 그럼 만들어봐."

아리와 유나의 대화를 듣고 있던 녀석은 오줌을 질질 흘리기 시작했다.

"헉!"

또다시 밀려오는 하체의 통증.

고개를 내리고 자신의 하체를 보던 녀석은 부들부들 떨기 시작했다.

"아프지? 네놈 성기를 잘랐어. 네가 잠자고 있어서 깨우려고."

지금까지 냄비에 물을 끓이던 유나가 처음으로 고개를 들고 녀석을 바라보며 생긋 웃었다.

"미친……! 크악!"

유나에게 욕을 하려던 녀석은 아리의 손에 들린 면도칼이 자신의 작은 발가락을 싹둑 자르는 것을 보고 비명을 질렀다.

"언니!"

"왜?"

"발가락 하나만 잘라도 아픈가봐."

"겨우 그 정도로 비명까지 지르고, 그치?"

"하나 더 자를까?"

"그래! 한쪽만 자르면 짝짝이가 되잖아. 둘 다 네 개씩 만들어놓고 얼른 라면부터 먹자."

유나가 끓는 물에 라면을 넣으며 말했다.

"자…… 잠깐!"

녀석이 급히 아리의 면도칼을 멈추게 했다.

"뭐냐?"

면도칼을 녀석의 한쪽 작은 발가락에 댄 채 아리가 고개도 들지 않고 물었다.

"원하는 게 뭐냐?"

녀석이 급히 물었다. 혹시라도 늦게 말하면 발가락을 또 자를까 봐.

"급하긴. 라면 먹어야 하니깐 잠시 기다려."

"크악! 이 미친……."

장난처럼 한마디를 던진 아리는 망설이지 않고 녀석의 한쪽 작은 발가락을 싹둑 잘랐다.

녀석은 비명을 지르며 욕을 퍼부었다.

두 발가락에서 피가 줄줄 흐르기 시작하고.

유나는 세숫대야를 발가락 밑에 놓고 떨어지는 피를 받기 시작했다.

"이것도 선지라고 할까?"

유나가 혼잣말처럼 물었다.

"으으으……."

녀석이 다시 오줌을 줄줄 흘리고.

"더럽게. 선지에 오줌 들어가잖아!"

옆에 앉아 있던 아리가 벌떡 일어서며 주먹으로 녀석의 턱을 강타했다.

"크윽!"

비명과 함께 녀석의 입에서도 피가 줄줄 흐르기 시작했다.

"으악! 너희들은 누구냐? 도대체 왜 내게 이러는 것이냐?"

녀석이 발악하며 물었지만.

유나와 아리는 다 끓은 라면 냄비를 앞에 놓고 앉아 맛있게 라면을 먹기 시작했다.

"으으으…… 저것들은 뭐냐? 내가 꿈을 꾸는 것일까?"

녀석은 두 소녀를 보며 치를 떨었다.

"언니! 이 김치는 정말 맛있어. 큰언니는 김치를 너무 잘 담아, 그치?"

"응! 맞아. 정말 음식 하면 큰언니야. 난 도저히 못 따라가."

"언니도 된장찌개와 김치찌개는 최고잖아."

"그거야 큰언니가 그걸 젤 좋아하니까. 잘못 끓이면 혼났거든."

"혼났다고? 큰언니가 언니를?"

"넌 모르지? 큰언니가 얼마나 무서운지?"

"큰언니는 착한데……."

"바보! 넌 아직 큰언니를 몰라! 큰언니가 얼마나 무서운지."

"정말이야?"

"그래! 이라크에서 적군 1개 중대와 전투를 했는데, 큰언니 혼자서 그들을 다 죽이고 여섯 명을 사로잡았어."

"그래서?"

"그들 부대원이 이라크의 한 소녀를 강간해서 생긴 전투였는데…. 큰언니가 여섯 명을 모두 산 채로 그 소녀 무덤 옆에 나란히 생매장했어."

"산 채로?"

"그렇다니깐. 난 차라리 죽여서 묻어버리지 산 채로 그렇게 하지는 않아. 그것도 머리만 남기고 더운 날씨에 며칠 동안 물 한 모금 못 먹게 하고는 입에다가 모래를 처넣고, 모래로 머리를 덮고. 나중엔 어떻게 했는지 알아? 머리에 쇠로 된 십자가를 박아서 십자가 여섯 개가 소녀의 무덤을 굽어보고 서 있게 만들었어."

"큰언니가 무척 화가 났구나."

"저놈들은 우리가 조사해본 결과 무려 28명의 선량한 사람을 자신들의 성의 재물로 사용했더라. 더 조사하면 아마도 더 많을 거야. 하니…… 저놈 몸을 28개로 만들어 그분들 무덤에 하나씩 묻어줘야겠지?"

"그렇게 하려고?"

"일단 큰언니 허락을 받고 하려고."

"그래! 언니 혼자서 결정하지는 마. 뭐든 큰언니 허락을 반드시 받고."

유나와 아리가 라면을 맛있게 먹으며 떠드는 소리를 듣고 녀석은 더욱 공포에 떨기 시작했다.

"계십니까?"

현태가 정미의 단잠을 깨웠다.

초저녁부터 달콤한 잠에 취해 있던 정미는 마치 현태가 오기를 기다리기라도 한 듯 문을 열어주었다.

"안녕하세요?"

현태는 엉거주춤 인사를 했다.

얼굴은 이미 붉게 변했다.

"앉으세요."

언제 준비했는지 현태를 소파로 인도하고 바로 커피 두 잔을 탁자에 올려놓았다.

"유나님은?"

현태가 두리번거리며 유나를 찾았다.

"동생들은 시골에 놀러 갔어요."

"아! 고향에 갔나보군요?"

"네! 유나 찾아오셨나 봐요?"

"아…… 네! 뭐."

현태가 머뭇거리며 대답했다.

정미를 좋아했던 자신이 정미를 앞에 놓고 언제부터 유나를 찾게 됐는지 현태는 스스로 놀라고 있었다.

"우리 유나 잘 부탁해요."

현태의 마음을 아는지 모르는지 정미는 유나를 현태에게 떠넘기고 있었다.

현태는 그런 정미가 한편으론 야속했다.

"네! 그럼 전……."

커피를 급히 마시고 현태는 일어섰다.

정미는 그냥 미소만 짓고 있었다.

현태가 밖으로 사라지고 나자 정미의 미소는 사라졌다.

"이런! 또 오네. 급하긴 급한 모양이네."

정미는 얼른 불을 끄고 침대로 향했다.

딩동.

초인종은 계속 울리는데, 정미는 침대에 누워 자는 척했다.

문 밖에선 강영진 형사가 떠날 줄을 몰랐다.

"무슨 핸드폰에 저장된 전화번호도 하나 없고 통화기록도 다 지워졌어."

지현은 핸드폰을 집어던지며 짜증을 냈다.

"이건 어때?"

지현은 남자친구 용현이 차량에서 찾아 갖고 온 서류들을 살피다가 뭔가 종이 하나를 들고 묻는다.

"그게 뭐야?"

"응! 여객선 승선권인데. 백도라는 섬에서 연안부두로 온."

"날짜는?"

"이틀 전이야."

"그럼 백도라는 섬에 가면 뭔가 있겠다."

"그래! 애들 모을까?"

"위험할지 모르니 많이 모아. 놀러가는 걸로 하고."

"알았다."

용현인 얼른 핸드폰을 꺼내들고 전화를 하기 시작했다.

"으으으…… 너희들은 누구냐?"

유나와 아리 앞에 매달린 녀석이 공포에 질린 모습으로 물었다.

"녀석! 지금까지 우리 이야기를 들었으면서도 아직도 파악이 안 되는 것이냐?"

유나가 다 먹은 라면 냄비를 수세미로 씻다가 힐끗 녀석을 쳐다보며 말했다.

"그 정도 생각 있는 녀석이 그런 나쁜 짓을 할까?"

아리가 싱긋 미소를 지으며 면도칼을 집어 들고 녀석에게 다가갔다.

"으으으…… 왜 그러느냐? 오지 마!"

녀석이 부르르 떨며 공포에 젖은 눈으로 아리를 바라본다.

"아까 말했잖아. 네 다리 힘줄을 빼서 쓸 데가 있다고."

"알고 싶은 게 뭐냐? 다 말할게."

녀석이 급했나보다.

"언니!"

아리가 녀석의 질문에 대답은 하지 않고 유나를 불렀다.

"왜?"

"다리 힘줄을 자르려면 발목 뒤를 자르고 또 어딜 잘라야 되지?"

"엉덩이 뒤 등 쪽을 잘라야 좀 길게 돼."

"어디로 빼는 것이 쉬워?"

"잘 안 나올 거야."

"그럼 어떡해?"

"집게로 집고 둘둘 말아서 당겨."

"알았어. 언니!"

유나와 아리의 대화는 녀석에겐 공포 그 자체였다.

"뭐든 물어보라니깐? 다 말해줄게."

녀석이 아리의 행동을 저지하려고 발악을 했다.

"급하긴. 우선 내가 필요한 것부터 취하고 그때 물어볼게."

아리의 손이 녀석의 발목을 잡았다.

"으악! 기다려! 다 말한다니까."

녀석이 다급하게 외쳤다.

"너희들 대물클럽 회원들을 모두 대봐. 몇 명이나 말할 수 있지?"

설거지를 마친 유나가 일어서며 묻는다.

녀석의 얼굴이 잔뜩 일그러졌다.

"거봐! 아직 실토할 준비가 안 됐잖아."

유나는 비꼬는 말투였다.

아리의 한쪽 손은 녀석의 발목을 잡고, 다른 한 손에 든 면도칼이 천천히 움직였다.

녀석의 두 눈은 아리의 손이 움직이는 것을 지켜보며 공포에 떨었다.

"두…… 두 명. 난 두 명밖에 몰라! 저…… 정말이야."

"네 눈에 세 명은 안다, 그렇게 쓰여 있어. 누굴 속이려고?"

유나가 비웃었다.

"헉! 어떻게?"

"이게!"

아리가 가소롭다는 말투를 남기며 손을 움직였다.

"크윽!"

녀석은 발목의 통증을 느끼며 비명을 질렀다.

"이거 겁쟁이네. 아직 긋지도 않았는데 엄살은."

아리가 말했다.

"다…… 다 말할게."

녀석은 이미 모든 걸 포기하고 있었다.

"좋다. 아는 데로 다 말해라! 조금도 허튼 생각하지 말고. 먼저 세 명의 이름, 나이, 사는 곳, 연락처, 생김새, 그런 순으로 말해라!"

유나가 A4 용지를 펼쳐놓고 연필을 손에 들고 앉으며 물었다.

"미친…… 뭣 하려고?"

녀석은 아직 유나의 능력을 모르나 보다. 속으로 유나를 미쳤다고 생각했다.

허나.

녀석은 자신이 말하는 동료의 모습을 그리는 유나를 보고 깜짝 놀라고 말았다.

말만 듣고도 너무나 비슷하게 그렸고, 조금의 거짓말도 통하지 않았다.

먼동이 트기 시작했다.

지현은 또래 20여 명을 모아 연안부두로 향했다.

용현이 옆에는 현태가 함께 있었다.

사실 용현이는 현태와 같은 동네에 살았고, 현태 아버지와 용현이 아버지는 잘 아는 사이였다.

"서둘러!"

지현이 아이들을 독촉했다.

연안부두 여객선 터미널에 도착하자 더욱 바쁘게 움직이기 시작했다.

"몇 시라 그랬지?"

지현이 용현이를 보고 물었다.

"첫 배가 6시 20분. 아마도 출근하는 사람들을 위한 여객선 같아."

"육지에서 섬으로 출근하는 사람도 있어?"

용현이 말에 현태가 물었다.

말하면서도 부지런히 뛰고 있었다.

"마! 섬이라고 출근하는 사람이 없냐? 등대지기, 수산물 유통업자 뭐 그런 사람들이 있겠지."

"아냐! 백도에 민가라고는 겨우 세 채밖에 없대. 어제 인터넷으로 알아봤어. 요즘 방파제 공사가 대규모로 진행 중이라 하더라. 아마도 해경 전초기지를 만드는 모양이야."

지현이 말했다.

"해경?"

"그래! 인터넷에 그렇게 나왔더라."

용현이 물음에 지현이 대답했다.

"현태 네가 표를 끊어라."

"알았어!"

그래도 동료 중에 제일 부잣집이 현태였기에 여객선 승선표는 현태가 책임지기로 했다.

현태가 매표소에서 승선표를 구입하고 있을 때, 지현이 핸드폰에 발신인 번호가 없는 문자가 하나 날아왔다.

[네가 지금 가는 목적을 현태에게 말하지 마라!]

지현은 핸드폰 문자를 확인하고 매표소에서 표를 구입하는 현태를 물끄러미 바라보았다.

"현태가…… 왜? 현태를……"

지현은 영문을 모르겠다는 표정이다.

벌써 사흘째.

알 수 없는 사람으로부터 지현에게 이런 식으로 문자가 날아왔다. 물론 하나도 틀리지 않았다. 해서 지현은 문자를 유나가 보내주는 것으로 알았다.

"용현이 너! 우리가 왜 백도에 가는지 현태에게 말했니?"

지현이 작은 소리로 용현에게 물었다.

"아니, 아직 아무에게도 말 안 했어."

"잘했어. 앞으로도 말하지 마!"

"그래 알았다."

지현은 현태가 표를 다 구입하자 서둘러 여객선으로 향했다.

"애들은?"

정미는 침대에서 일어나자마자 바로 걸려온 전화를 받으며 그렇게 물었다.

"지금 백도로 경유하는 여객선에 승선했습니다."

전화기 저쪽에서 굵은 남자 목소리가 들렸다.

"그래? 지현이 우리가 넣어둔 승선표를 발견하고 제대로 움직이는군. 유나와 아리는?"

"지금 막 현장을 출발했다는 보고입니다."

"현장 처리는?"

"말끔하게 정리했다고 합니다."

"그래? 유나 솜씨가 점점 늘어가는 모양이야."

"네! 그렇습니다."

"현재 백도엔?"

"네! 지현이 부모님 원수 중 하나인 대물클럽 부회장이 있습니다."

"녀석은 나의 원수는 아니라고?"

"네! 그렇습니다. 대물클럽 부회장 오대규는 당시 나이 어린 고등학생이었습니다. 현재 부회장이 된 것도 20~30대 회원들의 지지를 받아 그렇게 됐다 합니다."

"현재 혼자 있나?"

"아닙니다. 오대규를 따르는 불량배 네 명과 같이 방파제 공사장에서 노동일을 하고 있습니다."

"애들이 충분히 처리할 수 있을까?"

"쉽게 처리할 것으로 보입니다. 지현이와 같이 움직이는 아이 중에 꽤 쓸 만한 아이들이 두 명 있거든요."

"그래?"

"네! 지현이와 겨뤄도 전혀 뒤떨어지지 않는 아이들입니다. 다만 지현이 미모에 반해 따라 다니는 것뿐이죠."

"재미있군!"

"뭐 분부하실 일은?"

"중동에서 들어온 두 건의 의뢰가 있지?"

"네! 수단 기업인 K와 아랍연합의 W황태자를 처치해달라는 의뢰입니다."

"금액 확인하고 오늘 바로 처리하도록."

"알겠습니다!"

"아! 그리고 21S를 불러라! 조용히 극비리에."

"현재 러시아에 머물고 있는 21S 말입니까?"

"그래! 내가 보고 싶다고 해라."

"존명."

전화를 끊고 정미는 욕실로 향했다.

이제 세수를 하려는 것이다.

"서둘러야지. 동생들이 배고프겠다. 어서 아침을 준비해야지."

정미가 혼자 하는 말이다.

비쩍 마르고 장대같이 키가 큰 남자.

현태 아버지는 동네 해장국집에서 아침부터 막걸리를 한 병 시켜놓고 시원하게 들이켜고 있었다.

벌써 거나하게 취한 상태였다.

"이런, 이 아저씨가 아침부터 무슨 막걸리람?"

지나치던 30대 남자가 빈정대며 옆에 앉는다.

"동생 녀석이 어제 행방불명됐는데 아직 못 찾아서 한잔 했소이다. 댁도 한잔 드시려오?"

"하룻밤 안 보이면 행방불명이라고 하는 거요?"

"차를 타고 가다가 갑자기 사람만 사라졌다오."

"고등학생들이 그 차를 따라갔다고 들었습니다만?"

"알고 있으면서……."

현태 아버지는 몹시 불쾌하다는 표정이다.

"지현이라는 일진회 우두머리죠. 지금은 아마 백도로 향했다던데요."

"뭐요? 백도?"

"네! 거긴 부회장님이 계신 곳인데……. 설마 알고 가는 건 아니겠죠?"

"당연히 뭔가 눈치를 챘으니 가겠지. 조심하라고 연락이라도 해야지."

"핸드폰 연락에 문제가 생겨서 모두 폐기시키지 않았습니까? 전혀 연락을 할 수 없는 상태라 아이들을 급히 백도로 보냈습니다."

"문제가 생기더라도 아이들은 나서지 말라고 지시를 하시지."

"네! 알겠습니다. 그럼 많이 드십시오."

30대 남자는 일어섰다.

마치 지나가다가 잠시 말벗을 한 것처럼…….

"허……! 요즘 갑자기 회원들에게 문제가 생기지……."

현태 아버지는 혼자 중얼거리며 다시 막걸리를 한 잔 들이켰다.

현태 아버지가 해장국에 막걸리를 먹는 장소를 멀리서 망원경으로 지켜보는 사람이 있었다.

바로 높은 상가 빌딩 위다.

그는 급히 핸드폰으로 누군가에게 전화를 걸었다.

"방금 대물클럽 회장과 접선한 자를 조용히 따라가. 그리고 보고해!"

그는 전화를 끊고 다시 누군가에게 전화를 걸었다.

"대물클럽 회장과 첫 접선한 자가 나타났습니다. 현재 미행 중입니다. 알겠습니다."

전화를 끊고 그는 급히 그곳을 떠났다.

"하나, 둘, 셋."

정미가 아침을 다 차려놓고 현관을 보며 시간을 맞추고 있었다.

덜컹. 현관문이 열리고 유나와 아리가 들어왔다.

정확하게 정미가 셋을 헤아림과 동시에…….

"어서 와라! 배고프겠다. 씻고 밥 먹자."

"흠…… 흠! 맛있는 냄새. 역시 큰언니 음식은 냄새부터 달라."

아리가 정미에게 엄지손가락을 치켜세워 보이며 욕실로 들어갔다.

"너도 얼른 씻고 밥 먹어라!"

유나가 정미를 바라보며 쑥스러운 미소를 짓자 정미가 말했다.

"알았어! 언니."

유나도 얼른 아리가 들어간 욕실로 들어갔다.

정미는 동생 둘이 들어간 욕실을 측은한 표정으로 바라보며 서 있었다.

"저 녀석들을 언제 저런 일에서 손 씻고 공주처럼 살게 해줄 수 있을까."

정미가 혼잣말로 중얼거렸다.

06.

"오늘은 우리도 낚시나 하러 가자!"

정미가 밥을 먹으며 말했다.

"큰언니! 왜 어젯밤 일을 묻지 않아?"

아리는 정미가 어젯밤 녀석의 입에서 뭘 알아냈느냐는 질문을 당연히 할 것으로 알았는데, 화제를 다른 곳으로만 돌리자 의아한 표정으로 물었다.

"너희들이 알아서 할 걸 뭘 물어봐. 묻지 않아도 네가 먼저 말을 할 거잖아."

정미는 대수롭지 않다는 투다.

유나는 그냥 빙그레 미소만 짓고 있었다.

"세 명의 인적사항을 알아냈어. 하지만 아쉽게도 큰언니 부모님 원수는 없었어. 녀석도 큰언니 원수와는 무관하고."

"그래, 그럴 줄 알았어. 아무튼 수고했다. 어서 밥 먹고 오늘은 낚시 가자. 민물고기를 잡아서 매운탕이라도 얼큰하게 끓여 먹어야겠다."

"어디로 가려고?"

"간현 유원지."

"강원도 땅이잖아! 지난번에 갔던 곳?"

"그래! 오늘은 강을 건너서 경기도 방향에서 내려오는 샛강 줄기가 합류되는 지점에서 한번 낚아보자."

"뭔가 알아낸 거 있어?"

아리는 정미가 그냥 낚시나 가자고 한 것은 아니라 판단하고 물었다.

"유나가 한 번 맞혀봐."

정미는 유나를 바라보며 살짝 미소를 지었다.

"난 언니와는 상극이잖아. 다른 사람은 다 보여도 언니는 항상 안개에 가린 듯 안 보여. 왜 그렇지? 이유를 모르겠어."

유나는 도무지 모르겠다는 표정이다.

"오늘은 그냥 언니가 하자는 대로 따라와 주면 안 되겠니?"

정미가 미소를 머금고 아리에게 하는 말이다.

"알았어! 큰언니."

아리는 얼른 대답했다. 정미 말이라면 무조건 신뢰하고 따르는 아리였기에 괜한 질문을 했다고 생각한 것이다.

지현 일행이 여객선을 타고 바다를 항해 중인 시각에 정미도 유나와 아리를 데리고 서울을 벗어나고 있었다.

정미 일행이 탄 차는 개인택시였다.

운전자는 늘 정미에게 정보를 보고하고 묻는 30대 남자였다.

"벌써 봄이 다 가고 더위가 시작되네."

유나가 차창 문을 열고 바람을 쐬며 말했다.

"아직은 그래도 이라크 지역보단 덥지 않지. 기온은 이곳이 항상 낮은데 습도 때문에 덥기는 마찬가지거든."

정미가 말했다.

"큰언니!"

아리가 갑자기 정미를 부른다.

"……!?"

"난 다시 한 번 이라크에 가보고 싶어. 전에 내 말을 잘 들어주던 알리가 아직 있으려나?"

"알리?"

유나가 묻는다.

"응! 언니 왜 있잖아. 적군과 싸울 때 물 당번 하던."

"아하! 그 찌지리?"

"엥? 둘째언니! 찌지리라니? 얼마나 착한데."

"그래! 맞다! 그건 유나가 잘못했다. 그 이라크 아이 정말 순진하고 착한 아이야."

"착하다고 다 좋은 건 아니야. 그 알리란 녀석 겁도 많고 눈물도 많잖아. 호호……"

유나는 생각하면 할수록 재미있다는 말투다.

"언니도 참! 그래도 내 친군데. 알리가 얼마나 날 좋아했는데."

"그래! 알리 녀석. 우리 아리를 무척 좋아했지. 그래서 무서운 전쟁터에도 따라다닌 거고."

"그 아이 아직 그곳에 살고 있어. 건강하게."

유나가 말했다.

"정말이지?"

"그렇다니깐. 당시 내가 봤을 땐 그 아이 수명이 78세였어. 고향을 떠나 살 팔자도 아니었고. 그러니 그곳에 그냥 아직 잘살 거야. 걱정 마."

"보고 싶다."

아리의 눈가에 살짝 이슬이 맺혔다.

"자, 자! 다 왔다. 오늘은 누가 많이 잡나 내기다."

정미가 울적해진 아리의 마음을 다른 곳으로 돌리려고 화제를 바꾸었다.

"무슨 내기?"

유나가 맞장구를 쳤다.

"꼴찌가 한 달간 집 청소하기. 2등은 일주일간 설거지."

"좋아! 큰언니가 져도 우린 거들어주지 않는다."

"아리야! 큰언니가 지겠니? 스승님과 무인도에서 물고기만 잡아먹으며 생활한 것이 얼만데? 이건 우리가 절대적으로 불리한 내기야. 쳇!"

유나가 불평을 늘어놓는다.

"나도 지중해에서 특별 훈련을 받은 몸이야. 왜 그래?"

아리가 어깨를 으쓱 한다.

"쳇! 그럼 나만 불리하네."

"걱정 마라! 낚시로만 잡기니까. 다 큰 처녀들이 아직 찬 물속에서 수영하면 남의 이목이 집중돼서 안 돼. 오늘은 낚시로만 잡자."

정미의 의견에 다들 동감한다는 표정을 지었다.

택시는 이미 간현 유원지의 나룻배 선착장에 도착했다.

"저곳이 백도라는 섬이다."

용현이 거의 도착한 작은 섬을 손가락으로 가리키며 말했다.

"자! 그럼 모두 준비해. 배가 섬에 도착하면 승선하는 사람들도 자세히 살피고."

지현이 지시를 내렸다.

저쪽 뱃머리에 서 있던 현태의 핸드폰이 울린 것은 바로 그때였다.

현태가 얼른 핸드폰을 들고 누가 전화를 했나 확인했다.

아빠다.

현태는 얼른 폴더를 열고 전화를 받았다.

"아빠!"

"그래! 지금 어디냐?"

"네! 친구들이랑 섬에 놀러 왔어요."

"어느 섬이냐?"

"백도라 하는 것 같았어요."

"거긴 뭣 하러 가?"

현태 아빠의 목소리는 무척 화난 것 같았다.

"죄송해요. 그냥 친구들을 따라온 건데 섬인 줄 몰랐어요."

"마침 잘됐다. 섬에 들어가면 민호상점이라고 있어. 낚시꾼들 상대로 물건을 파는 구멍가게야. 주인한테 아이들 못 듣게 이렇게 전해. 윤대칠이라고 있냐고 물어봐."

"그게 누군데요?"

"못된 녀석 하나 있어."

현태 아빠는 그 말을 남기고 얼른 전화를 끊었다.

"와! 고기 잘 잡힌다."

오늘따라 아리가 고기를 제일 잘 낚았다.

아리의 망태기엔 이미 매운탕을 충분히 끓여 먹을 정도의 물고기가 담겨 있었다.

근처엔 이른 더위를 식히려고 놀러 온 사람들이 많았다.

정미의 눈은 그들 중 20대 남자 세 명을 쫓고 있었다.

반바지에 짧은 반팔 티셔츠를 입은 녀석들은 온통 문신투성이 팔과 다리를 자랑하며 돌아 다녔다.

문신 때문에 겁을 먹었는지 놀러 온 아가씨들은 물론이고 남자들까지 꼼짝을 못하자 마치 제 세상 만난 것처럼 유원지를 휘젓고 다녔다.

"맛있겠는데…… 좀 나눠먹자."

녀석들은 놀러 온 사람들 먹는 것까지 강제로 뺏어 먹었다.

존댓말은 이미 그들 입에 존재하지 않았다.

"와! 예쁜데! 같이 놀까?"

녀석들은 아가씨들만 보면 치근덕대며 몸을 만지기 일쑤였고, 그런 그들의 위세에 눌려 아무도 항의를 하지 못한 채 슬금슬금 자리를 뜨기 시작했다.

"어딜 가? 여기서 놀지."

자리를 뜨려는 사람들까지 강제로 제지하며 안하무인격이다.

"……!?"

정미의 눈이 반짝 이채를 띤다.

녀석들은 아리가 떠드는 소리를 듣고는 발걸음을 아리에게 향하고 있었기 때문이다.

"아리야! 싸우지 마라!"

정미는 얼른 아리에게 주의를 줬다.

아리가 눈을 끔뻑거리며 알았다는 표시를 했다.

"와! 이 학생, 낚시 잘하는데. 어디서 왔어?"

팔뚝에 거미 문신을 한 녀석이 아리에게 문신을 자랑하듯 팔뚝을 보이며 물었다.

"서울서 왔는데요."

아리가 대답했다.

"우리가 반찬을 준비 안 해서 그러니깐 매운탕거리 좀 얻을 수 있을까?"

아리가 어린 고등학생처럼 보이자 녀석은 예의를 갖추는 것일까.

"네! 갖고 가세요."

아리가 얼른 대답했다.

"그래! 고마워."

녀석들은 아리의 망태기를 꺼내 자신들이 들고 온 검은 비닐봉지에 물고기를 쏟았다.

"학생 많이 잡어."

녀석들은 들고 가면서 인사를 남기는 것도 잊지 않았다.

"……!?"

떠나려던 녀석들 눈에 그 옆에서 낚시를 하는 유나가 눈에 들어왔다.

"이 아가씨는 토종이 아니네. 어데서 왔어?"

녀석 하나가 유나의 머리를 쓰다듬으며 묻는다.

"저도 서울에서 왔는데요."

유나도 정미의 당부를 잊지 않고 꾹 참는다.

"흠……! 트기로군. 아빠가 외제야? 엄마가 외제야?"

"몰라요. 어릴 때 돌아가셔서 얼굴도 못 봤어요."

"에구…… 불쌍해라. 이 오빠가 보살펴줄까?"

"고맙지만 언니가 있어요. 매운탕 맛있게 드세요."

유나는 얼른 녀석들을 돌려보냈다.

녀석들은 순순히 돌아갔다.

"저……! 혹시 윤대철이란 분이 있나요?"

현태가 지현이 일행보다 좀 뒤떨어져서 낚시가게 주인 남자에게 물었다.

낚시가게라고 해야 두 평 정도 되는 허름한 공간에 라면과 쌀 등 긴급 식량이 전부였다.

낚시가게 주인의 눈이 순간 반짝 빛났다.

"몰라요."

낚시가게 주인은 얼른 대답했다.

"네!"

현태는 실망스런 표정을 짓고 할 일을 다 한 듯 지현이 일행 뒤를 부지런히 따라갔다.

"무슨 일이지? 대철이가 자신을 찾는 사람이 있으면 얼른 달려와 알려달라고 했는데……."

낚시가게 주인은 서둘러 지현 일행이 간 반대 방향으로 달리기 시작했다.

"오 씨! 오 씨!"

낚시가게 주인이 헐레벌떡 달리고 있을 때 누군가 그를 불러 세웠다.

"아! 정 씨. 무슨 일로?"

낚시가게 주인은 달리던 걸음을 멈추고 옆 언덕에서 내려오는 남자를 기다렸다.

"라면 한 박스만 줘. 어딜 가는데?"

"라면 한 박스?"

낚시가게 주인은 라면 한 박스란 말에 귀가 솔깃했다.

육지보다 무려 세 배나 비싼 라면을 한 박스나 팔면 오늘 장사는 안 해도 된다.

하루 종일 팔아도 한 박스를 못 팔기 때문이다.

"아! 라면 주고 가도 늦지 않아."

낚시가게 주인은 라면을 팔기 위해 다시 오던 길을 되돌아 걷기 시작했다.

"야! 다시 잡았어도 둘째언니보단 많이 잡았다."

아리가 신이 났다.

고기가 너무도 잘 낚이고 있었다.

반면 유나는 아직도 서너 마리에 불과했다.

정미는 큼직한 것으로 대여섯 마리 잡아서 망태기가 제법 가득했다.

"아리가 오늘 1등 하겠네."

정미가 신나게 노는 아리를 바라보며 흐뭇해하고 있는데, 그런 정미의 눈에 다시 이쪽으로 오는 문신을 자랑하고 다니는 녀석들이 보였다.

"아리야!"

"왜? 큰언니?"

"나 잠깐 볼일 좀."

정미는 낚시터를 벗어나 근처 숲으로 들어갔다.

"오! 이 학생은 또 많이 잡았네."

녀석 중 하나가 아리의 망태기를 들어보며 떠들었다.

"이쪽이 더 많아. 고기도 크고."

한 녀석이 정미의 망태기를 들어보며 떠들었다.

"그래? 그걸 갖고 가자."

녀석들은 정미가 잡은 고기 망태기를 들어 가져온 검정 비닐봉지에 쏟아 부었다.

"뭐냐?"

언제 나타났는지 정미가 녀석들 뒤에서 불쾌한 투로 물었다.

"아! 매운탕 끓여서 소주 한잔 하려고."

녀석들은 당연히 갖고 가겠다는 투다.

"그 주인은 난데 너희들이 왜? 주인 허락도 없이?"

"어! 요것 봐라! 앙칼진데……."

"하하…… 눈깔 치뜨는 것 좀 봐."

"이년아! 오빠들이 좀 필요하다는데. 뭘 지랄이야?"

녀석들이 한마디씩 하며 정미에게 다가왔다.

창……

정미의 손에 얇은 검이 하나 나타났다.

검은 순간적으로 녀석들 목에 닿았다.

"목을 자를까? 어느 놈부터 잘라줄까?"

정미의 목소리가 조용히 녀석들의 귀를 파고들었다.

날카로운 검이 목에 차가운 느낌을 주자 놈들은 사시나무 떨듯 떨기 시작했다.

"언니! 한 녀석은 내가 자를게."

아리가 다가와 면도칼을 한 녀석의 목에 댔다.

주르르……

녀석은 바지에 오줌을 줄줄 흘리고 있었다.

"멍청한 녀석들이 문신만 그려 붙이고 난리를 치고 다니는 꼴이라니."

비웃음이 가득한 아리의 말이 끝나자 녀석은 몸이 붕 뜨는 것을 느꼈다.

첨벙.

녀석을 물에 집어 던진 아리.

"이쪽으로 오면 목을 자를 것이니 헤엄쳐서 건너편으로 도망치렴. 그럼 살려줄게."

아리가 생긋 웃으며 물에 빠진 녀석을 놀렸다.

녀석은 죽을힘을 다해 건너편으로 도망치기 시작했다.

"너희들은 뭐해? 던져줄까? 아니면 스스로 뛰어 들어갈래?"

정미가 두 녀석에게 말했다.

첨벙.

첨벙.

녀석들 역시 물로 뛰어들어 건너편으로 도주하기 시작했다.

"네년들 두고 보자."

그냥 도망치기 싫었는지 한 녀석이 주둥이를 놀렸다.

핑.

악!

아리가 던진 작은 돌 하나가 녀석의 머리에 정통으로 맞았다.

"주둥이 더 놀리고 싶은 놈 어서 놀려봐. 이번엔 아가리 속으로 던져줄게."

아리의 호통에 녀석들은 입을 다물었다.

"와아!"

녀석들의 기세에 눌려 있던 사람들이 환호성을 질렀다.

"가자 우리도."

정미가 주섬주섬 짐을 챙기기 시작했다.

정미 일행이 타고 온 개인택시.

운전자 핸드폰으로 문자가 날아왔다.

[녀석들이 가자는 곳까지 잘 태워다 주고 끝까지 미행을 시키도록. 난 동생들과 기차로 돌아간다.]

그런 내용이다.

택시 기사는 백미러로 녀석들의 움직임을 지켜보고 있었다.

헉헉……

녀석들은 물에 빠진 생쥐 꼴로 건너편에 도착했다.

"저년들은 뭐야!"

그래도 남자 체면이 있다는 것인가.

한 녀석이 큰 소리를 쳤다.

"쉿…… 조용히 해. 모르겠어?"

"뭘?"

"저것들 말이야. 누군지 정말 모르겠냐고?"

"누군데?"

"그 유명한 미나리."

"헉! 그래! 맞다. 틀림없는 그년들이야."

녀석들은 서둘러 그곳을 벗어나려고 앞에 정차한 개인택시에 올라탔다.

재수가 없었나.

정미 일행이 타고 온 그 택시다.

"어디로 모실까요?"

"문막으로. 얼른."

녀석들이 급했나 보다.

녀석들의 눈은 정미 일행이 낚시 도구를 거두고 짐을 챙기는 모습을 열심히 쫓고 있었다.

07.

"왜 그래? 둘째언니?"

청량리행 완행열차에 몸을 실은 아리가 언제부터인가 뭔가 골똘히 생각만 하고 있는 유나에게 물었다.

"뭘?"

유나가 시치미를 떼며 반문했다.

"언니가 아까부터 계속 혼자 뭘 생각하고 있었잖아."

"응! 별 것 아냐."

"별 것 아니긴. 언니를 내가 몰라? 언니가 이렇게 심각하게 뭘 생각하는 것은 첨이란 말이야. 도대체 뭔데?"

"유나가 나한테 뭔가 묻고 싶은 게 있나보다."

둘이 나누던 이야기를 듣고 있던 정미가 미소를 지으며 말했다.

"그래? 정말 그런 거야?"

아리가 유나에게 물었다.

"응! 처음부터 이상하긴 했는데……. 택시 기사 말이야."

"서울서 우리가 타고 온 택시 기사?"

"웅! 넌 못 느꼈니?"

"뭘?"

"뭔가 냄새가 나지 않아? 특별한 훈련을 받은 용병 같은 느낌 말이야."

둘이 나누는 이야기를 듣고 있던 정미는 그냥 미소만 지었다.

"웅! 나도 그렇게 느꼈어."

"또 하나는 그 택시가 우리가 낚시를 하는 동안 건너편에서 마치 우리를 기다리기라도 한 듯 서 있다가 우리에게 혼나고 도망치던 그 멍청이 남자들 세 명을 태우고 갔다는 거야."

"그건 택시 기사가 그냥 쉬고 있던 것 아닐까? 여긴 경치도 좋고 공기도 좋으니깐. 아니면 그도 우리처럼 우리를 이상하다고 생각한 건 아닐까?"

"난 그것이 큰언니와 관련 있다고 생각하는데. 큰언니! 맞지?"

정미를 바라보는 유나의 눈이 반짝 빛났다.

"그래 맞아! 택시 기사는 사부님의 제자야. 내가 이라크에서 어린 소녀가 강간당하고 비참하게 죽은 사건으로 적군 1개 중대를 정말 혼자서 괴멸시켰다고 생각하지는 않겠지? 다 저 동료들과 함께했던 거야. 너희들이 사부님께 훈련을 받고 있을 때, 난 이미 저들과 같이 전투를 했어. 또한 아프리카 해적들에게서 유나 널 구했던 일 생각나지?"

"웅! 생각 나. 그때 분명히 언니 혼자는 아니었어. 누군가 같이 왔던 걸로 아는데, 나중에 그 흔적조차 남기지 않고 사라진 것을 보고 언니와 같이 행동하는 사람이 또 있다는 것을 알았지."

"그래! 그때 넌 너무 자신의 능력을 과신하여 해적들에게 잡혔지."

정미가 잠시 옛일을 회상했다.

2년 전.

정미 나이 열일곱 살.

정미는 이때 이미 스승 아사가 물려준 300여 명 살수단 단주를 맡고 있었다.

어린 나이에 무시무시한 살수단 단주가 된 것은 다분히 스승 아사의 입김도 작용하기는 했지만, 살수단 단원들이 정미의 능력을 인정했기 때문이다.

그런 와중에 사건이 하나 터졌다.

리비아 벵가지 시내에서 알게 된 터키 청년 하삼 부모님이 유람선을 타고 여행 중 해적단에게 잡혔다는 소식을 듣고 그걸 구하겠다고 하삼과 단둘이 해적단을 쫓아간 것이다.

아리를 데리고 지중해 해안에서 훈련을 하려고 스승 아사가 잠시 자리를 비운 사이, 유나가 자신의 능력을 과신해서 자신의 앞날과 하삼 부모님의 앞날을 점친 결과 충분히 구할 수 있다고 여긴 유나의 실수였다.

아직 어린 열여섯 살 소녀 유나.

하삼과 함께 해적들에게 잡혀 모진 고문과 함께 죽음을 기다리는 신세가 된 것이다.

당시 이라크에 있던 정미는 단원들을 대동하여 해적들을 모두 쓸어버리고 유나를 구했던 것이다.

"미안! 그때 일만 생각하면 정말 내가 바보였어."

유나가 살포시 얼굴을 붉혔다.

"그래! 두 번 다시 그런 실수를 안 하면 된다."

"알았어! 명심할게. 근데? 그럼 그 멍청한 세 남자들도 언니가 찾는 그들과 관련이 있는 거야? 내가 보기엔 전혀 관련이 없는 것 같은데."

유나의 물음에 동의라도 하듯 아리도 정미를 바라보았다.

"전혀 관련이 없어. 우리 부모님 원수와는 무관한 자들이야."

"그럼 왜?"

"왜. 택시 기사가 데리고 갔느냐?"

"응!"

"아리하고 관련이 있거든."

"나하고?"

정미의 뜻밖의 대답에 아리가 의아한 표정으로 물었다.

"네가 보고 싶다며?"

"누구? 알리?"

"그래! 이라크 소년 모하메드 알리. 그 아이와 관련이 있어."

"무슨 관련?"

유나도 아리의 물음에 동의하며 정미를 바라보았다.

"알리. 그 아이 지금 한국에 있어. 저들과 같이."

"큰언니! 무슨 말이야? 알리가 한국에 왜? 그리고 아까 그 멍청이들과 무슨 상관인데?"

"웅! 자신의 뜻과는 상관없이 국제 범죄조직에 개입하게 됐어. 아까 그자들은 그들 조무래기들이고."

"국제 범죄조직이라면?"

"별 것 아냐. 밀입국을 주선해주고 돈을 챙기는 양아치들 모임이야."

"그럼! 알리도 밀입국을? 왜?"

"전쟁고아들을 데리고 온 모양이야. 한국으로 들어오려는 것은 아니고 경유하던 중에 문제가 생겨서 잠시 머물고 있는 모양이야."

"그걸 큰언니는 어떻게 알았어? 내 친구라서 관심을 갖고 있었던 거야?"

"그래! 녀석이 착하잖아."

정미가 빙긋 웃었다.

"언니!"

아리가 감격스러워했다.

하지만 유나는 뜻 모를 미소만 머금고 있었다.

그런 유나를 힐끗 바라 본 정미는 잠시 안쓰러운 표정을 지어 보였다.

아직도 자만심을 버리지 못했다는 안타까운 뜻이 내포된 표정인데……

"언니! 정말 고마워. 그럼, 언제 알리를 만날 수 있는 거야?"

"그건 유나가 말해줄 수 있을걸."

정미가 유나를 보며 한쪽 눈을 찡긋거렸다.

마치 그 정도는 알 수 있지 않느냐 하는 눈치다.

"우리가 처음 한국에 와서 고등학교에 들어갔던 첫날을 기억해?"

유나가 갑자기 아리에게 엉뚱한 질문을 했다.

"첫날? 첫날이라면…… 아! 지현이! 그 아이들이 우릴 학교 뒤 야산으로 끌고 갔지. 무슨 신고식을 해야 한다고 하면서."

"그래! 우린 한국에서 자유로운 활동을 위해 큰언니가 초청한 유학생 신분으로 고등학교에 들어갔지. 큰언니야 이미 우리보다 일 년 먼저 한국으로 돌아와 그 고등학교에 입학했던 것이지만 우린 달랐지. 외국에서 온 유학생인데다 큰언니 체면도 있고 해서. 그때 우린 처음부터 싸우기 싫어서 큰언니 눈치만 보며 그 아이들한테 얻어맞았잖아."

"그래! 그건 아는데. 그 일이 알리와 무슨 상관이야?"

"우리가 그 아이들에게 져서 맞았니? 아니잖아. 마찬가지야. 우리가 아까 그 멍청이들 조직이라는 양아치들을 제거하려면 쉽지. 하지만 그건 안 될 일이야. 우리 존재만 노출되거든. 즉 우리가 알리 일에 개입할 수 없다는 거지. 결국 알리를 언제 만날 수 있을지 장담할 수 없다는 얘기야."

"큰언니!"

아리가 그래서는 안 된다는 표정으로 정미를 불렀다.

제발 빨리 알리를 구해주고 만나게 해달라는 뜻이 내포된 것이다.

그걸 모를 리 없는 정미다.

"이번 일은 유나가 한번 풀어봐. 아리 친구도 빨리 만나게 해주고. 자신 있지?"

정미가 유나의 능력을 시험할 모양이다.

유나도 그걸 알았는지 잠시 정미를 묘한 눈으로 바라보더니 고개를 끄덕거렸다.

"윤대칠이란 분이 누구죠?"

방파제 공사장에 도착한 지현은 애교를 부리며 공사장 작업반장이라는 사람에게 물었다.

"윤대칠? 아! 저기 방파제 끝에 덤프트럭 하나 있지?"

"네!"

"거기 작업하는 사람들 두 명 보이지?"

"네! 보여요."

"그중 덩치가 큰 사람이야. 둘이 단짝처럼 늘 붙어 다니지. 가까운 친군가 봐."

"네! 고마워요!"

지현이 급히 인사를 하고 친구들과 함께 달려가기 시작했다.

"저기 저 사람 아까 그 낚시가게 주인 같은데."

현태가 누군가 저쪽에서 달려와 윤대칠이란 사람에게 무슨 말을 하는 것을 보고 용현이에게 말했다.

"맞아! 그런데…… 무슨 일 있나!"

낚시가게 주인이 뭐라고 말하면서 지현 일행을 손가락으로 가리키자 윤대칠이란 사람과 같이 있던 남자까지 반대 방향으로 도주하기 시작했다.

"뭔가 일이 잘못됐다. 용현이 넌 애들 데리고 먼저 선착장으로 가서 저자들이 배 타는 것부터 막아."

지현이 소리치며 저만큼 달려가고 있었다.

"알았다."

용현은 현태와 네 명의 남자아이들을 데리고 반대 방향으로 달려가기 시작했다.

조그만 섬에서 때 아닌 추격전이 시작되었다.

젊은 두 남자를 쫓는 것은 남녀 고교생들이다.

"저자들을 반드시 잡아야 한다!"

지현이 같이 온 학생들에게 계속 소리쳤다.

학생들은 영문도 모른 채 두 남자를 쫓아 달리기 시작했다.

"어디야?"

정미가 핸드폰을 들고 누군가에게 전화를 하며 물었다.

"어디래?"

아리가 급히 물었다.

정미는 핸드폰을 끊고 유나를 바라보며 빙긋 웃었다.

이미 유나는 정미의 핸드폰 내용을 알았다는 표정이다.

"아리야! 가자!"

유나가 말했다.

"어딜?"

"네 친구 알리 만나러."

"정말? 웅! 알았어! 큰언니는?"

"난 집에 가서 맛있는 것 만들어놓을게. 데리고 와."

정미가 아리의 머리를 쓰다듬으며 빙긋 웃었다.

"우린 다음 역에서 내릴게."

유나가 정미에게 내가 짐작하는 곳이 맞느냐고 묻는 표정이다.

"그래! 다음 역이 양평이니 가장 가까운 역일 거야."

"어딘데? 갈 곳이?"

아리가 유나와 정미를 바라보며 묻는다.

벌써 기차는 양평역으로 들어서며 속도를 줄이고 있었다.

"여주. 한강 상류."

유나가 대답하면서 다시 정미를 바라본다.

맞느냐고 묻는 눈치다.

정미가 고개를 살짝 끄덕이며 미소를 지었다.

유나도 환하게 미소를 지어 보였다.

"조심해. 싸우지 말고."

정미가 막 일어서려는 유나와 아리에게 당부했다.

"알았어! 큰언니."

아리가 대답하며 유나를 따라 기차에서 내렸다.

둘이 기차에서 내리고 막 기차가 출발하려 할 때 정미가 누군가에게 다시 전화를 했다.

"유나가 실패를 맛보게 해. 자만심을 고쳐주지 않으면 큰일 나겠어."

전화를 끊고 난 정미는 두 눈을 감고 의자에 기대어 잠을 청했다.

헉헉……

도망치던 두 남자는 섬을 반 바퀴 돌아 여객선 선착장으로 왔다.

하루에 한 번 들르는 여객선이 있을 리 만무했다.

하지만 막 출항하려던 고깃배 하나가 눈에 들어왔다.

"젠장! 어린애들을 피해 도망이라니 이게 뭐야?"

윤대칠이 투덜거리며 고깃배로 달려갈 때였다.

"멈추시오!"

용현이와 현태를 포함한 남학생 여섯 명이 앞을 가로막았다.

"이런! 피래미들까지!"

윤대칠과 같이 온 남자 둘의 눈엔 여섯 명의 학생들 정도는 아무것도 아니었다.

다만 20여 미터 뒤에 달려오는 더 많은 학생들이 문제였다.

"일단 그곳으로 피합시다."

윤대칠과 같이 도망 온 남자가 말했다.

동의라도 하듯 둘은 눈빛을 교환하고 바위산 쪽으로 달리기 시작했다.

"저…… 저것들이!"

숨이 턱까지 차오른 지현이 가쁜 숨을 몰아쉬며 쫓던 걸음을 멈췄다.

"빨리, 빨리 쫓아가!"

다른 아이들에게 얼른 두 남자를 쫓아갈 것을 지시했다.

그때.

지현이 핸드폰으로 문자가 하나 날아왔다.

역시 발신자 번호는 없었다.

[그 바위산엔 옛날에 대리석을 채취해서 배로 운반하기 위한 미끄럼틀 같은 길이 산 중턱부터 선착장 방향으로 나 있다. 낚시가게 뒤편이다. 거기서 기다리면 내려올 것이다.]

"흠!"

지현은 두 남자를 쫓아가는 몇몇 남학생을 빼고 모두 낚시가게 쪽으로 살금살금 걸어가도록 지시했다.

낚시가게 앞 작은 언덕 아래 몸을 숨긴 지현 일행은 곧 두 남자가 낚시가게 뒤에서 나타나자 우르르 달려가 앞을 가로막았다.

"도대체 너희들은 뭐냐? 왜 우릴 쫓는 거냐?"

윤대칠이 더 이상 도망 갈 곳이 없자 공격태세를 취하며 물었다.

"12년 전, 네놈이 스무 살도 안 된 나이에 남해안에 피서를 간 두 부부를 무참히 살해한 죄를 모르는 건 아닐 테지?"

지현이 두 눈에 눈물을 가득 담고 비통하게 물었다.

"무슨 소리냐? 사람 잘못 봤다. 난 그런 적 없다."

윤대칠은 마치 옆에 있는 남자에게 맞지 않느냐고 묻듯 눈짓을 하며 발뺌을 했다.

그런 행동이 민지현의 눈엔 사실을 실토하는 것처럼 보였다.

"천벌을 받을 놈! 오늘 여기서 네놈은 그 대가를 치를 것이다. 얘들아! 혼내줘."

지현의 울음 섞인 말이 끝나기 무섭게 아이들은 우르르 달려들어 두 남자들을 공격하기 시작했다.

워낙 많은 숫자라 윤대칠과 그의 동료는 피할 틈이 없이 일방적으로 얻어맞기 시작했다.

금방 온몸이 피투성이가 됐다.

그 상황에서 지현에게 또다시 문자가 하나 날아왔다.

[그는 다른 자들을 실토하진 않을 것이다. 그래도 부회장이니 분풀이를 다했으면 선착장에 있는 어선을 타고 도망칠 수 있도록 길을 내 주거라.]

허나 민지현은 이번엔 의문의 문자를 무시했다.

지현은 반드시 놈을 죽여 부모님의 복수를 하려는 생각뿐이었다.

그런 행동을 어디서 보고 있기라도 하듯 다시 문자가 날아왔다.

[살인자가 되고 싶나? 배에 폭약이 설치되어 있으니 배와 함께 수장시키도록.]

민지현은 그래도 현명한 아이였다.

계속 날아오는 문자는 유나가 보낸 것이라 믿었다.

지현은 아이들에게 잠시 멈추게 하고 선착장으로 향하는 길을 살짝 내주었다.

"……!?"

절호의 기회라 여겼을까. 윤대칠과 다른 남자는 얼른 선착장을 향해 도주하기 시작했고, 쫓아가려는 동료들을 지현이 막았다.

"됐어! 그만큼 혼내줬으면 됐어."

지현이 털썩 주저앉아 울음을 터뜨렸다.

아이들은 지현을 위로하며 도망치는 두 남자를 물끄러미 바라만 보았다.

두 남자는 어선에 올라타고 스스로 배를 몰아 도주하기 시작했다.

쾅.

요란한 폭음과 함께 바다로 도망치던 고깃배는 가루로 변해 물속으로 사라졌다.

다시 지현의 핸드폰으로 문자가 날아온 것은 바로 그때였다.

[뭘 해? 빨리 선착장 옆에 있는 어선으로 와! 여기 있으면 경찰들이 몰려올 거야.]

지현은 정신을 차리고 얼른 아이들을 데리고 선착장 한쪽에서 서서히 움직이려는 어선에 올라탔다.

어선엔 나이 많은 노인 혼자서 아무 말도 없이 지현 일행을 태우고 섬을 떠났다.

양평역에 내린 유나와 아리를 기다린 것은 아침에 서울서 타고 온 개인택시였다.

"모셔다 드릴게요."

택시 기사가 말했다.

"네! 고마워요."

아리가 얼른 대답함과 동시에 택시에 올라탔다.

"넌 너무 겁이 없어."

유나가 뒤따라 택시에 타며 핀잔을 준다.

"무슨 겁? 큰언니와 아는 사이라는데."

아리는 오히려 유나의 행동이 이상하다는 표정이다.

"아니다. 됐어."

유나가 입을 다물었다.

"모셔다드리고 일이 끝나면 다시 서울까지 모셔오라고 했습니다."

택시 기사가 유나와 아리를 번갈아 바라보며 말했다.

"큰언니와는 무슨 사이에요?"

아리가 궁금증을 참지 못하고 물었다.

유나도 택시 기사의 입만 바라보았다.

"저는 말씀드릴 수 없습니다."

택시 기사가 얼른 시동을 걸고 운전을 하며 입을 다물었다.

"쳇! 말 안 해도 다 알아요. 그 무슨 테러부대 그런 거 아니에요? 이라크에서 미군과 싸우고, 해적단도 궤멸시키고. 정말 멋있는데…… 난 왜 가입을 안 시켜주지. 큰언니가 아직 내 실력을 못 믿나?"

아리가 섭섭하다는 투로 투정을 부린다.

유나는 그냥 미소만 짓고.

택시 기사는 입을 굳게 닫은 지 오래다.

"언니는 저분을 딱 보면 알 수 있잖아. 한번 알아맞혀봐."

아리가 유나의 팔을 잡고 흔들며 애교를 부린다.

"몰라! 안 보여. 큰언니와 마찬가지로 전혀. 안개 속을 헤매듯 보이지가 않아."

유나가 고개를 흔들었다.

"어떻게 그래? 큰언니가 한 100년은 산다고 했다며? 언니가. 그런데 안 보인다는 것은 또 무슨 말이야?"

"그건 언니를 처음 만났을 때 잠깐 보였는데……. 어느 날 갑자기 안 보이기 시작했어. 저분도 마찬가지고. 아마도 고도의 훈련을 받아서 그런 것 같아."

"고도의 훈련? 그런 것도 있어? 나도 훈련을 많이 받았는데?"

"넌 그냥 전투를 위한 훈련이었고……. 언니와 저분 같은 경우는 몸을 숨기고 마음까지 숨기는 침투 훈련을 받은 결과로 보여. 그렇죠?"

유나가 아리와 말하다가 택시 기사에게 물었다.

"네! 유나님 말씀이 맞습니다."

택시 기사가 대답했다.

"쳇! 언제까지고 입을 다물고 있을 것 같더니……."

아리가 입을 삐쭉 내밀었다.

"저야 그 정도는 알려줘도 좋다는 명을 받았을 뿐입니다."

택시 기사는 그 말을 끝으로 다시 입을 닫았다.

"쳇! 그럼 뭐야! 큰언니가 아저씨보다 높다는 거잖아. 명령도 내리고. 대장인가요? 큰언니가? 테러부대 대장? 침투부대 대장? 아니면…… 용병부대? 도대체 무슨 부댄데? 쳇!"

아리 혼자서 쫑알쫑알 떠들고 있었다.

"저깁니다. 이곳에서 팔당까지 배로 밀입국자들을 실어 나르기 위해 저들이 아지트를 만든 모양입니다."

여주 한강 상류 쪽에 도착한 택시 기사가 강가에 있는 컨테이너 박스를 가리키며 말했다.

"너무 허술해요. 남들 눈에 띄기도 쉽고."

유나는 믿을 수 없다는 표정이었다.

"맞아! 어차피 외국에서 밀입국하려면 배로 올 텐데. 여기까지 오려면 차라리 바로 서울로 가지 왜 이곳에?"

아리도 맞장구를 쳤다.

"근처에 수출입공단이 있는데, 그곳에 M물산이라고 농수산물 수입 업체가 있습니다. 거기에 오는 농수산물 컨테이너에 같이 밀입국자를 싣고 오는 것이고요."

택시 기사는 자신이 알고 있는 것을 다 말한 듯 더 이상 할 말이 없다는 표정을 짓고 택시에 올라타고는 의자를 뒤로 눕히고 편하게 누워버린다.

이제부터 둘이 알아서 하라는 뜻이다.

그런 택시 기사를 보고 아리는 입을 삐쭉 내밀었다.

"하나, 둘…… 모두 여덟 명이다."

유나가 강가에 있는 컨테이너 박스를 바라보며 혼자 말했다.

"뭐가? 아하! 저 컨테이너를 지키는 사람들 말이구나."

아리도 금방 알아차렸다.

"그래! 낚시꾼처럼 위장을 하고 지키는 거야. 아까 간현에서 본 불량배 세명도 저쪽 낚시꾼들 틈에 있어. 아마도 저 컨테이너 박스에는 많은 사람이 숨어 있을 거야. 물론 네 친구 그 알리도 거기에 있고."

"아니잖아. 알리는 밀입국자가 아니라 그들을 돕는 역할이라며?"

"그래도 아마 저 안에 같이 있을 거야. 음……! 느껴져……. 알리 그 아이가. 그리고 모두 27명이라고 하는데."

"역시 언니는 신이야."

아리가 유나에게 엄지손가락을 치켜세워 보였다.

"알리 존재가 느껴지니 그 마음을 읽은 것뿐이야. 워낙 착하잖아. 알리 그 아이가."

"그럼 이제 어떡하지?"

"간단해. 네가 바람처럼 저들 여덟 명을 기절시켜. 그럼 난 컨테이너 문을 열고 그 안에서 알리만 빼내 사라지면 끝이야."

"쉽네."

아리가 벌떡 일어서서 강가를 향해 움직이기 시작했다.

택시 기사가 차창 밖으로 한쪽 눈을 살짝 뜨고 그 광경을 지켜보며 고개를 살랑살랑 흔들었다.

유나의 입가에 묘한 미소가 어린다.

"큰언니, 내 자만심을 고쳐주려고 실패를 맛보게 하겠다 이거지? 그럼 그렇게 당해줘야지 어쩌겠어."

유나가 혼잣말처럼 중얼거린다.

헌데…….

택시 기사가 정미에게 상황을 보고하고 있었고, 정미로부터 모종의 밀명을 받고 있었다.

유나와 아리가 행동을 개시한 강가에서 조금 떨어진 도로변 경찰차가 바쁘게 움직이고 있었다.

모두 여섯 대다.

"……!?"

강가로 진입하던 경찰들은 앞에 장애물이 나타나자 차를 세웠다.

큰 카고 트럭이 진탕에 빠져 움직이지 못하고 있었다.

길을 막은 셈이다.

차에서 경찰들이 우르르 내렸다.

"서둘러라! 국내 밀입국자 조직을 오늘은 반드시 소탕해야 한다."

경찰들은 모두 권총을 빼들고 강가로 달리기 시작했다.

경찰들이 다 지나가자 카고 트럭은 진탕에서 빠져나와 반대 방향으로 사라졌다.

트럭 운전을 하던 30대 남자는 강가에 서 있는 택시를 향해 묘한 미소를 던지며 사라졌다.

경찰들의 움직임을 지켜보는 눈이 또 하나 있었다.

높은 언덕에 자리 잡은 별장.

한 남자가 그 장면을 모조리 내려다보고 있었다.

남자는 급히 핸드폰을 꺼내 어디론가 전화를 걸려고 했다.

"실패하게 만들라고 하시더니 성공하게 도우라 하시니……. 네 놈은 전화를 하면 안 되겠지."

뒤에서 비웃음이 가득한 목소리가 들리며 남자의 손에서 핸드폰을 빼앗아 발로 뭉개버렸다.

"……!?"

남자가 뭐라고 반문하기도 전에 이미 정신이 아득해져 쓰러지고 말았다.

헉헉……

유나가 한 청년의 손을 잡고 달려와 택시에 올라탔다.

아리도 뒤늦게 택시에 올랐다.

"어? 너?"

"그래! 나 아리야. 반가워!"

알리와 아리는 서로 마주보며 반가워했다.

택시는 쏜살같이 그 자리를 벗어나고 있었다.

"이상하다……! 왜? 성공이지……?"

유나가 모르겠다는 표정을 지었다.

아리와 알리는 서로 반가운 나머지 옆에서 고개를 갸웃거리는 유나의 존재가 눈에 들어올 리 없었다.

"큰언니가 실패하게 만들 줄 알고 고의적으로 쉽게 일을 처리했는데…… 실패하려고."

유나는 계속 오늘 일이 이상하게 돌아가고 있다는 생각을 하고 있었다.

08.

에티오피아와 수단의 국경지역 구바.

정미가 유나를 구하기 위해 해적단을 소탕했던 마을.

집에 도착한 정미는 잠시 지난 일을 회상하고 있었다.

"그래! 내가 유나를 구하려고 해적단을 소탕하고 있을 때였지."

정미가 씁쓸한 미소를 지었다.

수단과 에티오피아의 국경 마을 구바는 맑은 물이 흐르는 강가에 위치해 있었다.

정미가 단원들을 이끌고 해적단을 소탕하다가 잠시 어느 한 곳으로 시선을 돌렸을 때,

놀랍게도 그곳엔 유나가 있었다.

누군가와 은밀히 대화를 나누고 있던 유나는 이미 해적단에서 구출된 상태였다.

특히 유나가 대화를 나누고 있는 상대방이 정미로서는 잊을 수 없는 사람이었다.

바로 스승 아사의 철천지원수 카멜.

아사의 제자였으나 아사를 배신하고 테러부대까지 차지한 카멜이다.

스승 아사가 죽기 직전에 정미에게 이런 말을 남겼다.

사막 오아시스에서 유나를 구할 때, 그곳에서 죽은 사람들은 유나 부모가 아니었다.

유나는 자신의 부모님이라고 슬퍼했으나 아사의 눈은 속이지 못했다.

스승 아사는 나중에 유나의 정체를 알았다고 했다.

유나는 원수 카멜이 아사에게 보낸 살수였다.

어릴 때부터 적의 손에서 자라게 치밀한 계획을 세우고, 가짜 유나 부모를 죽여 유나를 아사가 거두게 만든 것이다.

그러나 카멜 역시 한 가지 실수를 했으니 그것은 바로 아리의 존재를 생각하지 못한 것이다.

아리와 어릴 때부터 정이 든 유나는 아사를 살해하지 못했고, 정미도 아리도 어쩌지 못하고 있었던 것이다.

그런 유나를 카멜이 해적단으로부터 구하고 정신 상태를 점검한 것이다.

정미가 내린 결론은 그랬다.

그러나 유나에겐 절대 내색하지 않았다.

"유나가 이제 슬슬 나와 대적하려고 한다. 고의로 실패하려고 했다. 그것 참! 내 동생으로 만들 수 없다는 것인가. 안 되는 것인가……"

정미가 고개를 흔들었다.

잘 풀리지 않는다는 뜻이다.

"다행인 것은 아직 유나는 살수단의 존재를 모른다는 것이다. 조금은 의심하긴 해도 아직 나와 살수단의 관계를 파악하지 못하고 있다. 문제는 아리다. 오늘 일로 아리는 살수단 가입을 보챌 것이다. 절대 아리는 살수단에 가입시킬 수 없다. 스승님이 아리를 용병으로만 키웠기 때문이다."

정미는 혼잣말을 하며 답을 찾고 있다.

혼자 떠들고 고민하던 정미의 두 눈이 반짝 빛났다.

"또 왔군!"

정미는 현관 쪽으로 걸어가 문을 열었다.

문 밖에는 형사 강영진이 와 있었다.

"……!?"

강영진은 벨도 누르지 않았는데 문을 열어주자 의외라는 표정이다.

"들어오세요. 10분만 있으면 유나가 올 겁니다."

정미가 미소를 지으며 말했다.

"아! 네. 그럼 실례하겠습니다."

강영진은 정미와 유나에겐 절대 반말을 하지 않았다.

강영진이 반말을 하며 벽 없이 지내는 것은 오로지 아리다.

이유는 아리가 장난을 잘 치기 때문이다.

강영진의 손엔 치킨이 두 마리 들려 있었다.

아리를 위한 뇌물이다.

아리가 반대하면 유나도 강영진을 상대하지 않기 때문이다.

"커피 한 잔 드릴까요?"

"네! 고맙습니다."

강영진은 정미가 안내한 소파에 다소곳이 앉았다.

아쉽긴 아쉬운 모양이다.

'흠…… 이번엔 유나가 어떤 답을 줄까?'

정미는 그것이 흥미로웠다.

강영진이 찾는 상대가 바로 정미, 유나, 아리이기 때문이다.

말없이 정미가 타다 준 커피를 마시던 강영진 눈에 반가움이 가득했다.

유나가 들어온 것이다.

"통닭은 사오셨어요?"

아리가 또 장난을 친다.

"이번엔 큰언니가 답을 드려."

유나가 묘한 미소를 남긴 채 정미에게 강영진을 떠넘긴다.

"내가 뭘 알아야지."

정미가 다시 유나에게 떠넘긴다.

"벌써 죽었어요."

유나가 강영진에게 준 답이다.

"네? 죽다니요?"

"연안부두에서 배를 타고 4시간 정도 가면 있다던데……. 백도라고. 그곳에 사는 윤대칠이란 자가 범인이에요. 헌데 오늘이 그자의 운명이 다하는 날이에요."

"아! 그럼! 실례하겠습니다. 감사합니다."

강영진은 급히 일어서 밖으로 사라졌다.

유나는 별로 대수롭지 않다는 표정으로 욕실로 사라졌는데, 유나의 말에 정미는 무척 놀란 표정을 지었다.

지현을 백도로 보낸 것도 정미이고, 윤대칠이란 자를 배에서 폭파시켜버린 사람도 정미였다.

유나는 모를 것으로 알았는데, 이미 알고 있었던 것이다.

"흠……."

정미가 놀라고 있을 때, 욕실로 들어간 유나는 만면에 미소를 짓고 있었다.

"언니가 놀란 표정이라니……. 나를 좋아하는 현태가 거기 있다는 것을 잊은 모양이야. 나도 그 일을 언니가 주도했다고 생각하지는 않았는데. 택시 기사와 관련된 것을 알고 언니가 했을 것이라 짐작했는데, 역시 맞았어."

유나가 재미있다는 표정으로 빙긋 웃었다.

'언니가 어떻게 지현을 그곳에 보냈고 윤대칠이란 자를 알았느냐는 것은 그리 중요하지 않아. 문제는 파파의 예상대로 어떤 단체를 갖고 있다는 거야. 대체 무슨 단체일까? 혹시 아사의 원수를 갚으려고? 파파를 겨냥해서? 흠……!?'

유나는 욕실에서 골똘히 생각에 잠겼다.

'미안해. 아리 그리고 언니. 내 손에 피를 묻히면 나도 자유로울 수 없잖아. 당연히 살인은 언니와 아리 손으로 해야지. 후후…… 내 뜻대로 움직여줘서 고맙고.'

유나의 입가에 살짝 미소가 어렸다.

거실에서는 정미가 이제 막 현관으로 들어서는 알리를 맞이하고 있었다.

유나가 강영진 형사가 집에 있는 것을 느끼고 잠시 밖에서 택시 기사와 시간을 보내게 했던 것이다.

강영진 형사가 나가는 것을 확인한 택시 기사가 알리를 들여보냈다.

"어서와! 알리. 고생 많았지?"

"앗, 살라무알레이쿰!?"

"알레이쿰살람. 참, 알리는 아직 한국말을 모르겠군!"

정미가 알리의 손을 두 손으로 잡고 무척 반갑다는 표현을 했다.

한국말을 모르니 눈짓 몸짓으로 앉아서 밥을 먹으라고 했다.

정미의 몸짓에 알리는 얼른 식탁에 앉았다.

"밥 먹고 아리와 즐겁게 놀다가 오늘밤 안으로 이라크로 돌아가."

정미는 알리와 아리가 동시에 들으라는 뜻으로 말했다.

"언니! 오늘밤 안으로? 좀 더 있다가 가면 안 돼?"

"안 돼. 오늘밤 바로 부산으로 가서 배를 타고 떠나야 해. 내 친구들이 잘 데려다줄 거야. 늦으면 알리의 신변이 위험해져. 범죄조직에서 가만두지 않을 테니까. 알았지?"

정미의 말을 듣고 아리는 고개를 끄덕거렸다.

아리는 어린 시절부터 스승 아사와 언니 정미 말이라면 한 번도 거스른 적이 없었다.

스승 아사를 부모처럼, 정미를 친언니처럼, 스승 아사가 죽은 후부터는 정미를 부모처럼 의지한 아리다.

유나 역시 아리가 가장 좋아하고 따르는 언니다.

"작은언니는 욕실에 들어가더니 왜 이렇게 안 나와?"

아리가 유나를 찾았다.

유나는 아직도 욕실에서 나올 생각을 하지 않는데…….

비쓰밀라 히르라마 니르라힘.

알 함두릴라힐 라삘 알라민.

아르라마 니르라 힘…….

헤어지는 것이 아쉬웠던가. 알리는 아리를 붙들고 이슬람 특유의 기도를 드리고는 아리와 함께 밖으로 나갔다.

밖에선 이미 택시 기사가 시동을 걸어놓고 기다리고 있었다.

"서두르세요. 시간이 없어요."

택시 기사가 말했다.

"근데, 뭐라고 부를까요?"

아리가 택시 기사에게 말을 걸었다.

"아내라 불러주세요."

"네? 아내요? 남편 아내 이런 거요?"

"아뇨! 모내, 아내 그런 거 말입니다."

"……!?"

아리가 알 수 없다는 표정을 지었다.

"하하…… 차츰 알게 될 겁니다."

"저도 부산까지 따라가면?"

"안 됩니다! 아가씨는 그들에게 드러나면 안 되거든요."

그들이라 하면 바로 밀입국 관련 국제 범죄조직을 가리키는 말이다.

"알겠어요. 오빠가 그럼 우리 알리 잘 데려다줘요."

"오빠……!? 그냥 아내라고 부르시면 되는데……."

"아내라고 부르는 것은 좀 이상해요. 오빠라 부를게요. 괜찮죠?"

"네!"

택시 기사는 잠깐 미소를 보이다가 얼른 차에 올라탔다.

"잘 가!"

아리가 손을 흔들었다.

알리도 손을 흔들며 눈물을 흘리고 있었다.

떠나가는 알리를 보며 아리의 마음속엔 지난날 알리와 함께했던 기억이 떠올랐다.

스승 아사가 죽은 슬픔에 눈물을 흘리던 정미, 유나, 아리 앞에 천진난만

한 이라크 소년 모하메드 알리 그가 다가왔다.

"미군과 반군의 전투 속에 부모님이 모두 참변을 당했대."

아리는 아랍어를 할 줄 알기 때문에 금방 알리와 친해졌다.

알리는 아리를 무척 좋아했다.

어딜 가나 졸졸 따라다녔다.

"저쪽 루트바란 동네에 미군과 반군이 전투를 하면서 알리 친척들이 많이 죽었나봐. 우리가 도와주자. 응? 언니?"

아리의 성화에 못 이겨 처음으로 시작한 전투였다.

정미와 유나, 아리는 반군이든 미군이든 모두 적으로 간주하고 민간인들을 보호하려고 전투를 시작한 것이다.

아무리 아사에게 고도의 훈련을 받으며 자란 소녀들이지만 어디까지나 어린 소녀에 불과했다.

위험이 느껴지자 유나가 먼저 어디선가 사람을 데려왔는데, 용병이라 했다.

매우 훈련이 잘된 용병들.

그들은 유나를 도와 전투를 항상 승리로 이끌었다.

허나 어느 순간 그들은 유나 곁을 떠나고 말았다.

그때부터 전투는 불리하게 작용했고, 불리하고 힘들다보니 어린 아리의 손속은 잔인하게 변하기 시작했다.

그걸 항상 안타깝게 지켜보던 정미.

그런 어느 날 어디선가 젊은 청년들이 나타나 아리를 따라다니며 전투를 대신했고, 아리는 항상 전투에서 승리만 맛볼 수 있었다.

"그래! 그들. 그때 그 청년들. 맞아! 지금 택시 기사 저 오빠와 분위기가 비슷했어. 큰언니였어. 내가 잔인해지는 걸 막으려고 날 따라다니며 돕게 했던 거야. 이제야 알겠어."

아리가 지난날을 회상하다가 문득 깨달았다는 듯 고개를 끄덕이며 혼자 중얼거렸다.

"헌데…… 유나 언니를 돕던 사람들은 저 오빠와는 분위기가 달랐어. 그들은 누구였을까? 유나 언니도 아직까지 그 상황을 설명하지 않고 있어. 왜지?

날 돕던 오빠들은 분위기가 차분하고 냉철했다면 유나 언니를 돕던 자들은 저돌적이고 용맹하고, 죽음을 두려워하지 않았어. 그들은 누굴까? 혹시 작은 언니도 어떤 단체를 이끌고 있는 것은 아닐까? 흠……! 그건 아닌 것 같기도 해. 갑자기 사라지고 나서 유나 언니 표정이 어떤 공포를 느끼는 것 같았거든. 누군가에 의한 두려움 그런 것이었어. 언젠가 꼭 큰언니에게 그것을 물어봐야겠다. 작은언니는 말을 안 하니까……. 큰언니는 알고 있는 눈치였거든."

아리가 혼자 이런저런 생각을 하며 아파트 앞 공원길을 거닐고 있었다.

"스승님이 왜 나에게만 팔 힘을 기르는 훈련을 중점적으로 가르쳤는지 이제야 알겠어. 외나무 사다리를 두 팔로 매달려 다니며 밥도 먹고 공부도 하며 마치 원숭이처럼 그렇게 훈련을 시키셨지. 그 이유가 늘 궁금했는데……. 바로 이곳 한국에서 필요한 훈련이었어. 무기를 반입시키지 않고도 아무거나 손에 들면 그것이 무기로 변하게 만들려고 시작한 훈련이었어. 돌멩이 하나를 던져도 난 빠르고 정확하니까. 표창이든 총이든 별로 필요가 없다 이거야. 즉, 한국에서 사용하기 쉬운 무기를 내 몸에 심기 위한 훈련이었어. 나보고 여기서 살라고? 난 내 고향 인도가 좋은데……. 한국어와 한국에서 사용할 몸속의 무기. 스승님은 나보고 여기서 살라고 하시네."

"그래! 네 고향은 인도지만 사실 네 부모 중 한 분은 한국인이라고 스승님께서 말씀하셨어."

언제부터 아리 곁에 있었나. 정미는 아리가 혼자 하는 말을 다 들은 모양이다.

"어! 언니! 언제부터 내 곁에?"

아리는 아무리 자신이 넋을 놓고 있었다 해도 정미가 곁에 있는 것도 몰랐다는 것이 놀라웠다.

"조금 전에. 네가 들어오지 않아서 찾으러 나왔다."

정미가 아리 곁에서 함께 걸으며 말했다.

"잘됐어. 한 가지만 물어볼게."

"그래! 오늘은 우리 아리가 뭘 물어보려고?"

"전에 이라크에서 유나 언니를 돕던 사람들……. 큰언니는 누군지 알지?"

"그래! 알지만 말할 수는 없구나. 언젠가 유나가 스스로 말할 거야. 그때까지 참아주면 안 되겠니?"

"알았어! 그 정도면 충분해. 더 이상 말을 안 해도 대충 알 것 같으니까."

"그래! 네 생각이 맞다. 아마도 네 생각 그대로일 거야."

"그럼 한 가지 부탁이 있어. 들어줄 거지?"

"아니. 네가 무슨 부탁을 할지 아니까. 그것만은 안 돼."

"왜? 왜 안 돼? 나도 언니가 있는 그 단체에 들어가고 싶어."

"넌 내 동생이니까, 영원히 내 동생으로 남아야 하니까 위험한 일은 시킬 수 없어. 그러니 언니 마음을 이해하렴. 응?"

"그럼 이건 말해줄 수 있지? 무슨 단체야?"

"한 가지만 약속하면 말해줄게."

"뭔데?"

"유나에겐 절대 비밀이다. 무슨 일이 있어도 말하지 마. 그렇게 할 수 있어?"

"쳇! 그건 안 되겠다. 난 비밀은 못 지키거든. 특히 언니들한테는."

"그래. 그래서 아직 네게 말을 못해준 거야. 언니를 이해할 수 있지?"

"알았어. 나에겐 큰언니가 이젠 엄마잖아. 딸이 엄마를 이해 못하면 안 되지."

아리가 얼른 정미 품으로 안겼다.

정미는 아리를 두 팔로 포근히 감싸주며 먼 하늘을 올려다보았다.

정미 눈엔 살짝 눈물이 맺혔다.

"이 언니가 반드시 우리 아리 부모님이 누군지, 누구 손에 돌아가셨는지 꼭 밝혀낼 거야. 언니와 같이 있는 사람들이 그 일을 하기 위해 언니를 돕는 사람들이라 생각하면 될 거야. 아리를 위해……."

"알았어! 큰언니."

지현은 같이 움직인 학생들을 데리고 빵집에 들어가 한 턱 내고 있었다.

같이 수고한 답례를 하는 것이다.

빵집 밖에서는 현태가 아버지 전화를 받고 있었다.

"찾아서 말을 해줬느냐?"

"네. 그랬는데……."

"왜? 무슨 일이 있었던 게야?"

"네! 죽었어요."

"죽다니?"

"그 윤대칠이란 사람과 같이 다니던 사람까지 모두 죽었어요."

"자세히 말해봐. 대체 무슨 말을 하는 거냐?"

"친구들이 쫓아갔는데……. 그들이 도망을 갔는데…… 배를 타고 갔는데. 배가 폭발을 해서……."

"뭐? 배가 폭발을?"

현태 아버지는 바로 전화를 끊어버렸다.

현태는 도무지 영문을 모르겠다는 듯 고개를 설레설레 흔들었다.

"야! 현태야 거기서 뭐해? 얼른 들어와!"

"아…… 알았어! 들어갈게."

용현이 부르는 소리에 현태는 빵집 안으로 들어갔다.

"오늘 수고들 했어! 지금부터 이 지현이 쏜다."

지현이 콜라 잔을 높이 들고 외쳤다.

"그런데. 난 무서워. 정말 그들이 죽었으면 어떡해?"

지현이 옆에 늘 붙어 다니는 여학생이 겁먹은 표정으로 물었다.

"우리가 뭐 그렇게 했니? 우리도 모르는 일이잖아. 천벌을 받은 거야. 자! 우린 전부 모르는 거다. 오늘 우린 아무것도 못 본 거야. 알았어?"

"그래! 우린 오늘 그 섬에 간 사실도 없는 거야."

용현이 맞장구를 쳤다.

"그래! 맞아. 우린 오늘 만난 적도 없는 것이고."

현태도 맞장구를 쳤다.

이미 자기가 아빠에게 다 보고를 하고서…….

해양 순찰함이 바다에 밝은 빛을 비추며 백도 근처에 도달했다.

순찰함엔 강영진 형사가 동료들과 함께 탑승하고 있었다.

"어느 지점이라 했지?"

강영진 형사가 물었다.

"저기 백도에서 200여 미터 떨어진 위치랍니다."

형사 하나가 손가락으로 위치를 가리키며 말했다.

"즉시 바닷속으로 들어가서 시체와 증거물을 수집해라."

"네! 알겠습니다. 저곳은 수심이 겨우 4~5미터 정도이고 바닥이 모래로 되어 있어서 찾기 쉬울 겁니다."

순찰함에서 고무보트가 내려지고 잠수부들이 각자 위치로 이동했다.

강영진은 주머니에서 담배를 한 개비 꺼내 입에 물었다.

옆 형사 하나가 얼른 라이터 불을 갖다 댄다.

벌써 미성년자 시절부터 피우기 시작한 담배다.

주위에서 '골초'라는 별명을 붙여준 강영진은 하루에 담배를 두 갑 이상 피운다.

멀리서 잠수부들이 바다로 들어가 수색하는 것을 지켜보며 벌써 강영진은 담배 두 개비를 연속해서 빨고 있었다.

"안 되겠다. 가보자."

강영진이 기다릴 수 없다는 듯 서둘러 고무보트에 동료 한 명을 데리고 현장으로 가기 시작했다.

"바람도 고요한 것이 흡사 귀신이라도 나올 것 같은 날씨네요."

옆에 탄 형사가 몸을 부르르 떠는 시늉까지 하며 호들갑을 떨었다.

"그래! 안개까지 슬슬 내리기 시작하는군."

강영진도 한 몫 거들었다.

하얀 안개가 순찰함 뱃머리까지 집어삼키고 있었다.

강영진이 현장에 도착했을 땐 10여 미터 앞도 분간하기 어려운 상태로 안개가 끼었다.

"시체와 이것 하나만 찾았습니다."

잠수 수색을 하던 경찰이 뭔가 들고 강영진에게 왔다.

면도칼이다.

뭔가 잔뜩 묻어 있는 상태 그대로였다.

"……!? 이건?"

"네! 말라붙은 피와 털 같습니다."

그랬다. 면도칼에 묻어 있는 것은 이미 오래되어 말라붙은 피와 솜털들이었다.

"잘 보관하도록! 시체들 상태는?"

"네! 아주 너덜너덜합니다."

"뭐 다른 증거가 될 만한 것들은?"

"몸에 아무것도 지니고 있지 않았나봅니다. 깨끗합니다."

"그래! 그럼 철수한다."

철수를 명령하는 강영진의 입가엔 만족스러운 미소가 번졌다.

그렇게 경찰이 물러간 바다 저쪽.

너무도 작은 어선 하나가 위태롭게 떠 있었다.

어선에는 두 남자가 타고 있었다.

"꼬투리를 잡힐 것 같은 물건들은 다 회수했지?"

"단 하나…… 이상한 것이 있었는데. 물건들을 회수하고 경찰이 오기에 물러나려는데. 이상하게도 분명히 못 본 물건 하나가 뒤 바닥에 떨어져 있었어."

"그게 뭔데?"

"면도칼 같았는데……. 경찰들 눈을 피해야겠기에 가져올 수 없었어."

"면도칼이라……! 그 정도야 괜찮겠지. 핸드폰이나 지갑, 신분증 뭐 이런 건 다 회수했잖아?"

"응!"

"그럼 됐다! 이제 가자."

아주 작은 어선도 천천히 그곳을 떠났다.

그리고

백도 그 섬에서 소리 없이 보트 하나가 그 어선을 쫓아가기 시작했다.

청년.

보트를 모는 청년.

바로 여주에서 경찰들 앞을 가로막았던 카고 트럭 운전자가 아닌가.

그 청년은 보트를 몰면서 지시 내용을 점검하고 있었다.

"밤 9시부터 안개가 바닥으로부터 올라와 깔릴 것이다. 9시 20분, 어선 폭발 현장 서남쪽 300여 미터 지점에 어선이 하나 나타날 것이다. 그 지점이 섬 바위산을 돌아 현장으로 향하기 가장 좋은 장소이므로 반드시 그 지점을 잘 살펴라. 경찰순찰함이 오는 방향은 어선 폭발 현장 남동쪽이 될 것이다. 넌 반드시 백도 방파제 공사장 부근에 몸을 숨기고 있다가 경찰순찰함이 오면 잠수해서 현장으로 가라! 현장 서남쪽의 어선에서 잠수부가 현장에 들어올 것이다. 그가 증거자료를 다 쓸고 간 후 경찰이 오기 전에 반드시 이 면도칼을 현장에 남기고 신속히 빠져나와라. 경찰이 증거를 수집하고 돌아가면 현장 서남쪽 어선도 움직일 것이다. 절대 놓치지 말고 미행하도록. 또한 그 어선이 향할 곳은 백도에서 서남쪽으로 15킬로미터 떨어진 덕적도로 향할 것이다. 그 작은 어선이 가장 빠르게 갈 곳은 그곳이 유일하니까. A는 보트로 미행하고, B는 미리 덕적도에서 기다려라. 아마 어선을 타고 간 녀석들은 그곳에서 묵고 아침 첫배로 육지로 향할 것이다."

정확한 시각과 정확한 경로. 정미가 내린 명은 항상 빈틈이 없었다.

그래서 그들은 정미가 어린 소녀임에도 단주로 모시고 있는 것이다.

안개가 생길 시각이나 경찰이 도착할 시각도, 상대방에서 현장에 도착해서 관련 증거를 없앨 시각까지…… 정미는 정확히 계산해서 지시를 내린 것이다.

청년은 그런 단주 정미가 늘 존경스럽고 두려웠다.

청년은 멀리 보이는 어선을 바라보며 천천히 움직이고 있었다.

"보인다."

A청년한테 B로부터 연락이 왔다.

덕적도에서 기다리던 동료가 문제의 어선을 발견했다는 연락을 받고 청년은 반대로 보트를 몰고 사라졌다.

어선을 타고 움직이는 자들이 눈치를 채면 안 되기 때문이다.

인천공항.

3번 게이트.

미끈한 하얀 다리를 자랑하듯 가늘고 키가 큰 미녀가 하나 내렸다.

검고 큰 두 눈 때문에 얼굴 전체에서 특이한 아름다움을 느끼게 하는 미녀다.

눈은 검고 하얀 피부로 보아 분명히 한국인은 아니다.

서양인도 아니고 백인종이나 분명히 동양인.

"택시!"

그녀가 게이트를 나와 택시를 탔다. 한국말이다.

아주 유창한 한국말.

"어디로 모실까요?"

"장안동 장안아파트로 가세요."

택시를 모는 기사는 연신 백미러로 그녀 얼굴을 살폈다.

"……!?"

그녀가 택시 기사의 생각을 읽었는지 상큼하게 웃는다.

"헉! 너무도 매력적인 미소다."

택시 기사는 가슴이 쾅 하고 무너지는 충격을 받았다.

심장이 쾅쾅 요동치기 시작했다.

"백인 같은데. 한국말을 잘하니 이상하다 그건가요?"

그녀가 묻는다.

목소리까지 애간장을 녹이는 달콤함 그 자체다.

택시 기사는 핸들을 잡은 손이 자신도 모르게 흔들리고 있음을 느끼고 정신을 수습했다.

"네! 한국인 아니죠?"

"네! 맞아요. 태생은 카자흐스탄."

"그…… 그런데 한국말을 정말 잘하네요?"

"고마워요. 공부를 좀 했어요."

그녀는 그 말을 끝으로 입을 다물었다.

자꾸 그녀에게 빨려 들어가는 자신을 보며 택시 기사는 정신을 차리기에 급급했다.

09.

늦은 밤.

정미가 혼자 거리를 거닐고 있었다.

아파트를 나와 시장 골목으로 들어섰다.

"북어 한 마리 주세요."

정미는 건어물가게에서 북어 한 마리를 샀다.

북어를 들고 시장에서 나온 정미는 천천히 걸어서 놀이터로 갔다.

철로 만들어진 그네에 앉은 정미는 다리를 흔들며 그네를 조금씩 움직이고 있었다.

"으윽!"

저 앞쪽에서 술에 취한 여자가 토하는 모양이다.

비틀비틀.

술 취한 여자는 일어서서 정미가 앉아 있는 그네 쪽으로 걸어왔다.

털썩.

여자는 술이 잔뜩 취해 정미 앞에 주저앉았다.

마치 무릎을 꿇은 상태로.

"21S 모내, 단주님을 뵈옵니다."

여자가 작은 음성으로 말했다.

"잘 왔어요. 엄마!"

정미가 아주 작게 말했다.

헌데 엄마라니. 모를 일이다.

이제 겨우 20대 초반으로 보일 정도인데……

"저도 너무나 보고 싶었습니다."

여자가 고개를 조금 들어 정미를 바라보며 미소를 지었다.

그러고 보니 이 여자, 오늘 인천공항에서 택시를 타고 한국어를 유창하게 구사하던 그 카자흐스탄 여인이 아닌가.

너무도 아름다운 여인. 그 미소 하나만으로도 남자를 굴복시킬 것 같은 여인.

정미가 주위를 살짝 살피더니 갑자기 말투가 변했다.

"너를 부른 것은 아리 때문이다. 유나에게서 아리를 지켜야 하고, 아리의 외로움을 달래 줄 친구가 필요하기 때문이다. 무엇보다도 내가 널 보고 싶었다."

"감사합니다. 내리신 명 받들겠습니다."

"그래! 지금부터 넌 취업을 위해 한국으로 왔으나 술집 종업원이 싫어 도망친 역할이다. 늘 아리 곁에 머물고, 아리와 친구가 되어주고, 아리의 도움을 받아야 하는 약한 여자 역이다. 며칠 내로 아리와 같은 반에 외국 연수생으로 편입될 것이다. 아내와 너 모내는 이제부터 목숨을 바쳐 아리를 지켜라! 그 어떤 적이라도 아내는 공격해도 너 모내는 공격을 하지 말아야 하는 역할임을 명심해라. 우리 단원 중 가장 강한 너를 믿는다. 유나까지 속일 수 있기를."

"명을 받습니다."

"그럼 가자! 네 가방은 이리 다오."

옷 가방은 정미가 들고, 모내라는 여인은 비틀거리며 금방이라도 쓰러질 듯 술 취한 모습으로 정미를 따라갔다.

"어! 큰언니! 누구야?"

아리는 집으로 돌아온 정미가 술 취한 여자를 데리고 오자 의아한 표정으로 묻는다.

"응! 우선 네 방에서 같이 자라. 외국에서 취업하러 온 모양인데 술집에 있기 싫다고 도망친 모양이다. 갈 곳이 없을 것 같아 데리고 왔다."

"아! 알았어!"

역시 착하고 순진한 아리는 금방 정미의 뜻을 받아들인다.

"아무리 그래도…… 누군지도 모르는데."

유나는 못마땅한 투다.

"윽! 욕실이 어딘가요?"

"네! 여기에요."

모내가 급한 모양이다. 아리에게 욕실을 묻자 아리가 가르쳐줬다.

모내가 비틀거리며 유나에게 부딪히며 욕실로 들어갔다.

유나의 눈이 반짝 하고 이채를 띠었다.

"정말이네. 국적 카자흐스탄. 한국어 전공. 양부모 다 생존하시고 1남 2녀 중 제일 큰딸. 올해 나이 17세. 취업을 위해 유학생 신분으로 입국. 술집에 강제로 취업. 도주. 큰언니 말이 맞아."

유나가 이미 모내의 모든 것을 읽었다는 표정으로 말했다.

그런 유나의 모습을 보며 정미가 묘한 미소를 지었다.

"그래? 다행이다. 유나 너도 잘 보살펴주렴."

"알았어. 언니."

유나가 밝게 웃었다.

욕실에서 모내가 비틀거리며 나왔다.

"술이 많이 취했어요. 우선 잠자리부터 안내할게요."

아리가 모내의 옷가방을 들고 자기 방으로 안내했다.

"고마워요."

모내가 비틀거리며 아리를 따라 들어갔다.

"불쌍해."

유나가 정미를 보고 말했다.

"그렇지? 세상은 공평하질 못해. 부모님과 두 동생을 보살피려고 돈을 벌려고 온 모양인데. 나쁜 놈들이 술집이라니."

"우리가 잘 보살펴주자. 응?"

"그래! 유나가 신경 좀 써줘."

"알았어! 언니. 걱정 마."

정미와 유나가 이야기를 하는 도중에 아리가 자신의 방에서 나왔다.

"……?"

유나가 방금 데리고 들어간 모내는 뭘 하느냐고 묻는 표정이다.

"술 취해서 바로 곯아 떨어졌어."

아리가 말했다.

"차 한 잔 할 사람?"

정미가 북어를 주방에 놓고 물을 올려놓으며 물었다.

"난 로즈마리는 좀 강해. 국화차로 마실래."

"나도."

유나와 아리는 국화차를 마시고 싶은 모양이다.

정미가 요즘 즐겨 마시는 차는 로즈마리 차인데, 향이 너무 강해서 유나와 아리는 싫어했다.

"그럼 생강차 마셔."

"생강차나 로즈마리나 그게 그거야. 향이 같은데 뭘."

정미의 장난에 아리와 유나가 동시에 입을 삐죽 내민다.

잠자리에 든 지현에게 다시 핸드폰 문자가 날아왔다.

역시 발송인은 없는 문자다.

[경찰이 추적해서 조사를 받게 될 것이다. 아마 내일 아침에 바로 임의 동행을 요청할 것이다. 경찰에 가면 이렇게 말해라.]

자세한 내용이 가득 적혀 있었다.

문자를 읽으며 지현은 고개를 끄덕거렸다.

지현의 표정은 차츰 밝아졌다.

현태는 아직까지 아빠에게 붙들려 있었다.

"그러니까 네 친구들이 왜? 어떻게? 백도라는 섬으로 갔느냐고?"

"전 몰라요. 용현이가 놀러 가자고 해서 따라간 거예요."

"용현이?"

"네! 저 앞 이층집에 사는 용현이요."

"다른 애들은?"

"지현이하고 10여 명 아이들이 같이 갔어요."

"그 애들이 어떻게 윤대칠이란 사람을 알고 쫓아갔다는 거냐?"

"지현이 부모님 원수라고 하던데요?"

"뭐? 지현이란 아이 부모님 원수? 윤대칠이란 사람이?"

그렇게 묻는 현태 아버지의 눈에 감출 수 없는 불안감이 가득 했다.

"네! 부모님을 죽인 원수라 하대요."

"어떻게 그런 일이……. 어떻게 부모님을 죽였고, 어떻게 그걸 알았다 하더냐?"

"자세히는 몰라요. 지현이가 이렇게 말하던데요. 12년 전 남해안으로 피서 간 부모님을 스무 살도 안 된 윤대칠이 강간 살해했다고."

"저, 저런 나쁜 놈들!"

현태 아버지가 건성으로 말했다.

몹시 흔들리는 현태 아버지의 눈.

현태는 고개를 숙이고 있는 까닭에 그런 아버지의 모습을 못 보고 말았다.

소파에 앉아서 차를 마시던 정미가 먼저 입을 열었다.

"먼저, 알아냈다는 세 명에 대한 마무리를 해야지."

"둘째언니가 알아서 한다고 그랬어."

아리가 혼자 서서 찻잔을 들고 왔다 갔다 하는 유나를 쳐다본다.

"고민이야. 시간도 없는데……."

유나가 아리를 힐끗 보며 말했다.

순간 정미의 눈에 반짝 이채가 띠었으나 순간적으로 사라졌다.

"세 명을 동시에 처단하자고?"

아리가 유나의 생각을 알아차리고 묻는다.

"응! 그랬으면 하고. 언니 생각은 어때?"

"좋은 생각이야. 내일은 월요일이니 학교를 가야 하니까. 조금 더 살게 놔두자."

시간을 갖자는 얘기다.

"언니 뜻대로 해."

유나가 정미 맞은편 소파에 앉았다.

"그럼 작전은 유나가 짜서 실수 없게 움직일 수 있도록."

"알았어! 이번 주 토요일에 맞춰서 계획을 짤게."

"그래! 그렇게 해."

"언니들 얼른 자자. 너무 늦었다."

아리가 먼저 일어섰다.

아침이 왔다.

정미가 제일 먼저 일어나서 북어국을 끓이고 밥을 하는 등 바쁘게 움직였다.

턱.

뭔가 자신의 배를 누르고 가슴으로 손이 불쑥 들어오자 아리는 기겁을 하고 깼다.

모내의 다리가 아리의 배 위에 놓여 있었다.

마치 엄마 품을 찾듯 모내의 손이 아리의 가슴을 더듬고 있었다.

"엄마……! 엄마……!"

모내가 잠꼬대를 한다.

모내의 손을 치우려고 하던 아리가 손으로 모내 머리를 쓰다듬으며 안쓰러운 표정을 지었다.

"어! 미안해요."

모내가 잠에서 깨며 얼른 사과한다.

"아니에요. 괜찮아요."

아리가 말했다.

"제가 실수했죠?"

"아니에요. 실수는 무슨."

"어제 술을 좀 많이 마셨거든요. 짓궂은 손님들 때문에 강제로……. 흑…… 아무튼 고마워요. 절 따뜻하게 맞이해주고. 제 이름은 모내라 해요. 올해 열일곱 살이에요."

"어! 나하고 동갑이네. 나도 열일곱 살. 이름은 아리에요."

"어머! 그래요? 잘됐네요. 우리 그냥 친구해요."

"그래요. 친구해요. 그럼 말 놓기?"

"그래. 반가워 아리야."

"반갑다 모내."

둘은 잠에서 깨자마자 바로 친구가 됐다.

"빨리 나와서 밥 먹자."

정미의 소리에 유나가 제일 먼저 방에서 나와 욕실로 들어갔다.

"안녕하세요?"

"네! 반가워요."

유나가 세수를 마치고 욕실에서 나왔을 때, 아리와 모내가 같이 방에서 나와 나란히 욕실로 들어가면서 모내가 유나에게 인사를 했다.

"쟤들 언제 저렇게 친해졌대?"

유나가 정미에게 목소리를 낮춰 물었다.

신통하다는 표정이다.

"글쎄……"

정미는 미소를 지으며 식탁에 앉았다.

이미 아침 식사는 다 차려져 있었다.

"모내는 우리 학교에 편입할 서류를 준비해라!"

아침에 등교하면서 정미가 남긴 말이다.

지현이 등교를 위해 집을 나서는데 두 형사가 앞에 나타났다.

"백도에서 어선 폭발로 두 사람이 사망한 사건 때문에 알아볼 것이 있으니 학생이 같이 가 줘야겠어."

"네! 그러세요."

지현은 이미 알고 있었던 일이기에 당황하지 않고 형사들을 따라갔다.

"등교 시간 늦지 않게 간단한 진술서만 받고 보내줄 거야."

형사가 말했다.

"네!"

지현은 간단하게 대답했다.

"도남여고 짱이라더니 배짱도 두둑하군. 조금도 흔들림이 없어. 대부분 형사가 같이 가자고 하면 겁부터 내는데."

경찰차를 타고 가면서 형사가 말했다.

"뭐 죄를 지은 게 있어야 겁을 내죠."

지현이 퉁명스럽게 대답한다.

"일진회 조직을 만든 것도 죄라면 죈데?"

"학생들 모임인데. 뭐 범죄 조직이라도 되나요?"

"허! 하긴 조사를 해본 결과 범죄행위는 없더라."

"다 지난 일이에요."

"그래! 요즘은 전국 학생들 모두 세 명, 거 뭐라더라 미나리? 아무튼 그 여학생들에게 짱 자리는 내준다 하더군. 특히 유나라던가. 그 여학생이 신의 두뇌라고?"

"네! 그거야 다 아는 사실이잖아요."

"지현이 너도 그 애들과 맞짱 한번 붙었다 하던데?"

"아뇨. 저 혼자 설치다가 참패만 당했어요."

"들었다. 그 뭐라더라 아리? 인도 소녀라지?"

"네!"

"인터넷에선 최고 악녀로 꼽는다며?"

"그걸 몰라서 묻는 건 아니죠?"

"그래 아니다. 도대체 왜? 그 아리를 최고 악녀로 꼽지?"

"모르셨어요? 자기는 직접 손을 대지 않고 스스로 손가락을 자르게 만들거든요."

"도끼파. 허브클럽. 가시넝쿨들. 국내 유명 폭력배 집단이지. 또한 아리에게 스스로 손가락을 잘라 바친 녀석들이기도 하고. 그런데 말이야……. 어떻게 했기에 스스로 손가락을 잘라 바쳤지?"

"나쁜 짓을 하다가 걸렸거든요. 한번 걸리면 모조리 때려주고 경고를 했는데……. 두 번째 걸리면 스스로 손가락을 잘라 바쳐라. 어기면 손목을 자르겠다. 그랬거든요."

"그래도 이해가 안 가는 것은 인터넷에 떠도는 동영상이 진짜인지는 모르지만 어떻게 폭력배 20여 명이 그 소녀 하나를 못 이겨?"

"이겨요? 누가요? 아리 털끝 하나라도 건드리면 영웅이게요."

"그 정도야?"

"거기다 유나언니도 있잖아요. 도망가면 그 길목까지 미리 알고, 품에 무기를 넣고 오면 그 무기가지 다 아는 신의 두뇌. 그 언니가 있는 한 숨을 곳은 없어요."

"그래 들었다. 정말 그것이 사실이냐?"

"아직 모르시나본데요. 아직 그 실력이 알려지지 않았지만 거미소녀, 투명인간 등 신비스런 별명의 정미언니가 가장 무섭다는……."

"싸우는 것 한 번도 못 봤잖아? 아무도?"

"네! 근데 정미언니는 정말 착해요."

"헌데 왜 자꾸 언니라 하지? 유나도 네 또래고 정미도 너보다 겨우 한 학년 높은 걸로 아는데?"

"짱이잖아요. 모두가 인정한."

"허!"

형사는 할 말을 잊었다.

경찰차는 특별 수사팀이 차려진 동부경찰서에 도착을 했다.

학교 등교 시간이 촉박한 관계로 서둘러 지현의 진술을 받고 있었다.

"야산에서 성기가 잘리고 목이 잘린 참혹한 사건이 터졌다 하여 호기심에 가봤죠. 누군가 사건 현장에 살금살금 다가가는 것을 보고 수상하여 뒤를 쫓다가 그를 놓쳐버렸는데, 그가 타고 간 자동차가 카센터에 있어서 그 자동차에서 백도에서 연안부두로 온 승선권을 발견하고 혹시나 해서 백도까지 놀러가는 셈치고 한 번 가봤는데, 거기서 그자를 만났습니다. 우리를 만나자 도망부터 치기에 우리도 쫓아갔습니다. 그자와 다툼이 있고 나서 그자가 배를 타고 도주했는데, 갑자기 쾅 하고 배가 폭발했습니다."

지현이 진술한 내용이다.

　범인이 스스로 폭발물을 터뜨려 자살했다는 수사 결론을 바탕으로 강영진은 또다시 신들린 수사관이란 별명과 함께 일 계급 특진을 하고…….
　수사는 종결됐다.

오후.
정미네 아파트 주차장엔 방금 출고된 소형 승용차 하나가 세워져 있었다.
유나가 학교에서 돌아오자 경비원이 차키를 건네줬다.
강영진이 고맙다는 메시지와 함께 승용차를 선물한 것이다.
"햐! 그 형사 그래도 양심은 있네."
아리가 차를 이리저리 살펴보며 좋아했다.
"아리, 네가 타."
유나가 자동차를 아리에게 줬다.
"아냐. 난 싫어. 언니 준 거니까 언니가 타."
아리가 거절하자 유나가 의아한 표정을 지었다.
"헤헤…… 난 모내하고 저 오빠 차 타기로 했거든."
아리가 아내가 모는 개인택시를 가리키며 말했다.
"그래? 그럼 할 수 없고. 큰언니나 줘야지."
"그래. 그게 좋겠다."
아리도 찬성했다.
"난 오늘 혼자만의 볼일이 있어. 어디 좀 다녀올게."
유나가 갑자기 가방을 아리에게 맡기고 아파트 정문 쪽으로 걸어갔다.
"조심해서 다녀와!"
아리가 유나에게 손을 흔들어 보인다.
"아리야!"
아리 뒤에서 모내가 나타났다.
시장을 보고 오나보다. 장바구니가 들려 있고 채소들이 가득했다.

"어! 모내야! 시장보고 오는 거야? 왜 채소들만 가득?"

"혼자 있으려니까 심심해서 시장 구경 갔다가 그냥 오기 그래서……. 너 카레 좋아하지? 인도식으로 만들어줄까?"

"인도식? 너무 어려서 맛도 기억하지 못하지만 고마워. 한 번 먹어보자."

"들어가자."

모내가 아리의 손목을 잡고 아파트 엘리베이터로 향했다.

"금방 친해졌네요."

저 멀리 정미와 아내라 부르는 그 청년이 걸어오고 있었다.

"아빠!"

정미가 그 청년을 애절한 눈빛으로 불렀다. 그런데 아빠라니?

"왜 또 이러십니까?"

청년이 안절부절못하며 말했다.

"잊었어요? 왜 내가 아내, 모내 그렇게 부르는지?"

"압니다. 그래도 이젠 다 자라서 단주님이 되셨잖아요."

"네! 그래도 오늘은 그렇게 부르고 싶네요. 내 아빠, 내 엄마. 그런 뜻에서 아내, 모내 그렇게 불렀지요."

아내. 모내.

그랬다.

정미가 여덟 살이 되던 해.

스승 아사가 정미를 그 두 사람에게 맡기고 어디론가 떠났다가 3년이 지나서 돌아왔다.

그 3년간 정미는 아내와 모내 두 사람 손에서 자랐다.

현재 모내가 아리와 친구로 지내기 위해 나이를 열일곱 살이라 했지만, 실제는 그보다 일곱 살이 많은 스물네 살이다.

아내 역시 나이가 모내와 같다.

여덟 살 어린 정미는 다섯 살 많은 열세 살 두 소년 소녀에게서 한국어와 함께 기본 교육을 받았다.

여덟 살 정미는 두 소년 소녀를 늘 엄마, 아빠라 불렀다.

너무도 그리운 엄마, 아빠.

어린 정미는 그렇게 두 소년 소녀에게서 대리만족을 느끼고 있었던 것이다.

"난 네 엄마가 아니야. 누굴 미혼모로 만들려고 해!"

모내가 뭐라 하면 늘 정미는 이렇게 말했다.

"아냐! 넌 내 엄마야. 이제부터 내 엄마는 너야!"

"나도 아빠는 싫어!"

아내 역시 어린 소년이 듣기는 좀 지나친 표현에 정미를 나무랐지만, 정미는 늘 아빠, 엄마 그렇게 불렀다.

"다른 사람들이 보면 뭐라 하겠어? 어린 녀석들이 벌써 애를 낳았다고 할 것 아냐?"

모내가 더 이상 창피해서 정미를 데리고 다니지 못하겠다는 표현을 했을 때, 정미가 새로운 이름을 지었다.

'내 아빠'란 뜻으로 아내, '내 엄마'란 뜻으로 모내. 어린 정미가 지은 이름이지만 아내도 모내도 그 이름이 맘에 들었다.

3년.

정미로부터 그렇게 불리던 아내와 모내 두 소년 소녀는 차츰 자신의 이름조차 잊어버리고 그 이름에 익숙해졌다.

"이제 다른 이름을 지어야겠어요."

정미가 장난기 어린 미소를 지으며 말했다.

"네? 무슨……?"

"자꾸 내 엄마 아빠 자리에서 벗어나려고 하니 어쩌겠어요."

"엥!"

"흐흐…… '영원한 내 엄마 아빠'라는 뜻으로 '영' 자를 붙여야겠어요. 아내 영, 모내영 이렇게."

"으흐흐흐……"

아내가 웃음을 터뜨렸다.

"이 차가 강영진이란 형사가 보낸 승용차라고요?"

정미가 주차장에 세워진 소형 승용차 곁으로 와서 물었다.

"네! 그렇다네요."

"어떻게 생각해요?"

"아무래도 강영진이 유나님을 의심하기 시작했다는 증거죠. 그나저나 자꾸 제게 존댓말하실 건가요?"

"딸이 아빠한테 그럼 뭐라 그래요?"

"제발……."

"알았어요. 지금은 근처에 단원들이 없으니…… 있을 땐 안 할게요."

"네! 그렇게 하셔야죠."

"세 개나 있네요. 치밀하군요."

"떼어버릴까요?"

"아니죠. 위치 추적기를 세 개씩이나 설치한 것은 다른 목적이 또 있어요. 우리가 어디까지 발견할 수 있느냐 하는 거죠."

"왜요?"

"하나도 발견하지 못 하면 그냥 순수한 아이들이고, 하나를 발견하면 조금은 전문가들이고, 두 개를 발견하면 철저히 경계해야 할 상대고, 3개를 다 발견하면 즉시 수사를 해야 할 상대다. 그런 것 아닐까요?"

"과연! 단주님 말씀이 틀림없을 겁니다."

"차 안에서 하는 말은 도청도 될 겁니다."

"네? 그럼 지금 우리가 한 말은?"

"차 밖까지 도청이 되면 시끄러워서 되겠어요. 그 정도는 기본이죠."

정미가 천천히 아파트 엘리베이터 쪽으로 발걸음을 옮기기 시작했다.

"편히 쉬십시오."

"아빠도……."

정미 눈가에 반짝 이슬이 맺힌다.

"너무 부모님이 그리운 모양이다."

아내는 정미 눈가에 반짝이는 눈물을 보고 안쓰러운 표정을 지었다.

'천벌을 받을 놈들! 한때 욕정을 참지 못하고 참혹한 짓을 저질러 평생 부모 님을 그리워하며 살아가는 사람이 있게 만들다니……. 내 용서하지 않겠다.'

아내는 마음속으로 굳게 다짐했다.

10.

동부경찰서 특별 수사팀.

강영진 경감.

승진 축하파티가 끝나고 혼자 집을 향해 걷고 있었다.

"……!?"

강영진 경감은 흠칫 놀라며 술이 확 깼다.

시커먼 양복을 입은 사람들이 앞을 막아섰기 때문이다.

"누…… 누구?"

"강영진 경감님, 승진 축하합니다."

여섯 명 중 가운데 사람이 앞으로 나서며 손을 내민다.

술기운일까, 강영진 경감은 무심코 손을 내밀어 악수를 했다.

"중앙정보부 조순영 과장입니다."

상대방이 자신의 신분을 밝혔다.

강영진은 급격히 경직되고 말았다.

혹시나 자신이 유나를 통해 범인을 잡은 사실을 알고 온 것일까 하는 두려 움 때문이다.

"잠깐 얘기 좀 합시다."

중앙정보부 조순영 과장은 강영진을 자신의 승용차로 안내했다.

"무…… 무슨 일입니까?"

강영진은 도망칠 수도 없는 상황이라 긴장하며 조순영을 따라 승용차에 탔다.

경호원처럼 검은 양복을 입은 남자들이 멀리서 승용차를 호위하듯 서 있었다.

"강 경감님이 범인을 잡는 데 탁월한 능력이 있음을 알기에 협조를 부탁하려고 왔습니다."

조순영의 말에 강영진은 긴장을 풀었다.

어깨에 힘도 들어갔다.

"무엇을 말이오?"

말투까지 변했다.

"아랍 테러단이 대거 입국한 것으로 보입니다. 특히 세계적으로 정치인 38명을 암살한 '암살의 요녀'라 부르는 테러단의 요녀가 한국에 있는 것으로 밝혀졌습니다."

"요녀라니요? 이름은?"

"이름도 나이도 밝혀진 것은 없습니다. 오로지 여자라는 것 외엔."

"테러단이 왜 한국에?"

"중동 쪽에 내분이 있을 때마다 미국을 도와 군대를 파견한 것에 앙심을 품고 이번 미국 대통령 방한에 테러를 준비하고 있는 것으로 압니다."

"큰일이군요. 정보부에선 어디까지 추적한 것입니까?"

강영진의 물음에 조순영은 잠시 머뭇거렸다.

"서로 협조하려면 숨김이 없어야죠."

강영진이 독촉했다.

"관광객으로 위장하고 입국한 것으로 알지만 아직 단 한 명도 실체를 파악하지 못했습니다. 다만…… 무기를 반입하지는 못한 것으로 판명되었습니다."

"무기라……! 그렇다면?"

"네! 선박을 통해 들어올 것으로 생각합니다. 해서 전 해상과 전국 해안에 비상 경계령을 내렸습니다. 경찰 검문소에서도 오늘밤부터 검문검색을 지시

할 예정이고요."

"무기 반입만 막아도 테러를 사전에 예방할 수 있겠군요."

"그렇습니다. 해서 강 경감님의 도움이 필요합니다. 테러단 추적에 협조를
부탁드립니다."

"당연히 협조해야죠."

"그럼 내일부터 특별 수사팀에서도 테러단 수사에 전력을 다해 주십시오."

"그럽시다. 정보부에서도 지금까지 조사한 자료를 보내주시면 도움이 될 것
입니다. 팀원들도 수사를 할 의지가 생기고요."

"알겠습니다. 앞으로 잘해봅시다."

조순영이 악수를 청했다.

강영진은 조순영의 손을 맞잡았다.

미아리.

한때 윤락가로 유명했던 곳.

길게 늘어선 기와집들.

유나가 그곳에 도착한 시각은 어둠이 밀려오는 오후 7시쯤이었다.

유나는 커다란 기와집으로 아무런 거리낌 없이 들어갔다.

큰 나무 대문이 열리고 유나가 들어서자 대문은 다시 굳게 닫혔다.

우르르……

각양각색의 외국인들이 몰려나와 유나를 포위하듯 섰다.

유나는 그들 사이를 걸어서 방문을 열고 안으로 들어갔다.

방안 역시 각양각색의 외국인들이 좌우로 늘어서 있고, 저 끝에 가죽 소파
에 검은 턱수염이 독수리 문양으로 멋들어지게 난 외국인이 앉아 있었다.

"파파!"

유나가 그 남자 앞에 무릎을 꿇고 엎드리며 아빠라 부르고 있었다.

정미 기억 속에 남아 있는 카멜. 스승 아사의 원수다.

"가까이 와라!"

카멜이 무척 화가 난 투로 말했다.

유나가 엉금엉금 기어서 카멜 앞으로 갔다.

퍽.

카멜의 발이 유나의 가슴을 빠르게 강타했다.

비명도 지르지 못하고 유나의 입에서 피가 흐른다.

하지만 유나는 조금도 흐트러짐이 없는 자세를 취하고 있었다.

카멜의 분노가 아직 풀리지 않았는가.

다시 발길이 날아와 유나의 배를 걷어찼다.

유나가 뒤로 나가떨어졌다.

역시 터져 나오는 비명을 억지로 참고 자세를 바로 하는 유나의 입에선 피가 주르르 흐른다.

"네가 아빠의 명을 거역하고 살기를 바랐느냐? 왜? 도대체 왜? 아직도 아사의 제자들을 죽이지 못한 것이냐? 그래가지고 어찌 네가 우리 평화단아랍 테러단을 그들은 평화단이라 칭한다을 이끌 수 있겠느냐? 그리 허약해서. 그리 인정이 많아서?"

카멜이 화난 음성으로 묻고 있지만 유나는 아무런 대답을 하지 않았다.

"자이르 이년을 당장 데리고 나가 처리해라!"

카멜이 옆에 있던 젊은 청년을 보며 말했다.

"복명!"

자이르란 청년이 유나의 목덜미를 잡고는 질질 끌고 밖으로 나갔다.

유나는 눈물만 흘릴 뿐 아무런 말이 없었다.

현태는 학교 수업이 끝나자마자 빵집으로 달려갔다.

며칠 전부터 주문해놓은 케이크를 찾기 위해서다.

"주문한 케이크는요?"

"여기 포장해놨습니다."

주인이 선물 포장을 해놓은 케이크를 현태에게 줬다.

현태는 케이크를 받아 들고 싱글벙글하면서 빵집을 나왔다.

"어! 현태야! 그거 뭐니?"

지나가던 지현이 현태를 발견하고 알은 체했다.

용현이도 같이 있었다.

"응! 그게……."

"뭐니? 말해봐."

지현이 현태에게 다가오며 독촉한다.

"저…… 그게……."

"뭐야? 현태. 우리 사이에 뭘 숨기는데?"

용현이 섭섭하다는 투다.

"오늘이 유나 생일이잖아. 케이크 갖고 가서 축하해주려고."

현태의 얼굴이 붉게 물들었다.

"호호…… 현태가 유나언니를 좋아하는 모양이구나."

"그러게. 현태가 유나누나를 좋아하는지 몰랐네."

지현과 용현이가 현태를 놀렸다.

현태는 더욱 얼굴이 붉게 변했다.

"그래! 유나언니 생일인 줄 몰랐네. 같이 가자! 나도 유나언니에게 고맙다는 인사를 해야 하니까."

"어! 너…… 괜찮겠어?"

용현이 주춤주춤 뒤로 물러나며 말했다.

"왜? 호랑이 굴이라도 되니? 사내 녀석이 쫀쫀하긴……. 누가 잡아먹기라도 한대? 같이 가."

지현은 용현의 팔을 잡아당긴다.

"나…… 나도?"

"그래! 넌 항상 내 그림자라며?"

"그렇긴 해도…….거긴 너무……."

"다들 착한 누나들이야. 같이 가자!"

현태도 용현의 팔을 잡아당겼다.

"끙!"

마지못해 용현이 도살장에 끌려가는 소처럼 엉거주춤 따라갔다.

"큰언니!"

아리가 모내하고 즐겁게 떠들고 놀다가 책을 읽고 있는 정미의 방문을 열고 들어왔다.

모내도 뒤따라 들어왔다.

"왜? 이제 다 놀았니? 쳇, 나만 왕따 시키고 둘이서만 놀고."

정미가 토라진 척했다.

"둘째언니가 안 와. 전화도 안 받고 연락도 없고."

아리는 유나가 걱정되는 모양이다.

"아리야!"

정미가 읽던 책을 놓고 심각한 표정을 지으며 아리 앞으로 다가앉았다.

순간 모내가 정미를 보며 고개를 살짝 좌우로 저었다.

"아…… 아니다. 유나는 곧 돌아오겠지. 혼자만의 볼일이 있나보다."

정미가 아리를 안심시키고 있었다.

"혼자만의 볼일? 유나 언니는 아직 한 번도 그런 일이 없었는데……. 애인이라도 생겼나? 아니면…… 요즘 뭔가 고민을 하는 눈치였는데. 생리가 불규칙한 것일까? 몸이 어디 아플까. 아니면 그들을 혼자 상대하려고……."

아리는 뭔가 골똘히 생각에 잠겼다.

"그들이라니 누구?"

모내가 물었다.

"아! 아니야! 내가 실수했어."

아리가 얼른 얼버무렸다.

정미가 살짝 아리에게 눈짓을 했다. 입조심 하라는 신호다.

딩동.

그때 초인종이 울렸다.

"유나 손님들이다. 문 열어줘라!"

정미가 말했다.

"제가 열어줄게요."

모내가 일어섰다.

아리도 뒤따라 일어섰다.

덜컹.

문이 열리고 지현과 현태, 용현이 차례로 들어왔다.

"실례합니다. 유나언니 생일이라서 축하해주려고 왔습니다."

지현이 먼저 말했다.

그런데 모내의 비명이 터졌다.

"악!"

들어서는 용현의 팔꿈치에 부딪혀 넘어진 것이다.

공교롭게도 넘어진 자리에 떨어져 있던 머리핀에 다리를 찔려 피가 흐르고 있었다.

"모내야!"

아리가 얼른 모내를 일으켜 놓고 방으로 달려가 소독약과 밴드를 가지고 나와 치료를 해주었다.

"어이쿠, 이거 죄송합니다."

용현은 안절부절못하며 미안해했다.

지현의 눈에 의아함이 가득 했다.

전혀 운동 신경이 없는 모내가 이상했기 때문이다.

그 정도에 넘어져 다친다는 것은 몸이 허약하다는 증거다.

"괜찮아요. 제가 비키지 못해서……."

오히려 자신이 죄송하다고 하는 모내.

한쪽 눈은 열려진 방문 밖으로 아주 잠깐 향했다가 제자리로 돌아왔다.

쓰레기봉투를 들고 지나가는 아주머니가 방금 문 밖으로 보였던 것이다.

"이 언니는 누구예요?"

지현이 모내를 가리키며 정미에게 물었다.

정미도 모내의 비명에 거실로 나와 있었던 것이다.

"내 친구야."

아리가 얼른 대답했다.

"일단 들어와 앉아."

정미가 지현 일행을 소파로 안내했다.

아리는 모내를 방에 데려다놓고 거실로 나왔다.

쓰레기봉투를 들고 아파트 그린하우스에 나온 아주머니.

그녀는 주위를 살피며 주차장에 있는 승용차 옆으로 갔다.

승용차 문이 열리고 아주머니는 얼른 승용차를 탔다.

승용차 안에는 조순영이 타고 있었다.

"어때? 새로 온 그 모내라는 여자는?"

"전혀 운동 신경도 없고 허약한 여자예요. 테러단 요녀니 뭐니 하는 것과
는 거리가 먼 이야기네요."

"그래? 그렇단 말이지? 아무튼 수고했어."

조순영과 아주머니가 탄 승용차는 주차장을 떠나고 있었다.

"당신! 정말 유나를 죽일 생각은 아니죠?"

카멜 앞에 나타난 여인.

하얀 천으로 얼굴을 가린 여인이 아랍어로 물었다.

"그럼. 뭐 좋은 생각이라도 있어요?"

카멜이 여인에게 존칭을 사용했다.

"당신은 오늘 실수한 거예요. 자기 딸을 그렇게 때리는 아빠가 어디 있어요?"

둘의 대화는 아랍어로 이어졌다.

"실수라니?"

"유나가 반감이라도 가지면 어쩌려고요?"

"그렇다 해도 죽일 수도 없고. 어쩌면 좋겠소?"

"내가 만나볼게요."

"미쳤소? 당신 정체가 탄로 나면 어떤 일이 벌어질지 잘 알지 않소?"

"그럼 이대로 유나를 죽게 놔두려고요? 오늘이 유나 생일이라는 것도 모르
세요?"

여인이 초조한 듯 말했다.

"캐린!"

카멜이 밖을 향해 누군가를 불렀다.

"네!"

밖에서 남자 목소리가 대답했다.

"자이르한테 전해라! 유나에게 마지막 기회를 줄 터이니 내일 아사의 제자 정미부터 배로 유인하라고. 한 방에 날려버리게."

"복명!"

"오늘 주인공만 없네요."

현태가 아쉬운 모양이다.

"케이크만 먹을 수 있나. 잠시 앉아서 기다려!"

정미가 일어서서 주방으로 들어갔다.

"언니 내가 도울게요."

지현이 정미를 따라 주방으로 들어가며 말했다.

"지현이도 음식을 잘 만들어?"

정미가 묻는다.

"저도 어릴 때부터 부모님 없이 자랐잖아요."

"그래! 지현이도 고생이 많았지?"

"네!"

지현의 눈에 눈물이 가득 고이기 시작했다.

"음식을 준비할 동안 지나온 이야기나 들려주렴."

정미가 지현의 눈물을 보며 안타까운 표정으로 말했다.

"전 제 성이 민 씨라는 것도 근래에 알았어요. 12년 전 아빠 엄마가 남해안 으로 피서를 떠날 때, 제 나이 여섯 살이었는데……."

이야기를 시작하는 지현의 눈에 눈물이 주르륵 흘렀다.

12년 전.

무더운 7월의 여름.

"고모님! 우리 지현이 잘 부탁해요."

조기 교육 열풍을 타고 지현이는 다니는 학원도 많았다.

아빠의 직장에서 겨우 얻은 휴가를 즐기기 위해 지현을 고모님 댁에 맡기고 둘만의 피서를 갔다.

불행 중 다행일까.

그렇게 떨어진 지현은 홀로 살아남게 된 것인데.

지현 부모님이 살해당한 사실을 알고 고모님이 보살펴줬는데.

그 고모님 댁엔 지현이보다 세 살 많은 남자아이가 있었다.

고모님은 불쌍해서 조금이라도 더 잘해주려고 한 것이 세 살 많은 고종사촌 오빠에겐 미움을 받는 계기가 되었다.

"지현아! 놀러가자!"

지현을 꼬여 데리고 나간 고종사촌 오빠는 지현을 버리고 도망치고 말았다.

혼자 길거리를 울며 돌아다니는데……

"너, 나 따라가자!"

술 취한 아저씨가 반강제로 지현을 데리고 갔다.

혼자 사는 거지였다.

지현은 모진 학대를 받으며 껌을 팔아야 했고.

같은 길거리 거지들로부터 자신을 지키기 위해 자연스레 싸움을 배우게 됐다.

단 하나 자신의 이름이 지현이라는 것 하나만은 잊지 않은 지현은 열다섯 살이 되던 해 겨우 고모님과 만나게 되지만……

지현을 잃어버린 죄책감에 늘 괴로워하던 고모님 또한 병을 얻어 그해 돌아가시고 말았다.

또다시 버림받은 지현.

결국 고모님이 몰래 남겨주신 재산으로 방 하나를 얻고 아르바이트를 하며 공부해서 고등학교에 입학하게 된다.

그 어려운 시기에 끝까지 곁에서 힘이 돼준 친구가 바로 용현이다.

지현이 이야기를 하는 동안 정미는 음식을 다 만들었다.

"그래! 지현이도 그렇고 나도 그렇고 그 대물클럽인가 뭔가 하는 놈들 때문에 많은 사람이 씻지 못할 상처를 입은 거야. 자! 유나가 올 시간이다. 얼른 음식 차리자."

지현을 위로하듯 손바닥으로 등을 토닥거리며 정미가 말했다.

덜컹.

현관문이 열리고 유나가 들어왔다.

유나는 멋쩍은 척 정미와 지현 일행을 보고 살짝 웃고는 욕실로 들어갔다.

잠깐 욕실에서 물소리가 나며 씻는 소리가 들렸다.

거실에선 전등을 모두 끄고 촛불을 켰다.

"생일축하 합니다. 생일 축하합니다. 사랑하는 유나언니…… 생일 축하합니다."

아리와 지현이 가장 크게 축가를 불렀다.

욕실에서 나오던 유나는 왈칵 눈물을 흘렸다.

"울긴…… 어서 촛불 꺼야지."

정미가 유나의 등을 밀어 케이크가 있는 곳으로 유도하며 말했다.

"언니…… 흑!"

유나가 정미 품에 얼굴을 묻고 울음을 터뜨렸다.

"네 맘 내가 안다. 우선 생일 축하 받고 나중에 이야기하자."

정미가 유나를 달랬다.

금방 냉정을 되찾은 유나.

케이크 앞에 앉아 촛불을 껐다.

짝짝짝……

펑. 펑. 펑.

박수와 폭죽이 터졌다.

전등이 켜지고 모두 유나에게 준비한 선물을 건넸다.

"고마워! 고마워! 정말 고마워!"

인사를 하던 유나가 누군가를 찾았다.

"모내는?"

"아! 조금 전에 친구들한테 부딪혀서 넘어지는 바람에 다쳤어. 지금 방에 누워 있어."

"저런, 많이 다쳤어?"

"아냐! 내가 데리고 나올게."

아리가 얼른 일어났다.

"놔둬! 서먹서먹할 텐데. 혼자 시간 좀 보내게."

정미가 아리를 제지했다.

"알았어! 언니."

아리가 얼른 다시 앉았다.

한바탕 놀다 간 정미네 집엔 다시 적막이 찾아왔다.

아리도 방으로 들어가고, 정미도 방에 들어가 누워서 책을 읽고 있었다.

유나 혼자서 아무도 없는 거실에 남아 뭔가 깊은 고민에 빠져 있었다.

스르륵.

정미가 문을 열고 거실로 나왔다.

정미는 유나를 보고 안쓰러운 표정을 짓더니 옆에 앉았다.

"유나야!"

정미가 조용한 음성으로 유나를 불렀다.

"언니……!"

유나가 갑자기 정미 품에 얼굴을 묻고 다시 울기 시작한다.

"그래! 울어라! 울고 싶을 땐 울어야 해."

정미가 유나 등을 손바닥으로 토닥거렸다.

"언니! 그거 생각나?"

"뭘?"

"언니가 리비아 제2도시 벵가지에서 날 구해준 거?"

"생각나지. 그럼."

"현지인들은 비늘 없는 생선을 먹지 않아서 지중해엔 문어, 낙지, 가오리 등이 많잖아. 그래서 아리가 스승님에게 물속에서 물고기 잡는 방법을 배울 때

슬쩍 눈여겨봤거든. 난 자신이 있었는데 욕심이 많았어. 잡은 문어가 내 팔을 감아 묶을 줄 누가 알았겠어. 잡은 것 다 가지고 나오려고 하다가 물속에서 숨이 막혀 기절했잖아."

"그랬지. 그래서 인공호흡으로 간신히 널 살렸어."

"내가 그때 열두 살이었지?"

"아니! 열세 살. 그 다음해에 파키스탄 내전이 일어났잖아."

"그래! 그때가 내 나이 열세 살이었어. 열세 살……. 잊고 살았네. 언니가 내 생명의 은인이란 사실을……."

"별걸 다 기억하고."

"나 그때부터 생리했다. 내가 다리를 다쳤을 때 언니가 치료해주던 일 기억하지?"

"네 다리? 어디 한두 번이라야 일일이 기억하지."

"벵가지에서 말이야."

"아! 그 현지인들 자동차 버리는 쓰레기장에서?"

"응!"

"그건 왜?"

"그때 사실 일부러 다친 거였어."

"일부러 다치다니?"

"사실 생리 때문에 피가 흘러서 다리를 다쳐 흘린 피처럼 보이려고. 나 참 바보지?"

"처음이니까 그랬겠지. 사실 나도 첨엔 무척 무섭고 창피했거든."

"난 아냐! 해카라고 알아?"

유나의 질문을 받은 정미가 눈에 이채를 띠었다.

"이집트의 주술신 해카. 난 태어나자마자 강제로 그걸 배워야했어. 신의 능력을 갖기 위해서. 해카는 생리가 시작되기 전에 다 배워야 하는데. 난 그걸 다 못 배운 상황에서 생리가 시작돼서 감추려고 그랬던 거야."

정미는 더욱 힘을 줘서 유나를 꼭 앉아줬다.

"역시 언니는 이미 알고 있었구나?"

유나의 물음에 정미가 고개를 끄덕거렸다.

"신성한 주술 해카는 반드시 아기 때부터 생리가 시작되기 전까지 배워야 했어. 해서 난 그 능력을 반도 배우지 못했어."

"우리 유나 많이 다쳤구나?"

"응! 몸도 마음도 많이…… 아주 많이…… 흑흑……."

유나가 또 울기 시작한다.

"언니는 어린 유나가 뭔가 열심히 배우는 것을 보고 호기심에 따라 하기도 했지. 그게 해카란 것인 줄은 몰랐네."

사실 그랬다. 정미는 유나가 뭔가 배우는 것을 보고 따라 배웠지만, 어디까지 배웠는지 정미도 알지 못했다.

"언니!"

"응?"

"나 좀 도와줘!"

"언니야 우리 유나가 필요하면 뭐든……."

"내일 학교를 빠져야 할 것 같아."

"왜? 무슨 일인데?"

"아랍 테러단이 방한하는 미국 대통령을 죽일 생각이야. 내일 그들이 사용할 무기가 들어 올 모양이야. 우리가 그걸 빼앗아 없애버리자."

"그거야 들어온다 해도 어둠을 틈타서 올 것 아니겠어? 그러니 학교를 결석하지 않아도 되지 않아?"

"언니도 그렇게 생각하지?"

"그럼."

"그러니까 그들도 그걸 알지. 아마 역으로 올걸."

"오! 그렇구나! 역시 우리 유나가 있어야……."

정미는 감탄했다.

11.

모두 잠이 든 밤.

무슨 고민이 있는지 베란다에 나와 혼자 앉아 있는 정미.

깊은 생각에 빠져 있는 정미 곁으로 모내가 다가왔다.

바로 옆 나무 의자에 앉아도 정미는 낌새를 느끼지 못한 듯 생각에 잠긴 그 모습 그대로다.

"뭘 그렇게 고민하세요?"

"어! 언제 오셨어요?"

정미는 그제야 모내의 존재를 알게 된 모양이다.

"고민하실 필요 없어요. 그냥 유나를 버리세요."

"엄마!"

"왜요?"

"엄마는 나와 가는 길이 다르다면 버릴 수 있어요?"

"어떻게 그런 말을?"

"유나도 내게 그런 동생이거든요. 절대 버릴 수 없는……."

"살수에게 인정은 금물이라고 스승님이 늘 말씀하시지 않던가요?"

"엄마! 살수라 해서 살기만 풀풀 날리고 다니면 다 눈치 채지 않겠어요? 엄마처럼 다 감출 수 있는 그런 능력이 있어야죠."

"그거하고 이거하고는 달라요. 아직 잘 모르지만 유나는 우리가 생각하는 것보다 훨씬 무서운 존재인지도 몰라요. 제 느낌이 맞는다면……."

여기까지 말하던 모내가 갑자기 정색을 한다.

"언니! 밤에 잠 안 자고 겨우 그런 고민을 하세요?"

정미도 뭔가 느꼈는지 말투를 바꾼다.

"네가 학교에 들어가면 잘 적응해야 할 텐데……."

"걱정 말아요. 언니 은혜를 생각해서라도 실망시켜드리진 않을게요."

둘이 대화를 바꾼 이유는 유나가 일어나 거실로 나왔기 때문이다.

유나는 잠시 정미와 모내가 나누는 대화를 듣다가 물을 한 컵 마시고 다시 자기 방으로 들어갔다.

"유나는 카멜의 딸이에요. 아시잖아요?"

"친딸은 아닌 것 같아! 그 수수께끼를 풀어야 유나를 내 동생으로 만들 텐데……."

"알아볼게요."

"엄마가 직접 하지 말고."

"알았어요. 걱정 말아요. 그리고 아까 유나가 눈물을 흘리며 도와달라고 한 것은 절대 안 되는 것 아시죠?"

"역시 엄마는 못 속여."

"그건 카멜의 함정이에요."

"그래도 내가 안 가면 유나가 다칠 텐데?"

"가시면 단주님이 위험해요."

"엄마!"

"네?"

"내가 다쳐도 유나를 다치게 할 수는 없어. 유나는 내 동생이니까. 그리고 또 있어."

"그게 뭐죠?"

"내가 가야 카멜이 내 존재를 더 이상 의식하지 않는다 이거야. 즉 별로 신경 쓸 존재가 아니라고 생각하겠지. 유나에게 속아 함정인 줄 모르고 죽을 자리에 가는 어리석고 별 볼일 없는 하찮은 존재……. 난 그걸 유도하려고."

"흠! 그럼 단원들을 데리고 가세요."

"아니! 그건 안 돼. 내일 진짜 무기가 반입될 것이니까. 그걸 빼앗아 와야 하거든."

"진짜 무기가 내일요?"

"응! 엄마와 아빠 아리를 보호하는 데 최선을 다하고. 나를 함정에 끌어들이는 한편 아리도 노릴 테니까."

"진짜 무기는 나머지 단원들이? 가능할까요?"

"내일이 음력보름이야. 밀물과 썰물 차이가 가장 큰 날이지. 해안 경비가 철통 방어니까 선박을 이용하기는 힘들어. 그럼 뭐겠어?"

"잠수정."

"그래! 엄마 생각이 맞아! 아랍 테러단에는 레이더에 포착이 안 되는 플라스틱으로 만든 소형 잠수정이 있어. 일인용이지만 짐은 1톤 정도 실을 수 있지. 총과 탄약, 폭탄 등을 충분히 싣고 들어올 수 있지."

"그럼 어디로 올 거라 생각해요?"

"흐흐…… 그건 유나가 인도해줄 거야."

모내가 의아한 표정을 지었다.

"모내 뭐해?"

아리가 잠자다가 모내가 없자 찾으러 나온 모양이다.

"응, 큰언니랑 이야기 중이었어."

모내가 일어섰다.

"무슨 이야기를 밤에 해? 얼른 자자."

아리가 모내의 팔을 잡아당기며 방으로 들어간다.

아직 잠에서 덜 깬 모습이다.

동부경찰서 특별 수사팀.

아침부터 바쁘게 움직이고 있었다.

검은색 승용차를 타고 조순영이 미리 와 있었고.

강영진과 조순영은 누군가 기다리는 모습이다.

승용차 세 대가 동부경찰서에 도착했다.

앞뒤 승용차는 경호원으로 보였다.

가운데 승용차에서 살이 뒤룩뒤룩 찐 돼지 같은 남자가 내렸다.

"국회의원 방대규다."

"저자가 그 악랄하기로 유명한 전 정보원장이었지?"

경찰들이 수군댄다.

방대규.

전임 국가정보원장.

정권에 빌붙어 수많은 민주 인사들을 잡아다 모진 고문과 함께 죽음의 길로 내몬 장본인.

민주주의 열풍에 밀려 정보원장 직에서 물러났지만 지역이기주의 덕택에 국회의원 배지를 달 수 있었던 행운아.

정치권력에 방해가 되는 천적을 제거해주는 해결사로 악명이 자자했다.

특히 교묘한 방법으로 외국에서 테러에 의해…… 또는 비행기 사고로 정치천적을 제거했다. 그의 손에 제거된 정치인 수는 헤아릴 수 없이 많았다.

방대규가 경호원들의 경호를 받으며 특별 수사팀을 방문했다.

"어서 오십시오!?"

강영진과 조순영이 깍듯이 예를 취한다.

"수고들이 많소!"

거만스럽게 소파에 앉는 방대규.

"현재는 비상시국이오. 모든 수사력을 총동원하여 테러단 행방을 찾으시오. 무기 반입도 막고. 목숨을 걸란 말이오. 국가를 위해 그 한 목숨 바치면 얼마나 영광스러운 것이오."

"네! 네!"

방대규의 호통에 조순영과 강영진은 연신 굽실거렸다.

카멜과 하얀 천으로 얼굴을 가린 여인.

둘이 아침 식사를 하고 있었다.

"유나가 아빠 뜻을 따를 모양이오."

카멜이 먼저 입을 열었다.

"너무 심하게 다루지 마세요. 그러다가 유나가 칼을 우리에게 겨누면……."

"설마 그러겠소?"

"당신과 내가 친부모가 아니란 사실을 알면 어려운 일도 아니지요."

"그런 일은 없을 것이오. 유나가 어떻게……."

"세상은 모르는 겁니다. 유나 엄마는 죽었지만 아빠는 아직 살아 있다는 걸 명심하세요."

"그래봐야 며칠이오. 이번 거사 때 그도 죽일 거니까."

"설마……! 딸에게 아빠를 죽이라는 건 아니죠?"

"왜? 그럼 안 됩니까?"

"안 되긴…… 그게 우리 일인데……."

"명심하세요. 유나가 돌아서서 우리를 향해 쏘지 않도록 말입니다."

카멜과 하얀 천으로 얼굴은 가린 여인의 대화는 계속되고 있었다.

그 시각…….

정미가 모내에게 뭔가 조용히 말하고 있는 모습이 보였다.

유나는 멀리서 그런 모습을 보며 정미에게 다가갔다.

"그럼 다녀올게."

정미가 모내에게 인사하고 다가오는 유나를 바라보았다.

"언니 가자!"

정미는 유나를 따라 강영진이 선물로 준 승용차에 올라탔다.

"어디로 갈까?"

운전대를 잡은 정미가 옆에 앉은 유나에게 물었다.

"쉿!"

유나가 입에 손가락을 대며 조용히 하라고 했다.

유나도 차에 추적 장치와 도청기가 설치됐다는 것을 느낀 모양이다.

"언니! 김포로 가자!"

유나가 말했다.

"알았어!"

정미는 대답과 동시에 차를 주차장에서 빼내 움직이기 시작했다.

정미와 유나가 사라지는 것을 바라보던 모내.

발걸음을 아파트 쪽으로 돌렸다.

저 앞에서 아리가 나오고 있는 모습이 보였다.

등교를 하려는 것이다.

"아리야!"

"응?"

"나도 학교 구경 좀 시켜줘!"

"그래! 언니들도 없는데 잘됐다. 같이 가자!"

모내는 아리를 따라 학교 구경을 가는데.

"오늘은 택시로 모시겠습니다."

아내가 택시를 몰고 다가왔다.

"고마워! 오빠!"

아리가 택시 문을 열고 모내를 먼저 안으로 들어가게 하고 자기가 나중에 탔다.

택시가 아파트를 벗어나고, 저 뒤쪽으로 승용차 하나가 뒤따르는 것이 백미러로 보였다.

모내는 아는지 모르는지 아리 팔을 잡고 머리를 기대어 잠든 모습이다.

택시는 중랑천을 따라 나 있는 한적한 샛길로 접어들었다.

"……!?"

좁은 길에 들어서자 앞에서 승합차 한 대가 길을 막았다.

뒤에서도 승용차 한 대가 길을 막았다.

승합차에서 남자 네 명이 내렸다.

뒤 승용차에서도 세 명이 내렸다.

그들은 서서히 아리가 탄 택시를 향해 다가오고 있었다.

"언니! 내려."

유나가 아파트를 벗어나 시내로 향하다가 차를 멈추게 하고 내리면서 말했다.

"……!?"

정미는 운전석에서 내렸다.

유나는 차문을 닫고 소리 나게 닫았다.

"언니는 여기서부터 택시를 타고 행주대교로 가."

"넌?"

"난 이 차를 좀 끌고 다니다가 어디다 놔두고 갈게. 3시간 뒤 10시에 행주
대교 김포 쪽 다리에서 만나."

"알았다."

"그렇게 도와줬더니 이 형사가 배신을 때리네."

유나가 배시시 웃었다.

"먼저 갈게."

정미는 지나가는 택시를 향해 손을 흔들며 달려갔다.

유나는 승용차를 몰고 그 자리를 벗어났다.

아리와 모내, 아내는 승용차에서 내렸다.

"좀 빡세 보이네……!"

아리가 자기들 쪽으로 다가오는 일곱 명을 바라보며 말했다.

"무서워……."

모내는 얼른 길가 옆으로 비켜 웅덩이 속에 숨었다.

마치 닭처럼 목만 숨기고 벌벌 떠는 모습이 우습기까지 했다.

그런 모내는 다가오는 일곱 명의 시선에선 이미 관심 밖으로 사라졌다.

세 명은 아내를, 네 명은 아리를 집중적으로 공격했다.

빠른 시간에 목적을 달성하고 사라지려는지 그들은 처음부터 날카로운 비
수를 꺼내들고 악랄하게 공격했다.

아내도 아리도 금방 위태롭게 변했다.

바로 그때.

퍽. 퍽. 퍽.

뭔가 날아와 일곱 명의 무릎에 꽂혔다.

"헉! 요녀 침이다."

일곱 남자들은 갑자기 혼비백산하여 달아나기 시작했다.

한쪽 다리를 질질 끌면서…….

헌데……

그들의 무릎엔 큰 바늘 크기의 날카로운 칼이 하나씩 박혀 있었다.

그 칼은 무릎관절을 정확히 뚫고 깊숙이 박혀 있었다.

일곱 명 모두 하나같이 같은 곳에, 깊이도 정확하게…….

"요녀 침?"

아리가 달아나는 자들이 내뱉은 말을 생각하며 아내에게 묻는 말이다.

"글쎄요……. 이상한 말을 하네요. 아무튼 누군가 우릴 도와준 것 같아요. 얼른 갑시다."

아내가 먼저 택시에 올라탔다.

"모내야, 이젠 괜찮아! 그들은 갔어."

아리는 아직도 엉덩이만 쑥 내밀고 얼굴만 숨긴 채 벌벌 떨고 있는 모내를 등 뒤에서 두 팔로 포근히 감싸주며 말했다.

"흑……! 무서워!"

모내가 아리 품에 얼굴을 묻고 울음을 터뜨렸다.

"괜찮아! 괜찮아! 모내야. 이젠 다 끝났어."

아리는 모내를 열심히 달래고…….

그런 두 사람을 바라보는 아내는 묘한 미소만 짓는다.

오전 10시.

행주대교 남단.

정미가 혼자 길가에서 서성이고 있었다.

"왜 유나는 날 이곳에서 만나자고 했지?"

정미가 골똘히 생각하는 모습이다.

"음……! 여기서 날 함정에 빠뜨리려면…… 무기를 반입한다는 배가……!"

정미가 뭔가를 깨달은 표정이다.

"그래! 그거야. 오늘이 보름. 12시면 물이 가장 많이 빠지는 때……. 아울러 한강물의 물살이 가장 빠르기도 한 시각이지. 여기서부터 300여 미터 내려가면 철조망이 쳐 있고 해병대가 지키는 구역이다. 어선이 닻을 내리고 있다가 줄을 끊으면 해병대 구역까지 불과 30초면 떠내려간다. 나에게 그 배에 무기가 실렸다고 배로 유인해서 배와 같이 떠내려가면서 해병대 구역에서 배가 폭발한다. 설사 내가 요행히 목숨을 구한다 해도 해병대 손에 잡힌다. 이게 그들 생각이군. 어리석게도 이런 엉성한 함정을 파다니……!"

"……!?"

"아니야! 엉성해도 너무 엉성해. 한강에서 고기나 잡는 어선이 어떻게 무기를 싣고 바다에서 이곳으로 올 수 있겠어. 어린애도 다 아는 사실인데……. 그렇다면……! 그래! 무기는 이미 들어왔어. 바닷물이 가장 많이 들어오는 시각인 오전 6시에……. 소형 플라스틱 잠수정을 이용해 바다에서 이곳 행주대교 아래까지……. 그렇다면 무기는 이미 그들 손에 들어갔다는 이야긴데. 이런. 함정은 그게 아니었군!"

정미가 여기까지 생각하고 있을 때 유나가 나타났다.

"언니! 이미 무기는 들어왔어. 저기 강가에 작은 어선 보이지?"

유나가 행주대교 아래 수로를 따라 안쪽 깊숙이 들어온 어선을 가리키며 말했다.

"그래! 보인다. 저 어선에 무기가 있다고?"

"아냐! 그 어선 아래 물속에 잠수정이 하나 있어. 그 잠수정에 무기가 있어. 내가 트럭 하나를 빌려왔어. 무기를 싣고 얼른 여길 떠나자."

"그래! 알았다."

정미는 유나를 따라 언덕 아래로 내려갔다.

걸어서 5분 정도 걸리는 거리에 큰 수로가 있고 어선 한 척이 그곳에 서 있었다.

수로 근처엔 집이 두 채 있었다.

농사를 짓고 고기를 잡는 사람들이 사는 집 같았다.

정미 눈에 잠깐 이채가 띠었다가 사라졌다.

어선까지 다가온 정미는 유나와 함께 물속으로 들어갔다.

물속에 큰 하수관처럼 생긴 플라스틱 잠수정이 하나 보였다.

유나가 먼저 잠수정 뒷문을 열고 들어갔다. 정미도 뒤따라 들어가서 문을 닫았다.

"……!?"

잠수정에 들어선 정미는 무척 놀란 표정이다.

잠수정 안에 가득 들어 있는 무기. 기관단총 30여 정, 저격용 총 2개 그리고 탄약, 폭약 등.

유나는 먼저 구석에 있는 케이스를 들고 잠수정 앞으로 갔다.

잠깐 정미가 한눈을 파는 사이 유나는 밖으로 사라졌다.

유나가 사라진 것을 알고 정미 눈엔 눈물이 흘렀다.

푸아.

케이스를 들고 물 밖으로 나온 유나는 바로 근처 주택으로 달려갔다.

"시작해라!"

그곳에 자이르란 청년이 있다가 유나가 무사히 나온 것을 확인하고 명령을 내렸다.

"잠수정에 구멍을 내고 물이 들어가게 만들어라!"

누군가 자이르의 명령을 받아 다시 명을 하달한다.

첨벙첨벙.

외국 청년 다섯 명이 물속으로 뛰어 들었다.

"흐흐……. 물에 젖어 전기 맛을 보게 될 것이다."

자이르가 웃는다.

그런 자이르를 잠시 바라보다가 유나는 케이스를 들고 그곳을 떠났다.

떠나는 유나 눈에 눈물이 흘렀다.

"구멍을 통해 잠수정에 물이 가득 들어갔습니다."

"그럼 전기를 올려라!"

자이르가 명령을 내렸다.

청년의 손이 스위치를 위로 올리고 있었다.

"지독한 년이니 아주 푹 익게 놔둬라!"

"경계해야 할 정도로 영리하지도 강하지도 않은 것 같네요."

전기 스위치를 올린 청년이 말했다.

"어째서?"

"저 같아도 이게 함정이란 것쯤은 금방 눈치를 채거든요."

"그렇지? 대장님이 괜한 염려를 하는 것 같지?"

"네! 별로 잘 훈련되고 영리한 상대는 아닌 것 같아요."

"그래! 나도 그렇게 생각한다. 하지만 방심은 금물이다. 아주 푹 익게 전압을 더 올려라!"

청년은 둥근 단추를 옆으로 돌렸다.

전압은 5만 볼트를 넘고 있었다.

"이 정도면 잘 익은 고깃덩어리가 됐을 겁니다."

"그래도 더 놔둬라!"

자이르와 청년이 대화를 나누고 있을 때였다.

쾅.

엄청난 폭발음이 터지며 물기둥이 하늘 높이 솟아올랐다.

"뭐냐?"

"잠수정 안에 있는 폭탄이 터진 것 같습니다."

"이런! 너무 전압을 올렸나! 얼른 이곳을 벗어나야 한다. 경찰이나 해병대가 오기 전에. 서둘러라!"

자이르가 당황해서 청년들을 데리고 그곳을 떠나는 모습을 유나는 멀리서 지켜보고 있었다.

"흑흑…… 언니 미안해. 정말 미안해. 날 용서해줘. 나도 어쩔 수 없었어. 정말 미안해. 잘 가! 언니…… 흑흑……"

유나가 눈물을 뿌리며 주저앉아 오열했다.

점심시간.

아리는 모내를 데리고 교내 식당으로 들어갔다.

"어서와! 같이 밥 먹자!"

모내를 반겨주는 학생이 있었다.

예원예고 학생회장 수혜다.

오늘 처음 만난 모내하고 급격히 친해졌다.

모든 게 아리가 있어서 가능했지만.

모내는 벌써 많은 친구를 사귀게 되었다.

수혜는 벌써 모내 밥까지 담아놓고 기다린 눈치다.

"고마워."

모내가 수혜 옆에 앉으며 말했다.

"넌 왜 이렇게 몸이 약하니? 아리는 짱인데. 넌 너무 약해."

밥그릇 들 힘도 없어 보이는 모내가 안쓰러운 모양이다.

우르르 몰려든 학생들.

모내에게 말을 시키려고 안달이다.

밥을 먹기도 힘들 정도로 말을 시키는 학생들이 많았다.

약하고 힘없는 모내는 벌써 인기 짱이다.

실내.

카멜이 앉아 있고 그 앞에 유나가 무릎을 꿇고 있었다.

"오늘은 잘했다. 괜한 걱정을 했지만 아무튼 아사의 제자를 없앤 것은 잘
한 일이야. 그래도 난 영리한 아이로 알았는데. 그 정도 함정도 파악하지 못
하고 가다니…… 괜히 무기만 날려버렸어."

"무기야 다시 들여오면 되죠."

하얀 천으로 얼굴을 가린 여인이 나타나서 말했다.

"엄마!"

유나가 얼른 일어나 여인 품속으로 뛰어들었다.

"녀석! 아빠 걱정을 시키더니……. 그나마 다행이다. 이제 아빠도 널 용서할
거야."

여인은 유나의 등을 토닥거렸다.

"당신이 그 녀석을 그리 감싸니 약해빠진 겁니다."

카멜이 못마땅하다는 투다.

"이제부턴 이곳에서 엄마랑 같이 지내자."

"알겠어요."

유나가 대답했다.

그때.

"대장님께 급히 보고할 것이 있습니다."

문 밖에서 남자 목소리가 들렸다.

"뭐냐?"

"아리를 없애려고 간 자들이 모두 당하고 말았습니다."

"당하다니? 죽었단 말이냐? 누구에게?"

"죽진 않았습니다만, 당분간 다리를 못 쓰게 됐습니다."

"다리를 못 쓰다니?"

"요녀 침에 당했습니다."

"뭐? 요녀?"

카멜이 벌떡 일어섰다.

무척 놀란 표정이다.

"그 이름도 나이도 모른다는 암살의 요녀?"

"네! 그렇습니다. 일곱 명이 동시에 당했다 합니다."

"얼굴을 보긴 했다더냐?"

"아닙니다. 어디서 날아왔는지 모른답니다."

"저런! 머저리 같은 녀석들."

카멜은 무척 화가 난 모습이다.

"요녀가 누구죠?"

유나가 물었다.

"모른다. 언제부터인가 정치인만 암살하는 여자가 하나 나타났는데. 불과 일 년 사이에 30여 명의 유명 정치인만 죽였다. 하나같이 이마에 정확하게 총으로."

"그런 일이…… 헌데? 요녀 침이라시면?"

"그 요녀는 자신이 죽이려는 상대 외엔 방해가 되면 침으로 무릎만 다치게 만드는 요상한 취미가 있지. 즉 무고한 살생은 안 한다. 뭐 그런 이유 같다."

"그런 요녀가 왜 아리를?"

"아마 아리 그 아이를 도운 것은 아니고 지나가던 길이었을 거다. 자신의 눈앞에서 싸움이 있으면 참견을 잘하기로 유명하거든."

"재미있는 요녀네요."

"재미? 하하…… 아직 그 요녀가 얼마나 무서운지 모르는 모양이다. 일개 중대 병력은 그 요녀의 간식거리밖에 안 돼."

"네? 그렇게 대단해요?"

"그뿐 아니다. 각국에서 그녀를 잡으려고 혈안이었지만 아직 여자라는 것 외엔 아무것도 알아낸 것이 없어. 마치 투명인간처럼."

"네? 투명인간……!"

유나가 고개를 갸웃거렸다.

"뭐 짚이는 거라도 있니?"

"아뇨! 오늘 죽은 정미언니 별명이 투명인간이거든요."

"그래? 그런 별명도 있었어?"

"네!"

카멜과 유나 그리고 하얀 천으로 얼굴을 가린 여인의 대화는 끝이 없었다.

12.

조순영과 강영진은 소형 잠수정이 폭발한 행주대교 아래 수로에 와 있었다. 잠수부들이 물속에서 많은 무기를 꺼내고 있었다.

"이미 반입에 성공한 걸까요?"

강영진이 물속에서 꺼내놓는 무기들을 살펴보며 조순영에게 물었다.

"아마도 일부는…… 이미 놈들 손에 들어간 모양입니다. 시체가 하나도 없는 점도 그렇고……. 왜 잠수정이 폭발했는지 그게 의문입니다."

"전기선이 연결되어 있는 걸로 봐선 고의적으로 잠수정을 폭발시킨 흔적 같습니다만?"

"아닙니다. 이리 와 보십시오. 보여드릴 것이 있습니다."

조순영이 강영진을 수로 옆으로 데려갔다.

주택에서 굵은 전선이 길게 늘어져 있는 것이 보였다.

"여길 보세요."

조순영이 전선 앞에 쪼그리고 앉아 강영진에게 뭔가 보여주고 있었다.

"……!?"

강영진이 조순영이 가리키는 전선을 보다가 얼른 다가가 앉았다.

"이건……!?"

가느다란 칼날이 박혀 전선을 절단해놓은 것이었다.

"이건 요녀 침이라 이름 붙여진 겁니다."

"네? 요녀 침이라면? 혹시?"

"네, 생각하신 대로입니다. 암살의 귀재, 공포의 살수, 정치인 저승사자 또는 투명인간이라고도 하는 그 요녀가 사용하는 표창입니다."

"그게 여기 왜?"

"그게 이상합니다. 누군가 저 잠수정에 전류를 흘려보내려고 했고 요녀가 그걸 막았다고 보면 됩니다."

"정말 그 요녀가 한국에 왔군요."

"네! 그래서 정보부가 창설된 이래 처음으로 최고 경계령을 발동했습니다. 전쟁도 아닌 단 하나의 적인 바로 그 요녀 때문에 그런 경계령까지 발동된 것은 어찌 보면 수치겠으나 그만큼 그 요녀가 무섭다는 뜻이겠지요. 한 가지 바라는 것은 제발 그 요녀가 아랍 테러단과는 무관했으면 하는 겁니다. 테러단과 같이 행동을 취한다면 아마 건국 이래 최대 위기가 될 겁니다. 제발 요녀가 테러단 편이 아니길 바라는 동시에 테러단을 공격해줬으면 하는 개인적인 소원도 있습니다. 요녀가 노리는 대상자가 테러단이 노리는 상대와 일치한다면 오히려 요녀는 테러단을 공격할 여지가 없는 것은 아닐까요. 그 요녀 때문에 정치권 또한 비상입니다. 특히 정치인들은 밖에 나돌아 다니기도 꺼리고 있습니다. 아침에 본…… 방대규 의원은 아마도 제1순위가 될 겁니다."

"어째서 그렇습니까?"

"지금까지 세계 각국에서 요녀에게 암살당한 정치인의 공통점이 바로 방대규 의원처럼……사람을 많이 죽인 정치인이기 때문입니다."

"그렇군요. 과장님 소원대로 그 요녀가 테러단을 공격한다면 조금은 도움이 되겠군요."

"조금이라니요? 하하…… 아직 그 요녀를 모르시는군요."

"네?"

"만약, 만약에 말입니다. 그 요녀가 테러단을 공격한다면 테러단 수백 명이 몰려와도 상대가 안 됩니다. 그 요녀가 여자란 것을 알 수 있었던 대가가 어땠는지 아십니까?"

"대가라니요?"

"국가적인 수치라 쉬쉬하고 있지만……. 이라크에서 미군 2개 중대가 겨우 정보를 입수하고 요녀를 포위했는데, 그중 1개 중대가 불과 5분여 만에 이 공포의 요녀 침에 당하고, 겨우 여자란 것만 확인했을 뿐 유유히 사라졌다 이거 아닙니까. 그때 참전한 군인들 말을 들어보면 어디서 날아오는지 방향도 분간할 수 없이 모두 다리를 다쳤다고 하더군요. 그중 한 병사가 저 여자가 던졌다고 소리를 쳤는데…… 이미 사라지고 없었다 하더라고요. 당시 그 요녀를 발견한 병사만 유일하게 목숨을 잃었지요. 정확하게 이마에 한 방. 탕…… 하고."

조순영이 강영진 이마에 손가락을 총처럼 만들어 쏘는 흉내를 냈다.

"왜 미군하고? 그럼 요녀는 아랍 테러단과 관련이 있는 것이 확실하군요."

"아닙니다. 그 내막은 미군 측에서 극비로 하여 알 수는 없으나 민간인 학살과 관련하여 요녀는 민간인 측에 서서 민간인들을 돕다가 미군 측과 부딪힌 것으로 압니다."

"그럼 요녀는 정의 편이군요."

"꼭 그렇다 할 수는 없죠. 피해를 본 자들의 청부를 받고 정치인을 암살하는 살수니까요."

"꼭 정치인만 암살하나요?"

"네! 지금까지는요."

"이거 제가 보관해도 되겠습니까?"

강영진이 요녀 침을 들고 물었다.

"그렇게 하십시오. 정보부엔 몇 개 있으니까요."

강영진은 요녀 침을 비닐에 소중히 싸서 주머니에 넣었다.

"설마……! 지문 채취하시려는 것은 아니죠?"

조순영이 미소를 지으며 물었다.

"제가 바보입니까? 그렇게 나왔다면 벌써 정체가 밝혀졌겠죠. DNA 검사까지 다 해봤을 텐데."

"네! 맞습니다. 아무것도 나오질 않죠. 아주 깨끗합니다."

조순영과 강영진은 쪼그리고 앉았던 몸을 일으켰다.

"무기가 대단하군요. 다 반입되면 1개 소대 병력은 무장할 수 있을 정도입니다."

조순영이 물속에서 건져놓은 무기를 바라보며 말했다.

"네! 아무튼 반입은 막았으니 다행입니다."

"제 생각입니다만…… 요녀가 막고 폭발시킨 것이 아닐까 합니다."

"저도 그런 생각을 했습니다."

"그렇다면 제 소원이 아주 가능성이 없는 것도 아닐 겁니다. 아무튼 요녀는 아랍 테러단과 적대 관계 같으니까요."

"네!"

강영진도 조순영 말에 일리가 있다는 투로 고개를 끄덕거렸다.

아리는 수업이 끝나자마자 모내와 함께 집으로 총알같이 돌아왔다.

뭔가 불길한 예감을 느낀 것이다.

아내와 모내의 표정이 밝지 못했고, 아침에 정미가 유나와 함께 나갈 때 눈물이 비치는 것을 보았기 때문이다. 또한 등굣길에 수상한 자들이 공격한 것도 그렇고.

"언니! 큰언니! 작은언니!"

아리가 현관문을 열고 집에 들어오며 소리쳐 불렀지만 아무런 대답이 없었다.

"어…… 언니……!"

아리의 눈가에 금세 눈물이 가득 고여 흐른다.

"왜? 왜 그래?"

모내는 아리가 눈물을 보이자 같이 눈물을 글썽이며 물었다.

"언니들이 무슨 일이 생긴 것 같아. 무슨 일이……."

아리가 울먹거린다.

"울지 마세요. 아가씨는 곧 돌아오실 겁니다."

문 밖에서 아내 목소리가 들렸다.

"정말요?"

아리가 얼른 문을 열고 물었다.

"네! 방금 연락을 받았습니다. 곧 돌아오신답니다."

아내가 대답을 하고 얼른 문을 닫았다.

"오신다고 하니까 우린 음식을 준비하자."

"음식? 난 음식을 만들 줄 몰라. 어떡하지?"

"내가 만들 줄 알아. 같이 하자."

"알았어!"

아리의 얼굴이 금방 환해졌다.

"헌데…… 모내 너!"

"왜?"

"오전엔 어디서 뭘 하고 놀았어?"

"학교에 있었잖아."

"9시부터 11시까지 3시간이나 안보였는데?"

"응! 그건……. 볼일을 보려고. 구경 다녔어."

"그래? 조심해. 너 또 술집에 넘긴 그자들한테 끌려가면 어쩌려고? 앞으로는 내 옆에서 떨어지지 마. 큰언니가 널 지켜주라고 했거든."

"알았어! 조심할게."

모내의 입가에 살짝 미소가 번졌다.

"헌데…… 무슨 음식을 만들까?"

아리가 주방에 들어서며 물었다.

"오늘은 내가 특별 요리를 만들게. 아리 넌 시금치를 데쳐서 소금과 참기름만 넣고 무쳐."

"소금과 참기름만?"

"그래! 조미료는 넣지 않는 게 좋아. 아참! 물을 팔팔 끓이고 시금치를 넣기 전에 식용 소다를 조금 넣으면 시금치가 파랗게 데쳐져. 살짝 데쳐야 아삭거리고 맛있는 것 알지?"

"모내 넌 뭘 하려고?"

"양파볶음밥."

"엥? 양파볶음밥?"

"그래, 아주 간단한 요리야. 올리브유에 양파를 잘게 썰어 볶다가 소금으로 간을 하고 후춧가루를 조금 뿌리면 깔끔하고 담백한 볶음밥이 완성돼."

"다른 건 안 넣고 양파만 넣어?"

"그래! 다른 야채는 넣지 않는 것이 좋아. 아무튼 이따가 한번 먹어봐."

"그 볶음밥에 시금치무침이 어울려?"

"응! 딱 맞는 궁합이야."

"알았어! 언니들 오기 전에 얼른 만들자."

아리와 모내는 음식을 만들기 시작했다.

딩동……

초인종이 울리자 아리가 얼른 달려가 현관문을 열었다.

"엥? 왜 또 오셨어요?"

아리는 문 밖에 서 있는 강영진을 발견하고 실망하는 표정으로 물었다.

"누굴 기다렸기에 그래? 실망하는 표정이네?"

능구렁이 같은 강영진이 아리의 표정을 놓칠 리 만무했다.

"언니들이요."

"언니들? 그럼 유나님이 없다는 이야긴가?"

"네!"

"어딜 갔는데……?"

"그게…… 저……"

아리가 머뭇거리고 있었다.

"가지고 오신 거나 주고 가시죠."

강영진 뒤에서 유나가 나타나 하는 말이다.

"언니!"

아리의 표정이 밝아졌다.

"아! 유나님 오셨군요. 저 여기 있습니다."

강영진이 유나에게 비닐에 소중히 싼 요녀 침을 건넸다.

"제가 살펴보고 답을 드릴게요. 아마 2~3일 걸릴 거예요."

"알겠습니다. 그럼 이만. 아! 아리 미안해. 정신이 없어서 오늘은 통닭을 못 사왔네."

강영진이 아리에게 눈을 찡끗거리고 떠났다.

"뭐야 그게? 그리고 큰언니는 왜 안 와?"

"응! 이거? 무슨 증거물이래. 나보고 뭘 찾아달라고. 그리고 언니는 곧 올 테니 염려하지 마."

"어서 오세요. 어서 씻고 앉으세요. 저녁 준비 다 됐어요."

"아! 알았어요."

유나가 욕실로 씻으러 들어갔다.

욕실로 들어가는 유나를 바라보는 모녀의 표정이 묘했다.

다시 고개를 숙이고 음식 준비에 정성을 다하는 모녀.

덜컹.

문이 열리며 정미가 들어왔다.

"큰언니!"

아리가 달려가 정미 품에 안겼다.

"녀석!"

정미가 아리의 등을 손바닥으로 토닥거리며 살포시 안아준다.

"얼른 씻고 오세요. 저녁 드세요."

모내의 목소리에 정미가 고개를 들어 모내를 보며 살짝 미소를 보였다.

유나가 욕실에서 나오다가 경직된 표정으로 정미를 바라본다.

정미가 그런 유나를 보며 눈을 찡끗 한다.

유나의 눈가에 눈물이 가득 고이나 싶더니 눈물을 주르륵 흘리고 서 있었다.

정미가 그런 유나를 보며 고개를 살짝 가로저었다.

유나가 얼른 손바닥으로 눈물을 닦으며 밝게 웃어 보인다.

정미가 '그래, 그렇게 하라'는 표정으로 고개를 끄덕거렸다.

"자! 얼른 저녁 먹자! 나도 씻고 나올게."

정미가 유나의 등을 손바닥으로 톡톡 치며 욕실로 들어갔다.

"언니, 이리 와!"

멍 하니 서 있는 유나를 부르는 아리.

유나는 정신을 수습하고 식탁으로 향했다.

아리는 모내가 만들어놓은 음식을 식탁으로 나르고 있었다.

정미도 곧바로 욕실에서 나와 식탁으로 와서 앉았다.

"자! 이제 밥 먹자. 배고프다."

정미가 먼저 숟가락을 들었다.

"모내가 만든 음식 맛이 짱이네."

정미가 호들갑을 떨며 정말 맛있게 먹는 모습에 유나도 숟가락을 들고 한 입 먹었다.

볶음밥을 입에 넣고 씹던 유나의 표정이 이상했다.

뭔가 아련한 추억을 떠올리는 듯……

그런 유나의 표정을 본 모내의 눈이 반짝 이채를 띠었다.

"그래……! 이 맛이었어. 이 맛……! 참 오래전에 잊었던 맛인데……. 너무도 오래전에……."

유나가 혼자 중얼거린다.

"뭐가?"

아리가 물었다.

정미도 모내도 마치 알고 있다는 표정인데.

"어릴 때 엄마가 해준 볶음밥. 그 맛이 이랬는데……. 언제부터인가 이 맛을 잊었어. 엄마도 다시는 이 볶음밥을 해주지 않았고."

"언니 부모님은 돌아가셨다고 했잖아?"

아리가 물었다.

"웅! 그게…… 그러니까."

"유나가 새 부모님을 만났다는 이야기야."

유나가 머뭇거리자 정미가 얼른 사태를 수습했다.

"웅! 큰언니 말이 맞아."

유나도 얼른 얼버무렸다.

"헌데……! 모내는 어디서 이 요리를 배웠어?"

"저도 어떤 아주머니한테……."

"아주머니라면?"

"이름이 수지라고만 알아요. 인도분으로 아는데……."

"수지? 수……지……! 혹시 당리수지라 하진 않았나요?"

"네! 그래요. 그런 이름이었어요."

"어…… 엄……마!"

유나가 갑자기 눈물을 왈칵 흘리며 울음을 터뜨렸다.

"왜 그래? 유나야! 왜?"

정미가 얼른 일어나 유나 등 뒤에서 두 팔로 안아주며 물었다.

"내가 기억하는 것은 오직 그 이름뿐이야. 엄마 이름……. 모내, 자세히 좀 말해줘. 어떻게 엄마를 만났는지?"

"네! 말씀드리죠. 이제 보니 그분과 참 많이 닮았다는 생각이 드네요. 저희 집에 인도에서 도망을 친 수지라는 분이 일자리를 구해 잠시 머물고 있었는데, 그분 말씀이 인도에서 제법 잘나가는 가수였다고 하시더군요. 한국에서 고위급 정치인이 인도를 방문해서 하룻밤 접대용으로 나간 것이 화근이 돼서 원하지 않는 아이를 낳았다 하더군요. 그 아주머니는 며칠이 지난 후 시체로 발견됐는데, 죽기 전에 이런 말을 했어요. 자기 아이는 허벅지에 큰 흉터가 하나 있다고. 어릴 때 뜨거운 음식을 쏟아서 생긴 흉터라고. 그리고 아버지는…… 단 한 글자만 말하고 숨을 거뒀죠."

"뭐라고요?"

"방. 그 한마디요."

"방……! 방이라고……?"

"유나님은 허벅지에 흉터가 있나요?"

"아니 유나는 그런 흉터 없어. 어릴 때부터 없었어."

정미가 말했다.

어렸을 때부터 같이 자란 정미가 모를 리 없었다.

"네! 전 그런 흉터 없어요."

유나가 말했다.

모내는 좀 실망한 표정이다.

"어서 먹자! 밥 다 식겠다."

정미가 다시 밥을 맛있게 먹기 시작했다.

"난 짐 가지러 왔어."

유나가 밥을 다 먹고 말했다.

"어…… 언니!"

아리가 놀라며 말했다.

"새로 생긴 부모님과 며칠만 같이 있기로 했어."

"며칠?"

"그래 며칠만……. 다시 올게."

"정말이지? 다시 올 거지? 꼭 다시?"

"그래! 우리 아리 보고 싶어서 어떻게 안 오니? 그리고 학교에서도 매일 볼 건데 뭘……."

"그래! 네가 하고 싶은 대로 해. 꼭 돌아오고."

정미가 말했다.

"근데 아까 형사가 맡기고 간 물건은 뭐야? 어떻게 할 건데?"

아리가 물었다.

"그건 내가 알아서 할게."

유나는 방으로 들어갔다. 짐을 챙기려는 것이다.

"큰언니……"

아리가 정미에게 말리라는 표정을 지었다.

"곧 돌아올 테니 염려 마라."

정미가 아리를 다독였다.

"하기야 우린 항상 그랬어. 스승님 계실 때도 그렇고. 뭐 전쟁이 터지면 그곳에 날아가느라 헤어지고. 무슨 일이 있다고 헤어지고. 또 다시 합치고……. 그게 일상처럼 돼서 이젠 아리도 하나도 슬프지 않다."

"허……! 우리 아리 이제 제법이네."

"큰언니가 제일 나빠. 늘 혼자 도망 다니잖아. 이 나라에서 저 나라로. 아마 내가 알기로 큰언니는 안 가본 나라가 거의 없을걸?"

"내가 그랬나? 미안. 이제부터 우리 아리를 절대 떼어놓지 않으려고……. 그럼 됐지?"

"정말?"

"그럼 정말이지."

"그럼 약속했다? 약속 안 지키면 알지?"

"그래! 약속 안 지키면 내가 네 동생이다."

정미는 미소를 지었다.

아리의 표정이 다시 밝아졌다.

유나가 큰 가방을 들고 방을 나섰다.

"강영진이 보낸 승용차는 내가 가지고 갈게. 그래야 그가 날 찾아오지."

"알았다! 몸조심하고. 밥 제때 챙겨먹고."

정미의 눈가에 눈물이 고인다.

유나도 울고 있었다.

하지만 눈물을 아리에게 보이기 싫어서 얼른 밖으로 뛰쳐나갔다.

"언니…… 흑흑……"

결국 아리가 울음을 터뜨렸다.

정미는 밖으로 유나를 배웅하러 나가고, 모내는 아리를 위로하느라 정신이 없다.

밤……

현태가 방바닥에 앉아 텔레비전을 보고 있었다.

"왜 안 자고?"

현태 아버지가 물컵을 들고 현태 곁으로 와서 앉았다.

"아빠도 잠이 안 와요?"

"그래! 요즘 들어 부쩍 잠이 없어졌다. 해서 내일은 또 나갔다 와야 할 것 같구나."

"또 바다로 가시려고요? 얼마나 걸리는데요?"

"이번에 가면 아마 한 달은 걸릴 듯싶구나. 그러니 네가 엄마 잘 모셔라."

"안 가시면 안 돼요?"

"그래! 미안하다. 꼭 가야 할 것 같구나. 네가 아빠를 이해하렴."

"알겠어요. 조심해서 다녀오세요."

"그래! 그럼 자거라!"

현태 아빠가 일어섰다.

텔레비전을 보는 현태의 눈에 눈물이 고이고 있었다.

카멜이 있는 기와집.

유나가 카멜 앞에 무릎을 꿇고 있었다.

"뭐라고? 정미가 살았단 말이냐?"

"네! 멀쩡하게 돌아왔습니다."

"헌데도 널 그냥 보냈단 말이냐? 네가 함정으로 유인한 것을 알 텐데?"

"아뇨. 저도 함정에 빠진 것으로 알아요."

"그래? 헌데 어떻게 그곳에서 살아나와? 어떻게?"

"이거요."

유나가 강영진이 준 요녀 침을 꺼내 보였다.

"그…… 그건!"

"네! 그 형사란 사람이 제게 뭔가 알아달라고 줬어요. 현장에서 전깃줄을 이걸로 끊었다고 하던데요."

"그럼! 그 요녀가 정미를 살려줬다 그거 아니냐?"

"네! 그런 모양이에요."

"정미는? 요녀를 만났다 하더냐?"

"아뇨! 그런 것까지 묻지 못했어요. 서둘러 떠나야 했거든요."

"흠! 요녀가 그것들을 돕는다? 잘못하다간 우리하고 원수가 되겠어. 당분간 정미나 아리 그것들을 건드리지 말아야겠다. 괜히 요녀를 건드려서 득이 될 것이 하나도 없으니깐. 우리를 공격하게 되면 큰일이지. 암!"

카멜은 그렇게 결정을 내리고 있었다.

정미가 있는 거실.

아리와 모내 그리고 정미는 나란히 소파에 앉아서 차를 마시고 있었다.

"은하수를 다른 말로 뭐라 부르게?"

갑자기 정미가 모내와 아리에게 동시에 물었다.

"은하수를? 은하수는 한국어잖아. 다른 말도 있어?"

아리는 시큰둥한 말투다.

"미리내라고 해."

모내가 말했다.

"와! 모내가 그런 것도 알아? 정말 그래?"

아리가 모내와 정미에게 동시에 물었다.

"그래! 미리내 맞아. 해서 이제부터 그 촌스러운 미나리란 이름은 떼어버리고 미리내로 바꾼다."

"왜?"

"내가 미, 네가 리 그리고 모내가 내. 맞잖아."

"그럼 작은언니는? 이제 정말 안 오는 거야?"

"아니! 오려면 좀 시간이 필요할 거야. 오면 다시 바꾸면 되지 뭐."

"웅! 알았어! 내가 내일 학교에 가서 그렇게 바꾼다고 알려줄게."

"그래! 그리고 모내도 내일 너하고 같은 반에 편입시킬게. 같이 다녀."

"쳇! 그게 어디 쉬워?"

"무슨 말이야?"

"오늘 큰언니가 못 봐서 그래. 모내 인기가 정말 짱이야. 나하고 놀 시간도 없었어. 다들 모내한테 말을 걸려고 난리가 아니었거든."

아리 말에 모내도 정미도 빙긋이 웃었다.

"여학교니까 그래도 다행이지. 만약 남녀 공학이었으면 더 난리가 났을걸. 남학생들 때문에. 어제 그 지현이 친구 용현이라고 했던가. 아무튼 그 녀석도 모내 보는 눈이 맛이 갔더라고. 쳇! 나도 꽤 예쁘다는 소리 많이 들었는데……"

아리가 혼자 떠들고 모내와 정미는 그냥 웃기만 했다.

"그래도 난 모내가 좋아! 착해서…… 쳇! 너무 약해서 탈이지만…… 아침에 그게 뭐야? 마치 닭처럼 머리만 웅덩이에 파묻고 벌벌 떨고. 이제부터 내가 무술을 가르쳐줘야겠어. 정말이야. 다리도 너무 가늘어. 운동을 시켜야 건강해지지."

쫑알쫑알……

아리는 계속 떠들고 있었다.

13.

모내는 아리와 같은 반에 들어가고…….

며칠이 지났다.

노을빛이 붉게 물든 정미의 방.

"단주님. 놈들이 회합을 갖고 있습니다. 단주님 부모님의 원수로 추정되는 자 세 명이 한군데 모였습니다."

아내에게서 걸려온 전화는 정미를 들뜨게 만들었다.

부모님 원수. 그 복수를 하려고 기다리며 절치부심한 19년. 이제 끝을 봐야 할 순간이 온 것이다.

"위치는?"

"현재 추자도에 머물고 있습니다. 단주님 부모님 원수 세 명을 포함해 대물클럽 회원 총 열네 명이 모여 있습니다. 헌데…… 그들은 바로 단주님을 기다리고 있는 분위기입니다. 동료가 죽자 반격을 준비하는 모양인데, 문제는 그들이 끌어들인 용병이 있다는 겁니다."

"용병? 설마 평화단은 아니겠지?"

"네! 맞습니다. 파키스탄 출신 니르, 수단 출신 요글 그리고 국적불명의 동양인 K라 부르는 여자까지 총 세 명입니다."

"K?"

"네! 그렇습니다."

"어떻게 대물클럽에서 용병을? 그렇게 돈이 많나? 아니 돈으로도 안 되는 자들 아닌가? 그렇다면? 내 부모님 원수 중 아직 드러나지 않은 나머지 세 명중에 거물급이 하나 있다는 증거인데……! 누굴까? 한국 정치인 중 대물클럽에 가입 조건이 맞는 자를 한번 찾아봐."

"네! 알겠습니다."

"용병들 프로필을 자세히 말해봐!"

"네! 먼저 니르. 나이 34세, 민속씨름선수 출신. 멀리 던지기를 잘함. 참고로 수류탄을 던지면 무려 150미터는 날아감. 다음 요글. 나이 46세, 천하장사로 힘이 무척 세고 주 무기는 기관단총을 사용하는데, 명중률이 무려 80퍼센트가 넘는 사격솜씨를 갖고 있음. 문제는 K인데요. 나이도 모르고 얼굴도 알려지지 않은 신비에 싸인 여인입니다. 단 하나, 저격술에 뛰어나다는 소문입니다."

"K에 대해서는 내가 잘 아니 걱정할 필요 없다."

"단주님이요?"

"그래! 내가 두 번이나 살려준 녀석이거든."

"어째서? 왜요?"

"내가 한 번 살려주면 내 명령을 한 번씩 수행하기로 했거든. 두 번 살려줬으니 내 명령을 두 번 수행해야 할 의무가 있는 녀석이지."

"재미있네요. 명령을 수행할까요?"

"그 녀석 약속 하나는 칼같이 지키는 녀석이니까."

"어떻게 만나셨는데요? 그 K라는 여인을?"

"스승님이 생존 훈련을 한다고 날 아라비아 사막에 버리셨지. 그때가 아마 내 나이 열한 살이 되던 그해 9월이었어. 막 모래 폭풍이 사막을 휩쓸고 지나간 후였는데……. 내가 가진 것이라곤 겨우 목마르면 먹으려고 준비한 선인장 잎 두 개뿐이었어. 난 그걸로 사막에서 8일을 더 버텨야 하는 상황이었는데……. 그 녀석을 만난 거야. 모래 속에서 기어 나와 겨우 숨을 쉬던 나보다 한 살 어린 열 살짜리……. 흐흐……."

"왜 웃으십니까?"

"세상에 태어나서 그렇게 눈이 작은 녀석은 첨 봤거든. 몽고에서 태어났다고 하더군. 그 녀석도 나처럼 누구에게 훈련을 받는 상태라는 걸 알았지. 모래 폭풍에 갖고 있던 먹을 것을 다 잃고 죽을 수밖에 없던 그 녀석은 내게 선인장 잎을 하나 달라고 했지. 물론 처음엔 뺏으려고 덤비다가 이길 수 없다는 것을 알고 흥정을 했지. 해서 난 선인장 잎을 주는 대가로 내가 내린 명을 하나 수행해야 한다는 조건을 내걸었어. 그 녀석 언젠가 다시 만날 거라고 확신했거든. 또 하나 내가 내린 명을 다 수행하기 전까지 날 죽이려고 공격하지 말라는 조항도 함께 말이야."

"또 한 번은요?"

"3년 전이었지. 리비아에서 우연히 만났는데……. 누군가에게 쫓기던 녀석이 지중해 해안가에서 바위틈에 두 다리가 끼어 밀려들어오는 파도에 다 죽어가고 있더라고. 나중에 안 일이지만 녀석은 리비아 권력자 하나를 암살하고 리비아군에게 쫓기는 신세였지. 총상도 많이 입어서 가망이 없어 보였어. 하지만 내 명령을 수행해야 할 의무가 있는 녀석을 죽게 놔둘 수는 없잖아? 다시 살려줬지. 이제 명령을 두 가지 수행해야 할 의무가 생겼다고 녀석에게 못을 박아놨지. 흐흐……."

"왜 또 웃으세요?"

"그 녀석 그래도 약속 하나는 잘 지켜."

"네? 명령도 아직 내리지 않았잖아요?"

"좀 위험한 생각이었지만, 내 정체를 아는 녀석을 살려준 건 그 녀석이 처음이거든."

"단주님 정체를 안다고요? 설마……! 그런데 살려줬다는 건……!"

"그 녀석 입을 믿었지. 그 정도 신의는 있는 녀석이라고. 아무튼 지금까지 비밀을 지키고 있잖아."

"그래도 그건 좀 위험한 생각이셨습니다. 그럼 이번엔 K를 어떻게 하시려고요?"

"생각 같아서는 K 손으로 대물클럽인가 하는 녀석들을 다 쓸어버리라 명하고 싶지만……나도 신의가 있지. 자신을 고용한 자를 거꾸로 치라고 명을 내릴 수는 없지. 이 구역에도 엄연히 지켜야 할 도리가 있는데……."

"그렇다면 이번에도 그냥 그를 살려줄 건가요?"

"아니! 한 사람을 지키라고 한 가지 명을 내릴 생각이네."

"누구? 혹시…… 유나?"

"그래! 조만간 카멜이 유나를 죽이려 할 거야. 내가 일일이 지켜볼 수도 없으니 곁에서 K보고 지켜달라고 해야지."

"지킬 수 있을까요?"

"물론 단 한번은 목숨을 버리며 지킬 거야. K라면 말이지."

"정말 K를 믿으시는군요?"

"아마…… 어쩌면 내 명을 두 번 수행하기는 힘들 듯……. 유나를 지키려다가 죽을 수도 있으니……."

"이번 대물클럽 처리는 직접 하실 거죠?"

"아니. 난 K만 맡는다. 처음 계획대로 시행한다."

"그렇지만 유나님은 이미 떠나셨는데요."

"유나도 그 정도 신의는 있다. 나와 원수가 돼도 한 번 약속한 것은 반드시 지키니까. 이번 대물클럽 처리도 아리와 유나가 맡아 처리한다."

"단주님 생각은 저희로선 이해하기가 어려울 때도 많습니다. 도저히 안 되는 일도 단주님이 하시면 다 잘되고……."

"이만 끊어야겠습니다. 아빠……."

"네! 그럼……."

정미는 전화를 끊었다.

모내가 정미 방에 들어왔다.

"엄마!"

정미가 일어나 모내를 두 팔로 안고 얼굴을 품속에 묻는다.

"또 왜 이러세요? 아리가 들으면 어쩌시려고요?"

"잠깐만. 잠깐만 이러고 있자."

"네! 그렇게 하세요. 우리 단주님이 또 엄마가 그리운 모양이군요?"

"이번에 원수 세 명을 한꺼번에 처단하기로 했어. 아주 갈기갈기 찢어서 물고기 밥을 줄 거야. 머리만 잘라서 엄마 무덤가에 묻어줄까? 저승에서 사죄하며 지내라고?"

"단주님 하시고 싶은 대로 하세요."

모내 품에 얼굴을 묻은 정미의 등이 심하게 흔들리고 있었다. 울고 있는 것이다.

그런 정미의 등을 손바닥으로 토닥거리며 눈물을 흘리는 모내.

"엄마는 징그럽다고 하실 테니 아빠 무덤가에 묻어줘야지. 엄마처럼 돌로 머리를 팍팍 찧고 눈알을 다 파서 잔인하게 죽여야지. 그게 좋겠지?"

"그렇게 하세요. 분이 풀릴 때까지 마음대로 하세요."

"엄마!"

"네!"

"정말 내가 잔인할 걸까? 내가 그들을 벌할 자격이 되는 걸까?"

"무슨 말씀이세요? 당연히 벌을 내려야죠. 누가 단주님을 잔인하다고 해요? 절대 아니에요. 그들도 그렇게 부모님을 잃고 고생하며 자랐다면 그런 말 못할 거예요. 아무도 단주님을 잔인하다고 나무라지 못해요. 하시고 싶은 대로 다 하세요."

"그렇겠지?"

"그럼요. 누가 감히 단주님을 잔인하다 뭐다 하겠어요. 자기들도 당해보면 단주님 심정을 이해하겠죠."

"헤헤…… 이제 좀 풀렸어."

정미가 모내 품에서 벗어나 억지로 미소를 지으며 소매로 눈물을 닦았다.

"네! 단주님은 씩씩하니까요. 더한 슬픔도 이겨낼 수 있었잖아요."

모내가 정미 앞에 쪼그리고 앉아 정미와 키를 맞추며 손가락으로 눈물을 닦아준다.

모내는 정미보다 훨씬 키가 크기 때문이다.

"엄마!"

정미가 다시 모내를 부둥켜안고 울음을 터뜨린다.

모내도 정미를 두 팔로 감싸며 다시 눈물을 흘리는데……

"뭐야? 왜 그래?"

아리가 정미 방문을 열고 들어오다가 두 사람이 부둥켜안고 있는 모습을 보고 물었다.

"웅! 유나 보고 싶어서……"

정미가 얼른 일어서며 손으로 눈물을 닦고 시치미를 뗐다.

"쳇! 나보고는 언니 금방 온다며 괜찮다 해놓고 둘이 이게 뭐야? 눈물이나 질질 짜고……. 역시 너무 정이 많고 허약하다니깐. 쯧쯧……"

아리가 한심하다는 투로 한마디 하고 문을 탁 닫고 나가버렸다.

"허……!"

정미는 어이없다는 표정을 지었다.

"호호……"

모내가 웃음을 터뜨렸다.

"내가 허약해?"

정미가 어이없다는 투로 모내에게 물었다.

"맞아요. 저나 단주님은 허약하고 정이 많고……. 그래서 스승님께서 말씀하셨죠. 가장 강한 것은 그 강함을 감출 수 있는 허약하고 정이 많은 단계까지 도달해야 한다고. 해서 세상에서 가장 강하고 무서운 분이 단주님 아니겠어요?"

"엄마도 그렇잖아."

"전 아직 멀었어요. 전 3등이잖아요."

"1, 2, 3등이 무슨 차이가 있어? 별로 차이가 없는 것 같아."

"그렇지 않아요. 단주님을 따라가려면 2등과 3등은 평생을 가도 안 돼요. 그만큼 차이가 많아요. 2등과 3등은 별로 차이가 없어 보이지만……."

모내는 씁쓸한 미소를 지었다.

누가 2등이라는 것인지, 모내가 왜 3등이라는 것인지 알 수는 없지만. 모내 말은 그 2등에게 밀린 것이 아쉬운 모양이다.

"또 아리가 심술부리겠다. 거실로 나가서 차나 한잔 하자."

"그래요."

모내와 정미는 방문을 열고 거실로 나갔다.

아리는 보이지 않았다.

"아리야!"

정미가 아리를 불렀다.

대답이 없었다.

정미가 아리의 방문을 열고 들여다본다.

아리는 이미 꿈나라로 여행을 떠난 모양이다.

침대에 엎드려서 곤히 자고 있었다.

예원예고.

역시 모내는 여학생 사이에서도 인기 짱이다.

괜히 아리만 외톨이가 된 느낌이다.

아리는 혼자 교실을 나와 정미에게 갔다.

유나는 이미 정미를 만나고 있었다.

운동장 모서리에 있는 잔디밭 향나무 아래다.

"내일 단행한다. 그때 고문으로 밝혀낸 세 명은 다행히도 지현이 부모님 원수라니까 그들은 지현이에게 맡기고."

정미는 아리가 오는 것을 힐끗 보고 유나에게 말했다.

"알았어! 언니. 내일 공항에서 만나."

유나가 일어섰다.

"엥! 뭐야? 내가 오니까 가려고?"

아리는 어이없다는 투다.

"응! 급한 일이 있어서. 내일 공항에서 보자."

유나가 급히 떠나갔다.

"쳇! 이게 뭐야? 나만 갑자기 왕따 같아."

"흐흐…… 아리를 누가 왕따 시켜?"

"언니들이 그랬잖아. 방금."

"엥? 언제? 유나는 급해서 간 것이고 난 여기 있잖아."

"모내도 그렇단 말이야. 다른 애들이랑 노느라고 난 뒷전이야. 헹!"

"우리 아리가 심심했구나?"

"응! 심심했어."

아리는 장난기가 발동한 모양이다.

"내일은 좀 힘들지 몰라. 아리 너 잘할 수 있지?"

"왜? 용병 둘 때문에? 그거야 유나언니가 잘 처리할 거고. 하나는 큰언니가 알아서 할 거고. 난 그냥 놈들 꼬치에 줄줄 끼워 도마에 올려놓기만 하면 되잖아?"

"아니! 칼질도 네가 해."

"정말? 그래도 돼?"

"그럼! 또 왕따니 뭐니 할까 봐 그래. 그래서 유나가 네게 맡기라고 하더라."

"고마워 언니!"

아리가 느닷없이 정미 볼에 입을 맞추고는 자기네 교실 쪽으로 달려갔다.

"녀석……! 너무 잔인해져서 그냥 멈추려했는데……. 다시 훈련을 시키는 것이 잘한 짓일까. 아리 저 녀석을 혼자서도 살아가게 만들려면 적어도 모내 다음으로 강하게 만들어야 하는데……. 과연 잘 생각한 것일까? 모르겠다. 아무튼 실전 훈련만큼 좋은 교육은 없으니까."

정미가 모르겠다는 듯 고개를 설레설레 흔들었다.

지현은 수업 도중 날아온 문자를 화장실 변기에 앉아 확인했다.

[네 부모님 원수 세 명이 있는 곳은…….]

문자에는 그들의 범행 증거에서부터 주소와 생김새, 이름, 나이까지 상세히 적혀 있었다.

마지막에 주의 사항이 있었다.

반드시 현태에겐 현장에 도착하기 전까지 비밀을 유지할 것.

역시 보낸 사람 번호는 없었다.

지현은 문자를 확인하고 꼭 남겨둘 글씨 외엔 부분적으로 삭제하는 것을 잊지 않았다.

혹시라도 핸드폰을 잃어버리면 안 되므로 주의하는 것이다.

지현은 즉시 문자로 아이들을 소집했다.

먼저 용현이부터 문자를 보내고, 일진회 친구들에게도 다 보냈다.

상대가 세 명이고 한 군데에 있는 것도 아니니 세 군데로 나눠서 가려면 사람이 많이 필요했기 때문이다.

지현은 원수를 죽이려는 것은 아니다. 자기 손으로 잡아 경찰에 넘길 생각이다.

해서 반드시 필요한 것이 바로 그들을 빠져나가지 못하게 할 완벽한 증거다.

다행히 문자에는 그 증거를 확보할 방안이 상세히 준비되어 있었다.

유나는 학교 수업이 끝나고 근처 아이스크림 가게에서 비밀리에 강영진을 만나고 있었다.

"그래! 수수께끼는 풀었나요?"

"여자 냄새가 납니다. 피비린내도 나고요. 그리고 바다 냄새가 나는데……. 언젠가 제가 언니와 함께 놀러간 안면도 근처 바다 향기와 같아요. 바다 향이란 다 같은 것 같지만, 조금씩 다르거든요. 최근에 스며든 향이 바다 향이니까. 아마도 이 칼의 주인은 안면도 근처에 있지 않을까 합니다. 또한 곧 그곳에서 치열한 다툼이 있을 것으로 봅니다. 음……! 정확히 말씀드리면 내일 정오에 안면도 선착장, 대산 선착장 그리고 대호방조제. 그 세 곳에서 추격전이 벌어질 것으로 보이며, 그중 한 곳에 이 칼의 주인이 나타날 것입니다."

"와! 정말 감사합니다."

강영진은 금방 하늘을 날 것 같은 기분이다.

그 유명한 정치인 킬러 요녀를 자신이 잡으면 그야말로 영웅이 되는 것이니까.

강영진의 마음속엔 이미 그 요녀를 잡는 장면이 가득 들어차고 있었다.

"그럼 수고하세요."

유나가 먼저 일어섰다.

"고마워요."

떠나가는 유나 등 뒤에서 강영진이 작은 소리로 말했다.

두 번째 함정.

저녁 무렵.

유나가 어느 실내에서 달랑 하나밖에 없는 회전의자에 앉아 같은 또래 여자아이를 만나고 있었다.

전통적인 동양여자.

"자린. 넌 내일 이 지점에 매복하고 있다가 여기 이곳에 나타나는 하늘색 점퍼 차림의 사람을 제거해라. 정확하게 머리를 한 방에. 알았지?"

"네! 알겠습니다."

"이 지점에서 여기 그가 나타날 위치까지의 거리는 무려 2킬로미터니까 내 총을 사용하도록."

유나는 소형 잠수정에서 꺼내온 케이스를 자린이라 부르는 여자에게 줬다.

"또한 적이 나타날 수 있는 가장 좋은 길목이 바로 네가 매복할 이곳, 바로 옆 이쪽 길이다. 항상 조심하도록."

유나가 지도를 손가락으로 가리키며 설명하고 있었다.

"네! 명심하겠습니다."

"이만 나가보도록."

유나가 할 말을 다했다는 듯 빙글 앉은 의자를 돌려버렸다.

자린이라 부르는 여자는 소리도 없이 그 자리에서 일어나 나가버렸다.

"언니! 미안해. 정말 미안해."

유나는 혼자 중얼거렸다.

그 시각.

정미는 방 침대에 모내와 같이 걸터앉아 있었다.

"내일 엄마 혼자서 심심하겠다."

"뱃멀미하는 것보단 그래도…… 편하죠. 잘 다녀오세요."

"심심하면 여기 좀 갔다 와."

정미가 모내 귀에 입을 갖다 대고 뭐라고 소곤댄다.

"또 둘이서만 놀지?"

문 밖에서 아리 목소리가 들렸다.

"알았어! 나갈게."

정미와 모내는 미소를 지으며 거실로 나갔다.

모내는 둘이 이야기하라고 유나가 쓰던 방으로 들어가 자리를 비켜주었다.

"내일 작전을 짜야지 그냥 막 때려버려?"

아리가 정미를 야단치는 투다.

"알았다니깐."

정미가 탁자 앞에 앉아 종이를 하나 펼친다.

추자도 지도였다.

"앉아라!"

서 있는 아리에게 말했다.

아리가 앉자 정미는 지도에 연필로 표시를 해가며 말하기 시작했다.

"내일은 가장 치열한 두뇌 게임이 될 거야. 그러니 지금부터 내가 하는 말을 잘 듣고 추호도 실수가 없어야 해. 알았지?"

"두뇌 게임? 그런 하찮은 것들이 무슨?"

"또 그 자만심."

"미안. 명심할게. 큰언니."

아리가 얼른 자신의 실수를 깨닫고 자세를 바로하고 앉았다.

"여기 하추자에서 상추자로 가는 길가에 전망대가 하나 있어. 이곳이 가장 유력한 저격수 매복지야."

"저격수라니? K 말이야?"

"그래. 이 전망대에서는 상추자도 사정거리이고, 하추자가 보이는 곳 전부 사정거리야. 매복하기 안성맞춤이지."

"거리가 얼만데?"

"뭐가? 저격용 총이?"

"응!"

"2킬로미터짜리 Y100이라는 수제 총이 등장할 거야."

"그건 유명한 요녀가 사용하는 총이잖아?"

"어! 우리 아리가 이젠 요녀 총도 알고. 다 컸네."

"쳇! 누굴 바보로 알아? 그럼 그 요녀가 등장한단 말이야? 와! 이번엔 이 아리님이 얼마나 무서운지 가르쳐줘야지."

"흐흐……. 아냐! 아마도 총만 K가 사용할 거야. 위치상 다른 총으로는 안 되거든. 해서 지역을 보면 이곳 전망대가 가장 유력하고, 두 번째로는 추자도 동쪽에 위치한 무인도 두 개 인데……. 우리가 맨 나중에 놈들을 저격할 수 있는 곳은 단 하나, 동남쪽에 위치한 이 작은 무인도야. 허나 배를 대기가 너무 어려워……. 그래서 가장 매복할 가능성이 높은 곳이지. 아리 같으면 어딜 택할까?"

"나 같으면 어려운 무인도가 아닌 이곳 전망대."

"맞아! 그래서 K가 매복할 위치는 바로 이곳 전망대야."

"엥? 나도 다 아는데 K가 왜 그곳에?"

"다들 쉽다고 해서 어려운 곳을 의심하거든. 이곳은 너무 좋은 위치이고 쉬워서 다들 다른 곳, 즉 여기 무인도를 생각하기 쉽지. 그래서 여기 전망대를 택할 거야. 즉시 매복하기도 쉽고 즉시 사라지기도 좋은 바로 이 전망대. 허니 아리는 일을 처리하는 데 있어 반드시 이 전망대 방향은 피해가며 일을 처리하도록. 괜히 저격용 총에 한 방 맞지 말고."

"와! 역시 큰언니는 최고야. 이럴 때 유나언니가 있으면 더 좋을 텐데……."

"여기 전망대에서 보이지 않는 곳이 이쪽 해수욕장이야. 작은 자갈로 이어진 해수욕장이라고 해서 몽돌해수욕장이라 부르지. 이 해수욕장에서 동쪽 끝 지점. 이곳으로 놈들을 잡아 와. 여긴 저격수가 매복할 곳이 없는 가장 좋은 위치야. 여기에 어선을 준비해놓을게. 놈들을 싣고 바로 아까 말한 무인도로 가서 마무리 지을 예정이니까."

"알았어! 그럼 용병은 어쩌려고? 죽여?"

"당연히 죽여야지. 그들은 잡아올 필요도 없어. 바로 숨통을 끊어놓고. 이곳에 있을 용병하나는 이곳으로 가면 작은 구덩이가 있으니 바로 매장시키고. 여기 이곳에 하나 있을 용병은 해산물 쓰레기가 가득한 곳이니 그곳에 바로 묻어버려."

"그럼 나중에 다 발각되잖아?"

"아니! 테러단에서 다 수거해 갈 거야. 자신들 정체가 노출되면 안 되니까."

"그렇구나!"

"유나는 이곳에서 나머지 놈들을 잡아끌고 아마 이쪽으로 올 거야. 여기서 처리하려고. 여긴 가장 한적한 곳이니 놈들을 처리하기엔 적합한 장소지. 허나 바로 저격수가 매복할 이곳 전망대의 사정거리이므로 최종 처리할 장소를 바꾸려고. 이 작전은 아리 너만 알고 있어. 내일은 핸드폰도 가져가지 말고. 위치 추적당하니까. 언니들과 어떤 연락도 할 필요 없어. 작전대로 움직이면 되니까."

"그러지 말고 큰언니가 K를 죽이면 되잖아."

"아냐! 그 녀석도 아직 어려, 너처럼. 그냥 살려주자."

"큰언니가 K를 알아?"

"그럼! 알지."

"어떻게?"

"나중에. 나중에 다 말해줄게. 알았지?"

"웅! 알았어. 그럼 큰언니는 내일 추자도 안 갈 거야?"

"글쎄……."

정미가 묘한 여운을 남기고 일어선다.

"왜? 자려고?"

"그래 일찍 자자. 모내는 벌써 자나보다. 아리도 얼른 자라!"

"큰언니 잘 자!"

"그래! 아리도 좋은 꿈꾸고."

정미는 방으로 들어가 버렸다.

다음날 아침.

정미는 아리를 데리고 김포공항에서 제주도로 비행기를 타고 와서 제주에서 다시 추자도행 여객선을 탔다.

유나는 자린과 함께 새벽에 완도로 와서 추자도행 여객선을 탔다.

그리고 지현은 모두 열세 명을 모아 승용차 세 대로 나눠 타고 대산으로 향했다.

대물클럽이라는 희대의 범죄조직을 소탕하려는 움직임은 그렇게 시작되었다.

헌데……

집에서 홀로 외톨이가 된 모내.

그녀가 갑자기 행방을 감췄다.

아내가 모는 택시와 함께…….

방대규.

비리 정치인 1순위.

악랄한 살인자 1순위.

그가 새벽부터 동부경찰서 특별 수사팀에 나타났다.

조순영도 새벽부터 그의 부름을 받고 달려왔다.

"오늘 모든 해경에 비상 경계령을 내렸다. 우리 역시 추자도로 향한다. 해경 순찰함 3척에 경찰과 정보부요원들이 나눠 타고 추자도를 완전히 포위한다. 또한 경찰 특공대는 비밀리에 상추자도에 상륙해서 상추자부터 하추자로 수색한다. 한국인이 아닌 사람은 무조건 체포한다. 특히 외국 여자는 남김없이 체포하고 반항하면 사살해도 좋다. 출발!"

방대규의 명이 떨어졌다.

"전 안면도 쪽으로 가야 하는데요."

"왜?"

방대규가 거만스럽게 물었다.

"제가 수사한 결과 오늘 안면도 쪽에 요녀가 나타날 것 같아서……."

"다 믿을 수 없는 정보야. 내가 오늘 추자도에 요녀와 테러단을 한 번에 없앨 함정을 파 놨거든. 쓸데없는 데 신경 쓰지 말고 모두 내 명에 따르도록."

강영진은 할 수 없이 방대규의 명에 따라 추자도로 향해야 했다.

새벽부터 경찰들의 대이동이 시작됐다.

방대규와 조순영, 강영진은 헬기를 이용해서 추자도로 향했다.

14.

추자도행 여객선.

아리와 정미가 타고 있었다.

정미는 하늘색 점퍼를 입고, 여객선 후미 갑판에 서서 바다를 구경하고 있었다.

"언니! 정말 추자도에 안 갈 거야? 나 혼자 가?"

"추자도엔 너 혼자서 내려. 그리고 조심해."

정미가 갑자기 하늘색 점퍼를 벗어 아리에게 준다.

"왜 이 점퍼를?"

"이건 만약을 위해 내가 준비한 방탄복이야. 꼭 입고 있어."

"언니!"

아리가 감동 받은 표정으로 정미를 바라보며 눈물이 핑 돈다.

"지금부터 내가 보충 설명을 할게. 어제 이야기한 작전은 지금부터 다시 바꾼다."

"알았어! 말해."

"어제 최종적으로 놈들을 끌고 와서 어선을 타려고 했던 그 장소만 변경할게. 또한 네가 움직일 시간은 1시간 10분 이내로 해야 하고, 신속하게 움직여서 최종 장소에 늦어도 오전 11시 이전에 도착해야 돼. 유나는 여기서 다시 만날 시간이 없으니까 넌 독자적으로 움직이고, 이 여객선은 추자도에 9시 50분에 도착하니까 남은 시간은 겨우 1시간 10분. 우선 용병 두 놈은 여기 상추자도 민박집에 머물고 있으니 민박집에서 처리해. 옛날 화장실이 바로 뒤에 있으니 죽인 후 그곳에 집어넣고. 곧바로 대물클럽 회원들이 있는 위치로 이동해서 자리를 잡기 시작하면 바로 어제 지시한 대로 한 놈을 만나 부상을 입힌 뒤 그들을 최종 목적지로 유인 처리해서 배를 기다린다. 또한 네 얼굴을 노출하면 안 되니까 선착장에 내려 바로 화장실로 가서 변장하고 행동할 것."

이상이야. 어때 잘할 수 있지?"

"웅! 잘할 수 있어."

"그래, 우리 아리만 믿는다."

"그럼 언니는? 바로 완도로 갈 생각이야?"

"아니! 우리 아리만 놔두고 어딜 가. 계속 지켜보고 있을게."

정미 말에 아리가 환하게 미소를 지었다.

"헌데……! 왜? 갑자기 작전이 변경된 거야?"

"웅! 그건 우리가 제주항에서 여객선을 탈 때 보니까 10시에 출항하는 여객선부터 모두 출항 취소가 됐더라. 아무런 이유도 적혀 있지는 않았지만……. 뭔가 이상해. 해서 더 알아보니까 추자도 근방은 모두 11시 이후부터 철저히 통제가 돼 있었어. 어쩌면 이건 무서운 함정이 도사리고 있다는 증거야. 허니 명심해. 반드시 11시 이전에 일을 끝내고 최종 목적지로 오는 것 말이야. 알았지?"

"알았어!"

"그리고 이거."

정미가 손에 담배처럼 생긴 가늘고 긴 검정색 물체를 아리에게 줬다.

"알았어! 이것까지 사용할 일은 없겠지만…… 헤헤……"

아리는 정미가 준 물건을 품속에 갈무리하며 웃었다.

"그래도 핸드폰도 없으니 비상시 연락은 취해야지. 흐흐……"

정미도 웃었다.

그 시각.

이미 유나를 태운 여객선은 추자도에 도착하고 있었다.

갑판에 서 있는 유나 옆에는 자린이 서서 상추자도 항을 지켜보고 있었다.

"다시 작전을 변경한다. 늦어도 이곳 추자도에서 11시 이전에 떠난다. 실패하더라도 시간을 반드시 지켜라! 난 지금부터 그들 발목부터 잡아놓을 것이다. 넌 바로 예정된 장소로 가라! 그들도 아마 시간을 단축하기 위해 서두를 것이다. 11시 이후엔 추자도가 봉쇄될 것이니 탈출이 거의 불가능하다. 반드시 명심하도록."

유나가 작은 음성으로 말했다.

"알겠습니다."

자린이 대답했다.

여객선은 서서히 선착장에 멈추기 시작했다.

가장 먼저 내린 유나는 바로 화장실로 들어갔다.

3분 정도 지난 후……

유나가 들어갔던 화장실에서 나이 많은 할머니가 나왔다.

할머니는 멀리 앞서 걸어가는 자린을 잠시 바라보더니 우체국 뒤 산으로 올라갔다.

그 시각 지현 일행.

승용차 세 대가 나란히 대산항이 보이는 대호방조제를 달리고 있었다.

승용차 하나는 대호방조제 중간 지점에 있는 농어민휴게소로 들어갔다.

나머지 두 대는 바로 대산항으로 달렸다.

농어민휴게소로 들어간 승용차에는 지현이 여학생 세 명과 함께 있었다.

바로 지현의 단짝들이다.

"야! 지현아! 도대체 무슨 일인데? 이제 다 왔으니 얼른 말해봐."

아직까지 지현이 사실을 말하지 않은 모양이다.

여학생 하나가 좀 섭섭하다는 투다.

"그래! 말해줄게. 저곳 돌산 뒤 바닷가에 내 부모님 원수가 있어. 한가롭게 낚시를 즐기며. 너희들이 좀 도와줄래?"

"뭐? 그게 사실이야? 그럼 당연히 도와야지. 얘들아! 안 그래?"

"그럼! 그럼! 우리가 누구냐? 지현이 절친 아니냐. 당근 도와야지."

여학생들이 동시에 말했다.

"좋아! 그럼 이제부터 이렇게 하자!"

지현은 자신에게 온 문자의 지시대로 작전을 짜기 시작했다.

그냥 무턱대고 잡기만 하면 되는 것이 아니라 증거를 확보해야 하므로 반드시 작전이 필요했다.

"뭐야? 그럼 그 작전을 위해 내가 필요했던 거야?"

몸이 뚱뚱한 여학생이 지현에게 물었다.

살은 쪘어도 얼굴은 무척 예쁜 여학생이다.

지현이 고개를 끄덕거리며 미소로 답했다.

여학생들이 뚱뚱한 여학생을 보며 재미있다는 표정으로 웃었다.

승용차가 주차장에 정차하고 여학생들은 차에서 내렸다.

그 시각. 두 대의 승용차는 대산항에 도착했다.

"현태는 여기서 10시에 도착하는 안면도에서 오는 여객선을 기다려. 나이가 30대 정도 되고 얼굴에 털이 많이 난 몸집 큰 남자가 지현이 간 방조제로 향하면 따라가. 지현이 아마 작전을 전화로 이야기할 거야. 난 바로 안면도로 향한다."

"용현아! 도대체 무슨 일인데? 또 백도에서처럼 그런 일이야?"

"아냐! 사람이 죽거나 다치는 일은 없을 테니 걱정하지 마!"

용현은 현태에게 지현이 지시한 내용을 말하고 즉시 여객선 선착장으로 달려갔다.

이미 출발하려는 여객선이 기다리고 있었기 때문이다.

저쪽 바닷가 바위산 아래에 텐트를 치고 돗자리를 깔아놓고 누워 있는 한 남자가 보였다.

썰물 때라 멀리까지 물이 빠져 낚시를 할 수 없는 상황이라 누워 있는지, 아니면 술에 취했는지 남자는 꼼짝하지 않았다.

뚱뚱한 여학생은 젊은 부인처럼 변장하고 천천히 남자에게로 다가갔다.

여학생 하나는 바위 뒤에 몸을 숨기고 줌 카메라로 현장을 찍을 준비를 마쳤다.

하체가 거의 드러난 옷차림으로 걸어가는 여학생은 잔뜩 긴장한 눈치였다.

순간을 덮칠 준비를 하고 지현과 다른 여학생은 멀리서 기회를 엿보고 있었다.

사박사박.

발걸음 소리에 슬그머니 고개를 쳐들던 남자는 두 눈에 이채를 띠었다.

나이 39살. 이름 강이선. 대물클럽 회원.

요즘 갑자기 회원들이 죽는 사건이 생겨 오랜 기간 외로움에 지쳐 있던 그에게 하늘이 내려 준 선물인가. 먹잇감이 다가오고 있었던 것이다.

"흠······! 이 냄새······!"

이선은 코를 벌름거리며 다가오는 여인을 봤다.

비릿한 젖비린내가 그의 코를 자극한다. 이미 이선의 하체는 벌떡 일어서 있었다.

젖비린내가 난다는 것은 바로 아기를 낳은 지 얼마 되지 않았다는 증거다.

대물클럽 회원이면 침을 삼키는 먹잇감이다.

아기를 낳아 자궁이 벌어진 여인에게만 가능한 대물이기 때문이다.

이선은 주위를 살펴본다.

아무도 보이지 않았다.

"햐! 이게······."

침을 흘리면서도 혹시나 하는 의심 때문에 주위를 열심히 살피며 여인에게 다가갔다.

"왜 이러세요?"

갑자기 다가오는 남자를 경계하며 뒷걸음치던 여인이 벌렁 넘어졌다.

치마 밑으로 촉촉이 젖은 하얀 팬티가 보인다.

"헉!"

이선은 참지 못하고 여인을 덮쳤다.

"아······ 안 돼요!"

작은 소리로 반항하는 여인은 오히려 이선에게는 유혹의 말로 들릴 뿐이었다.

바위 뒤에 숨은 여학생은 열심히 카메라로 동영상을 찍는데······.

이선의 손은 이미 여인의 팬티 속으로 들어가 버렸다.

"악! 안 돼!"

비명이 터졌다.

이젠 지현과 동료가 구해주러 와야 작전이 맞는데…….

지현이 나타나지 않고 있었다.

"아…… 살려줘!"

아기 엄마로 변장한 여학생이 울먹거렸다.

그 시각.

바로 덮치기로 한 지현에게 문제가 생겼다.

치근덕거리는 불량배들 세 명과 다툼이 생긴 것이다.

만만한 상대가 아니라서 지현과 여학생 둘이 상대하기엔 시간이 걸렸다.

"으…… 안 돼!"

지현이 다급해서 외쳤다.

하지만 그곳을 벗어날 수가 없었다.

이선의 손은 이미 여학생의 팬티를 벗기고 있었다.

"아…… 안……돼!"

여학생이 있는 힘껏 발버둥 쳤지만 이선의 힘을 당해낼 수 없었다.

"악!"

비명이 터졌다.

위급한 상황에 이선이 갑자기 비명을 지르며 여학생의 몸 위에서 굴러 떨어졌다.

이선의 하체에서 피가 흥건히 옷을 적시고 있었다.

엉덩이 밑으로 이선의 성기에 작은 표창 하나가 깊이 꽂혀 있었다.

요녀의 침.

"으악!"

여학생이 옷을 추스르며 비명을 질렀다.

우르르.

지현과 동료들이 달려오고 있었다.

추자도.

아리는 상추자도에 도착해서 선착장 화장실에 들어갔다.

"흠……! 변장을 하려면 잘해야지."

아리는 중년 여인으로 변장했다.

"옷도 바꿔 입어야 하는데……. 언니가 준 옷을……! 아! 그렇지!"

아리는 하늘색 점퍼를 벗어 뒤집어 입는다. 그러자 옷 색깔이 회색으로 바꿔었다.

변장을 마친 아리가 바로 화장실에서 나와 용병들이 묵고 있는 민박집으로 향했다.

아리는 마치 달리기 선수처럼 빠르게 달렸다.

민박집.

니르와 요글.

늦잠을 자고 서로 먼저 화장실에 가려고 하다가 니르가 먼저 들어가 버렸다.

급한 요글.

밖으로 나와 냄새가 나는 구식 화장실로 달려갔다.

냄새를 없애려고 담배 한 개비를 입에 물고 라이터를 꺼내 불을 붙였다.

사각.

소름 끼치는 소리가 들리고.

요글이 뭔가 위급한 상황을 느끼며 막 일어서려 할 때였다.

툭.

요글의 머리가 마치 칼로 자른 듯 매끈하게 떨어져 화장실 똥통 속으로 떨어졌다.

이어 몸뚱이도 똥통 속으로 들어가고 말았다.

"언니는 내가 뭐 힘이 장사인 줄 아나. 이걸 무거워서 어떻게 옮기라고. 스스로 들어가니까 착하잖아."

아리의 투덜거리는 목소리가 들렸다.

화장실 뒤에서 아리가 걸어 나오더니 작은 돌멩이를 하나 주워 들고 던졌다.

돌멩이는 민박집 화장실의 작은 창에 명중했다.

화장실 창문이 열리며 니르의 목소리가 들렸다.

"왜?"

"휴지."

화장실 뒤에서 아리가 남자 목소리를 냈다.

"XX끼."

니르의 욕설이 터졌다.

잠시 시간이 흐르고, 니르가 휴지를 들고 구식 화장실로 걸어왔다.

손으로 코를 잡으며 고개를 돌리고 휴지를 든 손만 구식 화장실 안으로 쑥 들이밀었다.

순간 뭔가 엄청난 힘으로 확 잡아당겨 씨름선수 출신 니르는 화장실 속으로 쏙 들어가 버렸다.

아무리 방심했어도 씨름선수 출신 니르가 화장실로 딸려 들어갔다는 것은 믿기 어려웠다.

사각.

그와 동시에 소름끼치는 소리가 들렸다.

그리고 첨벙첨벙하는 소리가 세 번이나 들렸다.

"덩치가 커서 세 개로 자르게 만들어. 쳇!"

아리의 투덜거리는 소리는 점점 멀어져가고 있었다.

그 동산 위.

유나가 할머니로 변장하고 우두커니 서 있었다.

"하나, 둘, 셋. 경찰특공대가 수송헬기로 내렸다. 모두 150여 명. 저자들은 상추자도 위에서부터 일자로 서서 하추자도로 내려가며 개미새끼 한 마리 빠져나가지 못하도록 수색할 것이다. 시간을 벌기 위해선 이 방법밖에 없다."

유나는 갑자기 억새풀이 가득한 산에 불을 붙이기 시작했다.

미리 준비했는지 불은 마치 휘발유에 붙은 듯 삽시간에 산 전체로 퍼졌다.

이미 유나의 모습은 그곳에 없었다.

불은 불어오는 남풍을 타고 자욱한 연기와 함께 상추자도 위로 타오르기 시작했다.

다행히 건물은 없는 곳이다.

"불이야, 불!"

사람들이 달려 나오며 소리쳤다.

그런 와중에 하늘엔 커다란 방패연이 하나 둥실 떠오르고…….

아리는 이미 하추자도에 도달하고 있었다.

도로 위를 달리던 아리의 눈이 자욱한 연기와 함께 불타오르는 상추자도 산을 바라보며 미소를 지었다.

"언니 고마워!"

아리는 이미 유나가 한 일이라는 것을 알았다.

다시 저격수가 매복하기 쉽다는 전망대를 힐끗 관찰했다. 아직 아무도 없는 것 같았다.

아리는 다시 속도를 내서 하추자도 선착장 쪽에 있는 고개를 넘었다.

해수욕장으로 가는 길 안내판이 있는 지점에 도착한 아리는 곧바로 보건소 쪽으로 달렸다.

아리가 손목시계를 본다. 10시 35분.

"학학…… 에그 힘들어."

아리가 호들갑을 떨며 보건소 뒤 민박집으로 들어갔다.

민박집 가운데 방으로 무작정 뛰어든 아리.

한참 여인과 달콤한 정사를 나누던 남자를 무조건 두들겨 패기 시작했다.

싸우는 소리에 사람들이 몇 명 몰려나와 구경을 했다.

"이놈이 애기 엄마를 강제로 범했어요."

아리가 구경하는 사람들에게 말했다.

동네 아기 엄마는 불륜을 저지른 사실이 동네에 알려질까 전전긍긍하는데 아리가 그렇게 말하자 맞장구를 치고 있었다.

"흑흑…… 저놈이 강제로 저를……."

저런 죽일 놈!

사람들이 모두 팔을 걷어붙이고 남자를 때리려는 행동을 취하자 남자는 다급해졌다.

아리는 혀를 날름거리며 도망을 치기 시작했다.

남자는 기회다 싶어 사람들 틈을 벗어나 아리를 쫓기 시작했다.

두두두……

헬기 소리가 들리고 상추자도와 하추자도를 잇는 다리 근처 한전 앞에 헬기 한 대가 내렸다.

바로 방대규와 조순영 그리고 강영진이 탄 헬기였다.

아리가 남자를 유인해서 선착장 근처까지 도달했을 때였다.

"흐흐흐…… 기다리고 있었다."

무려 열세 명의 남자가 아리 앞을 가로막았다.

모두 열네 명. 대물클럽 회원 중 현재 추자도에 있는 모두가 한자리에 모인 것을 알자 아리는 오히려 잘됐다는 표정이다.

대물클럽 회원들은 일제히 아리를 공격했다.

모두 회칼과 쇠망치로 무장했다. 공격은 아리가 예상한 것보다 강했다.

이리저리 피하며 최종 목적지로 향하려던 아리는 강하게 공격해야 했다.

퍽.

남자 하나가 입에서 피를 뿌리며 비틀거렸다.

"이런! 미안…… 너무 세게 때렸어. 미안."

아리가 장난치며 뒤로 차츰 물러나고 있었다.

"제길! 더럽게."

남자 하나가 급하니까 뭘 던졌는데.

아리의 회색 점퍼에 하얀 물이 묻었다.

아리는 뒤로 물러나며 옷을 벗어 툭툭 털더니 다시 뒤집어 입는다.

하늘색 점퍼로 변했다.

헬기에서 내린 조순영과 강영진은 바로 한전에서 미리 준비한 지프차에 몸을 싣고 화재가 난 상추자도 현장 쪽으로 향했다.

"X발……! 화재라니. 계획에 차질이 생기겠네."

방대규가 두 명의 호위병과 함께 승용차를 차고 하추자도 끝으로 향했다.

"서둘러! 놈들이 이미 화재를 내고 움직이기 시작했어."

방대규는 전화로 해경순찰함에 독촉하고 있었다.

"지금부터 이 지역 핸드폰 통화를 전부 추적하고, 어선 하나라도 지역을 벗어나는 것이 있나 잘 감시해."

어딘가에 다시 전화하며 방대규는 초조해하고 있었다.

그 시각.

안면도에 도착한 용현.

횟집이 즐비한 바닷가로 친구들 세 명과 함께 달리기 시작했다.

남학생 두 명과 여학생 둘이다.

횟집 이층으로 올라가는 철 계단을 급히 오르는 용현 일행.

때마침 문을 나서던 40대 남자와 딱 마주쳤다.

이정하. 41세. 대물클럽 회원.

그는 낚시를 나가려고 준비하다가 2층으로 달려오는 네 명의 남녀를 보고 의아함을 감추지 못하고 바라보았다.

"막아!"

용현이 소리쳤다.

두 여학생이 방으로 들어가는 문을 닫고 막아섰다.

퍽.

용현의 주먹이 남자의 배에 꽂히고, 남자는 비명을 지르며 앞으로 고꾸라졌다.

"어서 들어가 확보해."

용현은 소리치며 쓰러진 남자의 손을 뒤로 꺾으며 꼼짝 못하게 만들고 주머니를 뒤졌다.

여학생 둘은 방으로 들어가 남자의 가방을 뒤지고 있었다.

"뭐냐? 너희들은?"

겨우 정신을 차린 남자가 물었다.

"12년 전, 너희 대물클럽이 저지른 죄악으로 한 여학생이 아직 울고 있다. 그 죗값을 치러야겠다."

용현이 차분하게 말했다.

"무슨 말이냐? 대물 뭐라고? 사람 잘못 봤다."

남자가 시치미를 떼는데. 방에서 두 여학생이 뭔가 손에 들고 나왔다.

바로 메모리칩이었다.

그걸 본 남자는 무척 놀랐다.

남자가 머물던 2층 밖을 살피던 남학생 하나가 또 뭔가를 찾아 들고 왔다.

비디오카메라였다.

"이제 증거물을 다 확보했다. 이 변X새X."

용현이 발길이 남자의 등을 걷어찼다.

"네놈이 그동안 아기 엄마를 성폭행하고 죽인 장면들을 카메라로 찍어놓고 수시로 그걸 보며 즐기고 있다고? 또 항상 비디오카메라를 가지고 다니는데, 네 방을 향해 늘 몰래 설치하는 것이 네 취미라고?"

"그, 그걸 어떻게?"

"다 아는 수가 있어. 임마!"

용현의 주먹이 날아가 남자의 뒤통수를 때렸다.

남학생 하나가 밧줄을 들고 와서 남자를 꽁꽁 묶기 시작했다.

남자는 체념한 표정이다.

대산항에서는 현태와 세 남학생이 한 남자를 뒤쫓고 있었다.

남자는 대호방조제 쪽으로 가쁜 숨을 몰아쉬며 도망치고 있었다.

이미 네 명의 남학생과 일전을 치른 상태였다.

남자는 얼굴이 찢어져 피가 흐르고 있었으나 필사적으로 도망치기 시작했다.

대호방조제 가운데 있는 농어민휴게소에 도착한 남자는 피투성이가 돼서 지현에게 잡혀 있는 동료를 보고 근처 바닷가 어선 대피소로 도망치기 시작했다.

바닷가에 다다른 남자가 주머니에서 뭔가를 꺼내 바다로 던지려고 했다.

카메라 필름이었다.

"저걸 막아야 해!"

지현이 다급히 소리쳤다.

허나 누구도 그 남자의 행동을 막을 수는 없었다.

악.

갑자기 남자가 비명을 지르며 쓰러졌다.

남자 역시 하체에서 피가 흐르기 시작했다.

남자의 성기에 날카로운 표창 하나가 깊이 박혀 있었다.

요녀의 침.

남자 앞에는 카메라 필름이 떨어져 있었다.

현태가 달려와 필름부터 챙겼다.

"다행이다."

지현이 다가와서 털썩 주저앉는다.

긴장이 풀려 힘이 다 빠진 것이다.

"왜? 왜? 왜? 우리 엄마 아빠를 죽였어요? 도대체 왜?"

지현이 남자 앞에서 오열했다.

추자도.

상공에 유유히 바람을 타고 날고 있는 커다란 방패연.

방대규가 힐끗 하늘을 쳐다보며 씨부렁거린다.

"남은 국가를 위해 뛰고 있는데 어떤 한가한 놈이 연날리기야."

펙.

갑자기 연에서 뭔가 터지는 소리가 들렸다.

바로 방대규 머리 위다.

"……!?"

무심코 하늘을 쳐다보던 방대규는 뭔가 차가운 것이 몸을 덮치자 깜짝 놀랐다.

"이…… 이건 페인트……!"

방대규는 자신의 하얀 옷이 더럽혀진 것을 보자 화가 났다.

파란 하늘색.

방대규와 경호원까지 모두 페인트 벼락을 뒤집어쓴 덕에 옷이 모두 하늘색으로 변했다.

"이런 제길!"

방대규는 얼른 핸드폰을 들고 전화를 걸었다.

"하늘에 방패연을 날리는 놈을 찾아. 어서……!?"

말하던 방대규는 어이없다는 표정을 지었다.

방패연의 실이 끊어진 듯 바람에 날려 저 멀리 바다로 떨어지고 있었기 때문이다.

"젠장! 어서 저곳으로 가자!"

방대규는 추자도 동남쪽 끝을 향해 다시 차를 타고 움직이기 시작했다.

그 시각에 아리는 치열한 혈전을 벌이고 있었다.

아무리 강한 훈련을 받고 자란 아리지만 아직 어린 소녀였다.

칼과 망치로 무장한 남자 열네 명을 상대하다가 오히려 아리가 다치는 상황이 올지도 몰랐다.

해서 아리 역시 최선을 다해 싸우며 최종 목적지로 유인하다 보니 온몸이 피투성이가 됐다. 불행 중 다행이랄까. 아리가 입고 있는 하늘색 옷이 피로 얼룩져 마치 예비군 옷같이 변해버렸다.

전망대.

저격수 자린은 매복을 마치고 저격용 총에 부착된 망원경으로 목표물을 찾았다.

자린의 암호명이 K다.

"……!?"

목표를 찾던 자린이 의아한 표정을 지었다.

"분명히 목표는 하나라 했는데……! 세 명이라니……!"

자린은 잠시 망설였다.

손목시계를 봤다.

10시 55분.

"할 수 없군! 분명히 어떤 착오가 생긴 모양인데……. 다 죽이는 수밖에."

K의 판단은 빨랐다. 즉시 행동에 옮기는 자린.

핑.

실탄 한 발이 발사됐다.

하나가 쓰러지는 모습이 보였다.

다급히 엎드리는 목표를 향해 또 한 발이 발사됐다.

"젠장!"

자린은 급히 총을 챙겨 그곳을 떠났다.

목표물 하나가 숨어서 더 이상 저격은 불가능했기 때문이다.

멀리 바다에 새카맣게 몰려오는 해경 선박들이 보였다.

방 대규.

그는 다행히 k의 저격보다 먼저 누군가 쏜 총에 목덜미를 맞고 쓰러졌다.

정신이 가물가물 해지며 정신을 잃었다.

"녀석 마취 총에 맞은 기분이 어때?"

할아버지가 지팡이를 짚고 걸어오더니 방 대규 주머니에서 핸드폰을 꺼내 들었다.

비닐장갑을 낀 손이지만 아주 예쁜 여자 손이다.

할아버지는 문자를 보내고 있었다.

헬기를 몰고 얼른 완도로 올 것.

간단한 문자다.

"녀석 좀 쉬어라! 30분이면 깨어 날 것이다."

할아버지는 핸드폰을 다시 방 대규 주머니에 넣고 사라졌다.

아리는 대물클럽 회원 14명 전원을 유인해서 목표 지점에 도착을 했다.

약간 높은 언덕으로 난 등산로다.

저 아래 차가 다니는 길에 덤프트럭이 한 대 서 있는 것이 보였다.

"호호......... 여기까지 쫓아오느라 고생했다. 제길 죽이는 건 쉬운데 이거 데리고 놀긴 어렵군!"

아리가 투덜거리더니 갑자기 몸이 빨라졌다.

큭. 큭.

짧은 비명이 이어지며 대물클럽 회원들이 하나 둘 쓰러지기 시작했다.

아리가 살수를 펼친 것이다.

쓰러지는 자들을 발로 걷어차 언덕 아래로 굴렸다.

하나 둘 굴러 내려간 녀석들은 자동으로 덤프트럭 적재함에 담겼다.

합판을 언덕에 펼쳐 놓고 자동으로 덤프트럭에 담기도록 해 놓은 것이다.

"으으........."

빌써 13명이 죽어 떨어지고 1명 남은 자는 겁에 질려 도망치려고 했다.

허나 아리의 손은 더 빨랐다.

"이게! 사람 힘들게 하네."

죽은 나머지 하나를 두 손으로 다리를 잡고 질질 끌고 와서 트럭으로 굴리며 아리가 투덜거렸다.

"얼른 타!"

트럭을 운전하는 사람은 할머니다.

유나가 변장을 한 것이다.

"알았어!"

유나를 한 번에 알아 본 아리가 피투성이가 된 얼굴을 소매로 닦으며 환하게 웃었다.

아리를 태운 덤프트럭은 반대 방향으로 달리기 시작했다.

바로 하추자도 선착장 방향이다.

하추자도 선착장을 지나 덤프트럭은 언덕을 넘어갔다.

덤프트럭이 달리자 레미콘 2대가 뒤를 따라왔다.

"큰언니가 바로 처리하래. 시간 없다고. 왜 늦었어?"

유나가 아리에게 핀잔을 준다.

"미안해 언니! 아직 멀었지?"

"아니 오늘 훈련은 정말 잘했어."

"정말?"

"그럼! 점수로 치면 90점이야."

"헤헤........ 언니한테 90점 받기는 첨이네."

아리가 환하게 웃었다.

덤프트럭이 도착을 한 곳은 방파제 기초공사를 위해 땅을 깊이 판 바닷가였다.

헌데 이상한 것은 옆 기초보다 무려 2m는 더 팠다는 것이다.

덤프트럭이 후진을 하는 동안 레미콘 1대가 콘크리트를 기초 구덩이에 쏟아 부었다.

덤프트럭은 덤프를 들어 대물클럽 회원 14명을 구덩이에 떨어뜨렸다.

다시 레미콘이 그 위에 콘크리트를 쏟아 붓고. 옆에 대기하고 있던 굴삭기가 콘크리트 위에 흙을 덮어 옆 기초 깊이와 맞추었다.

"가자!"

유나가 소리쳤다.

레미콘 기사와 굴삭기 기사가 장비를 멀리 떨어진 곳에 세우고 달려와 덤프트럭 위로 올라탔다.

덤프트럭은 상추자도와 하추자도 중간 지점에 있는 헬기를 향해 달렸다.

"저것들 저러다가 미라 되는 것 아냐?"

아리가 유나에게 농담을 했다.

"우리 아리 이젠 다 컸네. 농담이 다 나오고?"

"큰언니는?"

"몰라! 안보여."

"쳇! 큰언니는 날 지켜본다 하고는 가버렸네."

아리가 입을 삐쭉 내민다.

두두두.........

헬기가 뜰 준비를 하고 기다리고 있었다.

덤프트럭을 바다로 떨어뜨리고 모두 헬기를 탔다.

헬기는 빠르게 추자도 상공으로 날아올랐다.

헬기엔 조종사와 할아버지가 타고 있었다.

"왜? 덤프트럭을 바다로 버렸어?"

"응! 덤프트럭 적재함에 세척제가 뿌려져 있거든. 녀석들 핏물을 말끔히 세척해 줄 거야."

"역시 유나 언니는 치밀해. 헌데 저 할아버지는 누구지?"

"모르지 뭐."

유나가 묘한 미소를 지었다.

알고 있으나 알려줄 수 없다는 이야기다.

아리가 자꾸 할아버지를 바라보며 뭔가 알아내려고 했다.

"조종사는 변명 거리를 만들어 놨으니 완도에 우릴 내려주고 다시 그놈에게 돌아가. 아직은 네 정체를 모를 거야."

조종사는 그 말을 되새기며 헬기를 몰고 추자도를 빠르게 벗어나고 있었다.

조 순영 일행.

조 순영과 강 영진은 화제 현장에서 다시 방 대규가 있는 곳으로 돌아왔다.

"어! 의원님!"

조 순영이 쓰러져있는 방 대규를 발견하고 깨웠다.

방 대규가 정신을 차리며 눈을 떴다.

"왜? 헬기는 완도로 보냈어요?"

조 순영이 의아한 표정으로 물었다.

"내.......내가?"

"네! 의원님이 핸드폰으로 조종사에게 완도로 가라는 문자를 보냈잖아요?"

"무슨 소리야? 내가 언..........!?"

방 대규는 핸드폰을 열고 기록을 보니 정말 자신이 문자를 보냈다는 것에 의문이 생겼다.

"이게 어찌된 일이지? 내가 언제! 난 마취 총에 당한 기억 밖에 없는데. 내 경호원들은?"

방 대규가 두리번거리다가 죽은 경호원 둘을 보고 다가가서 상태를 살폈다.

"이........이건!"

경호원 하나는 정확하게 이마를 관통했고 또 하나는 엎드리며 맞아서 정수리를 관통 당했다.

"비슷하긴 해도 요녀 솜씨는 아닙니다."

조 순영이 경호원 시체를 살펴보며 말했다.

"그래! 요녀 솜씨는 아냐. 요녀는 반드시 이마 정 중앙. 코에서 1cm위를 관통하지. 이건 다른 저격수야."

방 대규가 말했다.

"허나 저격용 총은 요녀 것과 동일한 것으로 보입니다. 탄환을 확인해 보면 알겠지만."

"그나저나. 내가 왜? 헬기를 완도로 보냈지........!"

방 대규가 얼른 조종사에게 연락을 하고 있었다.

"어디냐?"

"네! 완도 거의 다 왔습니다."

"다시 돌아와! 잘못 보낸 문자야."

"넵! 알겠습니다."

방 대규가 핸드폰을 닫았다.

"벌써 완도에 다 갔다는군. 제길 정신이 오락가락 하면서 잘못 눌렀나."

방 대규가 고개를 갸우뚱 했다.

유나와 아리는 이미 완도에 도착을 해서 승용차로 육지로 달리고 있었다.

강 영진이 선물로 준 승용차는 아니었다.

아리와 유나 단 둘이 승용차를 탔고 나머지는 제 각각 헤어졌다.

"작은 언니!"

"왜? 할아버지가 누구냐고?"

"응! 가르쳐줘라!"

아리가 애교를 부린다.

"우선 저 쪽 산허리를 돌면 계곡물이 나오니까 좀 씻고 가자. 피비린내가 장난 아니네."

유나가 아리를 보며 코를 막는 시늉을 했다.

"쳇! 난 뭐 하고 싶어서 했나? 언니들이 훈련이라며 시킨 거잖아. 쳇!"

"그래! 너도 얼른 최고 단계까지 가야 하니까. 앞으로도 더 있을 거야. 훈련이."

"정말 할아버지 정체 말 안할 거야?"

"호호......... 넌 큰언니한테 훈련성과 아마 70점정도 받을 것 같다."

"무슨 소리야?"

"큰언니도 몰라 봤으니 말이야."

"윽! 큰언니였어? 우아! 이거 미치겠다. 정말 큰언니를 몰라 봤다고? 그럼 왜? 차를 같이 안 탔지?"

"저격수 k를 쫓아간 거야."

"k? 그거 작은 언니가 데려 왔잖아?"

"어! 아리가 그 것도 알고? 훈련점수가 90점으로 모자라겠는데...........!"

"헤헤......... 큰언니한테도 말해줘. 나 혼내지 말라고."

"엥! 그게 맨 입으로 되냐?"

유나가 장난을 했다.

산허리를 돌아 계곡물이 나오자 승용차를 멈추고 유나와 아리가 내렸다.

아리가 먼저 몸에 묻은 핏물을 씻었다.

점퍼도 벗어서 물에 세탁을 했다.

다시 하늘색 옷으로 돌아왔다.

"그........그 옷 네가 입었어?"

유나가 무척 놀라고 있었다.

"웅! 큰언니가 날 줬어."

"쳇! 쳇!.........."

유나가 갑자기 투덜거렸다.

"왜? 왜 그래? 언니."

"나도 큰언니한테 이기고 싶었단 말이야. 그래서 k도 데려온 것인데."

"설마! 아니지? 큰언니를 저격하라고 시킨 건 아니지?"

"맞아! 그랬어."

"작은언니 정말 다시 봤다. 정말 다시 봤어. 지독해. 막 미워지려고 해."

아리가 무척 화가 난 표정이다.

"호호......... 큰언니가 그렇게 당할 사람이냐? 최고 자리에 있는데 그 정도에 당하면 안 되지. 벌써 두 번째네. 역시 큰 언니야. 그 옷을 너에게 입히고 방 대규 의원에게 페인트 벼락을 씌워서 k로 하여금 방 대규를 저격하게 만든 거였어. 또 졌다. 졌어."

유나가 갑자기 눈에 눈물을 흘린다.

"작은언니! 또 할 건 아니지? 만약 또 큰언니를 이기겠다고 그런 짓 하면 아리를 다시 못 볼 줄 알아! 알았어?"

"알았어. 이젠 그냥은 안 해. 더 배우고 연마해서 이길 자신이 있다고 생각할 때 그때 한다."

"뭐라고? 도대체 왜 작은언니는 큰언니를 이기려고 애쓰는데? 이유가 뭐야?"

아리 물음에 유나는 쓸쓸한 미소만 머금고 있다.

"다 씻고 옷도 털었다 가자!

아리가 기분이 불쾌한 표정이다.

유나는 얼른 운전석에 앉았다.

저격수 k.

정미와 같은 승용차를 타고 고속도로를 달리고 있었다.

"오랜만이지?"

정미가 변장을 풀면서 말했다.

"그래! 반갑다!"

저격수 k가 미소를 지으며 정미를 바라본다.

운전은 저격수 k가 하고 있었다.

"나에게 두 번 부탁을 들어 줄 의무가 있지?"

"잊었을까봐 되새겨 주는 거야?"

"그 부탁을 하러 왔다."

"말해라! 약속은 약속이니까."

"유나를 지켜줘라! 그게 첫 번째 부탁이고 두 번째는 너도 죽지 마라. 그게 두 번째 부탁이다."

"왜지? 내가 죽어도 너에겐 아무런 피해도 없을 텐데?"

"왜 피해가 없겠어? 다시 살려줄 기회가 없어지는데."

"나도 그 기회 한 번 잡고 싶다. 그래서 네게 부탁을 하나 할 것이 있거든. 그러니 죽지 않겠다. 네게 반드시 부탁을 할 기회를 잡아야 하니까. 그리고 너와 유나는 참 묘한 관계야. 유나는 널 죽이려 하고. 넌 유나를 지키려 하고."

"흐흐........."

"왜? 왜 웃지?"

"너도 내 정체를 알지만 나도 네 정체를 안다는 것을 잊지 마라. 네가 무슨 부탁을 하려는 지 이미 아니깐."

"뭐라고? 어떻게? 난 완벽했는데."

"세상에 완벽이란 것은 없어. 어딘가 반드시 허점이 있지."

"넌 없잖아. 내가 태어나서 수없이 많은 용병과 실수를 만났지만 너만 허점을 찾지 못했어. 그러니 넌 최고야."

"뭐? 그럼 유나의 허점도 찾았어?"

"당근이지. 유나 정도야."

"오! 다시 봐야겠는데......... 네가 그 정도라면. 유나 정도야 쉽게 지켜줄 것이라 믿는다."

"암! 믿어라! 나도 반드시 죽지 않을 테니까. 그리고 네가 위험에 처할 때만 기다릴 것이니."

"헌데. 사격 솜씨는 엉망이더군."

"봤냐? 창피하게. 흐흐........."

"일부러 그렇게 쐈다는 것 다 알아! 능청은."

"켁! 들켰네. 다 너를 위한 이 친구의 미덕이란 것 잊지 마라!"

"고맙다. 그래서 두 번째 부탁을 너를 위해 쓴 거야. 이 친구도 미덕을 보여야지 흐흐........."

"미덕 같은 소리 하네. 네가 리비아 지중해 해안에서 구해준일 말이야. 구해주려면 완벽하게 구해 줘야지 다시 죽을 뻔 했잖아. 그게 미덕이야?"

"엥! 다시 죽을 뻔 했다고? 왜?"

"양도 한입에 삼키는 킹코브라 굴 앞에 버리고 가는 친구가 어디 있냐?"

"거기 두 마리가 다니는데. 봤냐?"

"뭐야? 알고 버렸다는 거야?"

"자동차 쓰레기장이 그놈 살기엔 최고의 보금자리지. 숨기 좋고 천적이 오면 도망치기 좋고. 흐흐........ 거기서 노는 녀석이 잘못이지 내가 뭐 어때서?"

"놀았냐? 바위틈에 끼어 죽을 뻔 했는데? 친구라는 게. 쳇!"

"야! 배고프다. 네가 먹을 것 좀 사와!"

"같이 나가서 먹자. 난. 사들고 다니는 체질이 아니라서."

"네 친구들이 보면 너 죽이려고 할 텐데? 나랑 같이 있는 것 네 친구들이 봐봐."

"으이그........ 변장을 누가 풀래."

저격수 k가 자동차를 몰고 휴게소로 들어가기 시작했다.

"잘 봐! 감시카메라에 찍히면 너나 나나 끝장이야. 아니 넌 괜찮겠다. 어설

픈 변장이라도 했으니."

"알았어! 알았다고. 쳇! 정말 말 많은 친구야."

저격수 k가 투덜거리며 차에서 내렸다.

"흐흐........나도 화장실을 가야겠다."

정미가 손으로 얼굴을 쓱 문지른다.

30대 아주머니로 변한 정미.

장난스러운 미소를 지으며 차에서 내렸다.

지현이 일행.

3명의 지현이 부모 원수를 잡고 증거물까지 확보한 지현은 그들을 데리고 서울 동부경찰서 특별 수사팀을 찾아갔다.

누군가 문자로 그렇게 하라고 시킨 것이다.

"이들이 학생 부모님 원수라고?"

빈 사무실을 지키고 있던 만년 형사 54세의 성 기정이 3명을 넘겨받아 유치장에 넣고 문을 잠그며 물었다.

"네! 그래요. 증거자료 여기 복사본 있어요."

만약을 위해 원본은 가지고 있으라는 문자 내용대로 복사를 해서 제출을 한 것이다.

"저것들 사타구니에 저 칼은 뭐야? 너희들 짓이냐?"

"아뇨. 우리가 위급할 때마다 누군가 구해줬어요. 저 표창을 던져서."

"가........! 가만! 저건 요........! 요녀 침이다."

성 기정이 기겁을 하며 대물클럽 회원 두 명의 하체에서 표창을 뽑았다.

"아악!"

녀석들이 고통스러워 비명을 질렀다.

"그걸 뽑으면 어떡해요? 피가 많이 나와 죽을 텐데."

지현이 소리쳤으나 이미 늦었다.

"헉! 그렇구나! 얼른 119불러야겠다."

성 기정이 얼른 핸드폰을 들고 전화를 했다.

"여기 동부경찰서 특수 팀인 데요 얼른 응급처치 좀 해줘야 할 환자가 있습니다."

성 기정 형사는 다시 전화를 걸었다

바로 강 영진에게.

"오늘 대산과 대호 방조제에 요녀가 나타났습니다."

성 기정이 나불나불 있는 대로 다 떠들고 있었다.

강 영진의 속에 불이 붙은 줄도 모르고.

방 대규 일행.

"거 보세요! 내가 뭐라 했소? 대산과 대호 방조제에 요녀가 나타날 것이라 했소? 안 했소?"

강 영진은 어깨에 힘을 주고 내일은 생각도 안 하고. 막. 방 대규를 몰아붙이고 있었다.

"허.......! 참!"

방 대규는 할 말이 없었다.

추자도에서 건진 것이라곤 하나도 없었다.

핸드폰 통화내역과 위치 추적도 헛수고였다.

큰소리치고 해경과 수사팀을 총출동 시켰는데 지푸라기 하나 건지지 못했다.

소득이 있다면 똥통에서 토막 난 테러단 시체 두 구 뿐이었다.

미련이 남은 방 대규는 아직 범인이 이곳에 있다고 잡으라며 수사팀만 닦달하고 있었다.

해경은 이미 철수한 지 오래다.

그런 와중에 강 영진에게 전화가 온 것이다.

화가 난 강 영진의 말투에 반박하고 싶었지만. 방 대규는 꾹 참았다.

강 영진을 더 이상 화나게 하면 다 떠벌릴 것이고 그럼 자신의 처지는 그야말로 낙동강 오리알 신세가 된다.

정치권에서도 손가락질 할 것이고. 국민들도 욕을 할 것이 뻔했다.

어쩌면 방 대규 정치인생도 끝이 나는 것이다

꾹꾹 참고 있는 방 대규 가슴 속은 까맣게 타고 있었다.

"즉시 특수 팀에 가 봐! 요녀 침이 또 발견 됐어. 여기는 헛수고만 했고. 대산에서 나타났대. 대산. 누가 아니래. 쓸데없이 고생만 했지."

누구라고 대 놓고 말은 안 해도 조 순영의 전화 통화 내용은 방 대규가 쥐구멍이라도 찾아야 할 정도였다.

"에이......... 씨x"

방 대규가 욕을 하며 침을 탁 뱉고 혼자서 차를 타고 사라졌다.

"빙신x끼."

사라지는 방 대규를 보며 강 영진이 욕설을 퍼부었다.

"아쉽군요. 일 계급이 아니라 3계급도 충분할 텐데......... 요녀만 잡았으면 그야말로 영웅 대접을 받았을 텐데.........!"

조 순영이 욕은 안 해도 아쉬움을 나타내며 사라지는 방 대규를 향해 침을 뱉는다.

"으.으.으........."

강 영진이 급기야 비명을 지르며 팔딱팔딱 뛴다.

조 순영이 말이 불붙은 강 영진 가슴에 기름을 부은 꼴이 됐다.

해가 뉘엿뉘엿 서산으로 기울 때.

아리와 유나가 아파트에 도착했다.

헌데. 아리와 유나가 타고 온 승용차는 바로 강 영진이 선물을 한 그 승용차다.

"어서 와!"

정미가 미리 와서 기다리고 있었다.

모내는 이미 저녁 음식을 차려놓고 현관문을 열어주며 밝게 웃었다.

"쳇! 이게 뭐야? 괜히 그 승용차 끌고 오느라 충주로 돌아와서 늦었잖아."

아리가 투덜대는 척 했다.

아리는 얼른 정미 품속으로 안겼다.

"큰언니! 미안."

"네 잘못 아냐. 내가 워낙 변장을 잘해서 그렇지."

"킥. 잘난 척."

아리가 정미 품에서 나와 얼른 두 팔로 모내를 끓어 않는다.

"외로웠지? 미안!"

"아냐! 아리가 보고 싶긴 했어도 나도 여행을 했어."

"여행?"

"웅! 아내하고 같이 바람 좀 쐬고 왔지."

"쳇! 난 죽을 고비를 넘겼는데........."

"왜? 무슨 일 있었어?"

모내가 화들짝 놀라자 아리가 아차 했다.

"유나 언니가 얼마나 차를 난폭하게 모는지 무서워서 혼났어."

아리가 임기응변으로 사태를 수습하고 있었다.

"우리 아리 점수는 90점이야."

정미가 아리 귀에 속삭였다.

"헉! 정말?"

아리가 무척 기뻐했다.

"네가 임기응변으로 사태를 수습하는 걸 높이 산 거야."

정미가 속삭였다.

아리 눈에 눈물이 핑 돈다.

모내는 모른 척 했다.

늦은 밤

아파트 베란다 나무 의자에 앉아 정미가 혼자 울고 있었다.

모내가 슬그머니 다가와 정미 어깨를 두 손으로 감싼다.

"엄마........! 원수를 갚는데 왜 내 기분이 좋지 않지? 내 손이 무서워."

정미가 얼른 돌아 모내 품에 얼굴을 묻고 말했다.

"울지 마세요. 잘하신 일이잖아요. 지하에 계신 부모님께서 잘했다 칭찬 하실 거 에요. 아직 3명이 더 남았다는 것 잊지 마세요. 벌써 약해지시면 나머지 3명은 잊고 사시려고요?"

"아니! 반드시 다 찾아서 죽일 거야. 그 마음은 변함이 없는데......... 왜 자꾸만 내 손이 무서워지지?"

"단주님이 다 착해서 그래요. 전......... 세상에서 단주님이 젤 착하고 가장 강하시고.........."

"또 가장 무섭지?"

"네! 그래요. 그러니 너무 자책 마세요. 원인 제공자는 그들이잖아요. 그리고 그들을 지금 제거하지 않으면 더 많은 사람들이 단주님 부모님처럼 피해를 당할 거 에요."

"그래! 그렇다 해도......... 엄마! 나 오늘 엄마랑 같이 자면 안 돼?"

"왜요? 또 저 더듬으며 자려고요?"

"웅! 엄마 냄새가 맡고 싶어."

"그럼 그렇게 하세요. 제가 단주님 방으로 갈게요."

"아냐! 아니야! 오늘 아리가 무척 힘들고 슬플 거야. 아리를 많이 보듬어 줘."

"단주님!"

"왜? 내가 너무 정이 많다고?"

"아뇨. 단주님은 정말 씩씩하다고요."

"흑........."

정미가 다시 울음을 터뜨렸다.

"왜 또 우세요?"

"아빠랑 엄마랑 살아 계셨으면 지금 난 아마 공주처럼 살았을 거야. 그렇지? 아빠랑 엄마가 보고 싶어 미치겠어. 흑흑.........."

"그래도 저도 있고 아리도 있고 유나도 아내도 그리고 단원들 모두 단주님만 처다 보고 살잖아요. 그러니 울지 마세요. 우리 씩씩한 단주님."

모내 눈에서도 눈물이 가득 고여 볼을 타고 흐른다.

지현.

그 시각 지현도 혼자 울고 있었다.

누구 하나 달래 줄 사람 없이 지현은 혼자 목 놓아 울었다.

"엄마.........! 아빠.........!"

지현은 엄마와 아빠를 수없이 부르며 눈이 벌겋게 충혈 된 체 엉엉 울고 있었다.

"우리 지현이 착하지......... 울지 마라. 엄마 아빠는 우리 지현이가 자랑스럽단다. 울지 마라. 지현아."

저 천정 허공에서 아빠 엄마가 지현을 보고 밝게 미소를 지어 보인다.

"엄마......... 아빠........."

지현이 한 없이 엄마 아빠를 목 놓아 부르며 통곡한다.

그렇게 통곡의 밤은 깊어만 갔다.

15.

토끼몰이

"유나는 현태네 집에 가서 현태 아빠가 오면 인사하고, 네 능력으로 알아낼 수 있는 것까지 알아내."

"현태네 집 근처에 정보부 요원이 잠복근무 중인데, 올까?"

"올 거야. 유나가 그런 것을 내게 묻다니……. 추자도에서 미끼로 쓰려고 했는데 현태 아빠가 눈치 채고 도주했으니 정보부 조순영이 방대규의 밀명을 받고 눈에 불을 켜고 잡으려 하는 건 사실이지만. 현태 아빠도 그건 알아. 꽤 똑똑한 놈이거든. 허나 지금의 아내와 자신의 대물 때문에 부부관계가 어렵게 되자 인공수정으로 낳은 아들이 현태야. 또한 현태 아빠는 선천성이 아니라 후천성이거든. 성기가 스무 살이 돼서 갑자기 커진 모양이야. 그런 이유로 현태를 빨리 장가보내고 싶어 하지. 자신의 전철을 밟지 않게 하려고. 허니 현태 여자 친구를 만나러 오는 것에 목숨까지 걸을 수밖에……."

"그럼, 어디로 올까?"

"현태네 집은 산비탈에 지어진 집이라 위쪽 건물 장독대에서 현태네 화장실 옥상으로 넘어올 수 있어. 화장실 옥상에서 주방 쪽문을 열고 거실로 들어올 거야. 그러니 유나 넌 반드시 현태 아빠 주머니에서 자동차 키를 훔쳐내 화장실 가는 척하고 주방 쪽문으로 나가면서 현태 아빠가 벗어놓은 안전화를 숨겨. 놈은 꼭 안전화를 신고 다니는 철저함이 있거든. 안전화 말고 임시로 신는 슬리퍼가 하나 더 있을 거야. 그건 놔둬. 그리고 현태 아빠에게서 알아낼 것이 더 이상 없다 싶으면 경찰 핑계로 현태 아빠를 도망치게 만들어. 현태 아빠는 다시 주방 쪽문을 열고 도주할 텐데, 안전화가 없어 슬리퍼를 신고 도주할 거야. 그럼 그 순간부터 토끼몰이가 시작된다."

"난?"

"넌 천천히 현태네 집을 나와 동네 위쪽으로 올라가면 건물들이 끝나고 숲이 생기는 지점에 오른쪽 공터를 보면 흰색 봉고차가 한 대 있을 거야. 현태 아빠가 타고 와 그곳에 세워둔 것인데. 현태 아빠는 그 차를 타지 못하고 숲으로 도주할 테니 네가 그 차를 몰고 워커힐 교문리 방향 밤나무골 입구에 보면 작은 계곡으로 들어가는 비포장도로가 하나 있어. 그 도로를 후진하여 50미터 정도 들어가면 큰 밤나무가 하나 있는데, 거기가 미나리 논이야. 미나리 다섯 박스 분량을 그냥 묶은 채로 사뒀으니 그걸 봉고차 뒤에 싣고 차 뒷문을 열어둔 채 봉고차 시동을 걸어놓고 기다리면 현태 아빠가 몰래 봉고차 뒤에 올라타 몸을 숨기고 차 뒷문을 닫을 거야. 그럼 차를 몰고 88도로를 달려 김포시에서 대명리 바닷가에서 강화도로 가는 다리 입구에서 좌측 바닷가 쪽으로 1킬로미터쯤 가면 양어장을 하다가 버려진 곳이 나올 거야. 그곳에 창고 같은 건물이 하나 있어. 그리 오면 돼."

"왜 그렇게 멀리?"

"오늘은 북동풍이 아주 강하게 불어."

"아! 알았어."

유나가 현태네 집으로 갈 때 정미가 내린 작전이다.

현태네 집은 망우리에서 남쪽에 있는 산비탈의 북쪽 방향으로 늘어선 건물들 중간 지점에 있었다.

유나가 현태네 집에 도착한 것은 어둠이 밀려오는 오후 7시가 조금 넘어서다.

"안녕하세요?"

유나가 현태 엄마에게 인사했다.

"어서 와요."

현태 엄마가 유나를 반갑게 맞이했다.

"아빠야. 인사드려."

소파에 앉아 있던 현태 아빠를 현태가 소개했다.

유나는 공손히 고개 숙여 인사를 했다.

현태 아빠의 눈이 반짝 이채를 띤다.

유나가 한국인이 아니었기 때문이다.

"한국 아가씨가 아니었어?"

현태에게 묻는다.

"응! 아빠는 한국인, 엄마는 인도인이래."

"아! 그래……! 반갑다. 앉아라."

현태 아빠가 말했다.

유나는 다소곳이 현태 아빠 앞 소파에 앉았다.

"흠! 아주 예의가 바르군! 가정교육을 잘 받았어."

현태 아빠는 아주 흡족한 표정을 지었다.

마음속으로는 흡족하지 않았지만, 어떡하든 유나를 현태와 맺어줘서 얼른 대를 잇게 만들려는 속셈이다.

"그래! 부모님은 살아 계시고?"

"아닙니다. 제가 어렸을 때 두 분 다 돌아가셨습니다."

"저…… 저런!"

무척 안타깝다는 현태 아빠의 표정 뒤엔 만족함이 깃들어 있었다.

사돈이 없다는 것은 자기 마음대로 일을 처리하기가 쉽다는 것을 알기 때문이다.

현태 아빠가 얼른 현태와 유나를 맺어주고 대를 이을 생각을 하고 있을 때였다.

"저…… 화장실 좀."

유나가 긴장한 모습으로 현태에게 말했다.

"응!"

현태가 주방 쪽문으로 데리고 가서 화장실 위치를 가르쳐줬다.

정미가 지시한 대로 현태 아빠의 안전화를 숨기고 다시 돌아온 유나는 현태 엄마가 음식을 차려놓고 부르자 식탁으로 가려는 현태 아빠에게 슬쩍 부딪혀 차 키를 빼냈다.

[밤새 뛰고 도망 다니려면 배가 불러야 하니 밥을 다 먹거든 도망치게 해라.]

정미 말대로 유나는 현태 아빠가 밥을 다 먹은 뒤 현태에게 경찰이 오고 있다고 귓속말로 했다.

"경찰 와요. 경찰!"

호들갑을 떠는 현태 때문에 현태 아빠는 급하게 주방 쪽문을 통해 도주하기 시작했다.

"아가! 나중에 보자!"

도망치면서도 유나에게 다정한 말을 남기는 것을 잊지 않았다.

그 한마디 때문이었나. 유나가 잠시 망설이는 모습을 보였다.

동네 맨 꼭대기 숲속 근처.

흰색 봉고차가 서 있었다.

현태 아빠가 비상시에 타고 도주하려고 인적이 드문 곳에 세워둔 봉고차다.

[아리는 흰색 봉고차 주위를 몸을 최대한 낮추고 서성이고 있기만 해라. 그럼 의심이 많은 현태 아빠는 경찰에게 발각된 것으로 알고 차를 버리고 급히

숲속으로 도주할 것이다.]

정미의 지시대로 아리는 흰색 봉고차 주위를 몸을 낮추고 서성이기 시작했다.

"헉! 제기랄!"

현태 아빠는 자신의 차량 근처에 사람 그림자가 보이자 바로 숲속으로 도주하기 시작했다.

[토끼는 사람이 미리 덫을 놓고 그 덫으로 토끼를 몰아가는 형식이다. 아리와 난 그냥 몰이꾼에 불과하다. 아리는 즉시 그 자리에서 움직여 망우리 북동쪽 산길을 봉쇄해라. 산 위에서 쉿쉿 하며 조심해서 움직이는 사람 소리만 내면 될 것이다. 그럼 나는 남서쪽 능선에서 길을 봉쇄하고 토끼를 산 너머 밤나무골로 몰 것이다.]

"덫은 누가 놔?"

"모내에게 부탁했다."

"모내가 어떻게 그런 일을……."

"내가 시키는 대로 하면 되니 어려울 것도 없다."

정미의 말을 떠올리며 아리는 아직도 걱정이 됐다.

모내가 어떻게 덫을 놓을 수 있을까.

[모내는 산 능선에서 밤나무골로 내려가는 계곡 능선 큰 나무 아래에 첫 번째 덫을 놓아라!]

정미가 모내에게 지시한 내용이다.

현태 아빠는 아리와 정미가 몰아가는 방향대로 움직이고 있었다.

"계곡 쪽은 가시넝쿨이 많으니 저기 큰 나무를 지나 능선을 따라 내려가자."

현태 아빠는 그렇게 모내가 놓은 첫 번째 덫으로 향했다.

철컥철컥.

갑자기 철이 부딪히는 소리가 들리며 현태 아빠의 입에서 비명이 터졌다.

"크윽!"

엄청난 고통에 자신의 다리를 내려다본 현태 아빠의 얼굴이 일그러졌다.

"이런! 누가 노루 잡으려고 놓은 덫이다."

짐승들 발목을 날카로운 톱니로 잡아 움직이지 못하게 하는 덫. 그 덫 두 개가 현태 아빠의 양쪽 발목을 파고들었던 것이다.

"크윽!"

고통스러운 신음을 흘리며 현태 아빠는 급히 덫을 발목에서 빼냈다.

위쪽 능선에서 사람 소리가 들렸기 때문이다.

급해진 현태 아빠는 능선을 따라 산 아래로 도주하기 시작했다.

"……!?"

달리던 현태 아빠가 급히 걸음을 멈췄다.

바로 앞에서 누군가 낙엽을 만진 흔적을 발견한 것이다.

[놈이 편안한 능선으로 도망치게 할 수는 없다. 모내는 능선 위로 사람이 만진 흔적을 많이 만들어놓고 계곡 쪽 가시넝쿨 사이 비탈진 공간에 두 번째 덫을 놓아라!]

현태 아빠는 혹시나 하는 생각에 능선을 따라 도망치지 못하고 계곡 쪽 비탈의 가시넝쿨 사이로 공간이 보이자 그곳으로 내려가기 시작했다.

"윽! 크윽!"

현태 아빠의 비명이 이어졌다.

넓은 판자에 큰 못을 박아 날카로운 못 끝이 위로 올라오게 만들고 그 위에 낙엽과 풀로 위장해놓은 것이다. 비탈진 곳에서 못을 밟은 현태 아빠는 비틀거리며 쓰러지다가 옆구리 전체를 못에 찔리고 긁히고 말았다.

발목에서도 피가 천천히 흐르고, 발바닥은 홍건하게 피로 물들었다.

"저 아래에서 무슨 소리가 들렸어."

누군가 위에서 쫓아오는 소리에 현태 아빠는 가시넝쿨이고 뭐고 발을 절뚝거리며 산 아래로 내려가기 시작했다.

[계곡이 갑자기 높은 바위로 이어지는 부분이 있다. 놈이 거기서 갈 곳은 오로지 좌측 풀밭이다. 길이 편하고 우선 몸이 아프니 도주하기 쉬운 길을 택할 것이다. 그곳에 세 번째 덫을 놓아라!]

감자기 현태 아빠 뒤쪽에서 사람들이 쫓아오는 소리가 급박하게 들려왔다.

아리와 정미가 몰이를 하는 것이다.

현태 아빠는 가파른 바위가 길을 막자 급한 마음에 넓고 편한 풀밭으로 정신없이 달렸다.

"아악!"

날카로운 큰 낚싯바늘이 풀 전체에 매달려 있었다.

현태 아빠의 다리엔 수많은 낚싯바늘이 바지를 찢으며 살을 파고들었다.

"저 아래다!"

다시 뒤에서 들리는 소리.

아픈 몸이지만 비명도 지르지 못하고 손으로 입을 틀어막으며 다시 도주를 시작했다.

[풀밭이 끝나면 오솔길이 나타날 것이다. 산 아래로 내려가는 편안한 길이지. 놈은 그곳으로 도주할 것이다 그곳에 네 번째 덫을 놓아라!]

"편안한 길이다. 이젠 살았다."

일단 한숨 돌린 현태 아빠는 오솔길로 달리기 시작했다.

"악! 악!"

다시 전해지는 발바닥의 고통.

"누가 이런 짓을!?"

오솔길 바닥에 수없이 뿌려진 쇠붙이들. 뾰족하게 돋은 날카로운 침이 온통 널려 있었다.

발바닥에서 피 묻은 쇠붙이를 떼어낸 현태 아빠는 다시 계곡 쪽으로 굴러 내려 갔다.

[놈은 이제 발바닥이 아파서 걷기보다는 계곡 아래로 굴러갈 것이다. 그곳에 다섯 번째 덫을 놓아라!]

"으악……!"

처절한 비명이 터졌다.

뭔가 땅바닥이 꺼지며 현태 아빠의 옆구리를 엄청난 고통과 함께 찔렀기 때문이다.

계곡물을 이용해 농사를 지으려고 판 도랑 위에 풀로 위장하고 그 아래 날카로운 쇠창이 박혀 있었던 것이다.

"크윽! 왜 이런 것이…… 여기에?"

"저쪽이다."

다시 산 위에서 추격하는 소리가 들리고.

쇠창에서 몸을 빼낸 현태 아빠의 옆구리에서는 피가 폭포수처럼 흘러내리고 있었다.

손으로 지혈하며 다시 계곡 돌 틈새로 도망치기 시작했다.

[계곡을 다 내려온 놈은 넓은 밭을 통해 멀리 보이는 봉고차로 향할 것이다. 그 밭으로 들어가는 길목에 마지막 함정을 만들어라!]

함정.

모내는 그곳에 넓이 2미터, 깊이 1.5미터 정도 되는 함정을 팠다.

그리고 함정 바닥에 나무를 뾰족하게 만들어 위로 향하게 여러 개를 박아 놓았다.

그 위에 가느다란 나뭇가지와 풀을 덮은 뒤 흙을 살짝 덮었다.

급하게 도망치던 현태 아빠는 그 속에 빠졌다.

"크악!"

엄청난 고통이 밀려왔다.

뾰족한 나무가 항문과 성기를 뚫고 복부까지 들어왔다.

정신이 가물가물해진다.

도저히 빠져나올 힘이 남아 있지 않았다.

"저기다."

추격하는 소리가 근처에서 들린다.

마지막 죽을힘을 다해 나무창에서 몸을 빼낸 현태 아빠는 앞으로 구르다시피 도망쳐서 겨우 봉고차 뒤까지 도착했다.

가물가물한 상태에서 앞에 보이는 차량 뒷문이 열려 있자 얼른 올라타고 뒷문을 닫았다.

미나리 단을 풀어 자신의 몸을 그 속에 감췄다.

다행히 차량이 바로 움직인다.

이젠 살았구나 하는 긴장이 풀리며 현태 아빠는 차츰 정신을 잃어갔다.

"뿌려놨던 덫은 치우고 모내는 집에 가서 쉬어. 다행히 오늘밤에 비가 많이 내린다 했으니 피야 빗물로 말끔히 씻길 거야."

정미가 모내에게 내린 지시다.

유나는 차를 몰고 88도로를 달리기 시작했다.

"우린 어디로 가?"

아리는 유나가 봉고차를 몰고 떠나자 정미에게 물었다.

"우린 강화 제1대교 아래 바닷가로 간다."

"유나언니는 대명리로 가라고 했잖아?"

정미가 묘한 미소를 입가에 남겼다.

아리가 고개를 갸웃한다.

유나의 배신.

유나가 김포에서 대명리 쪽으로 차를 몰다가 잠시 차를 멈춘다.

"언니 미안해! 난 현태 아빠를 죽일 수 없어. 나도 몰라. 내 마음이 왜 그런지. 아마도 난 가족 없이 자라서 따뜻한 가족이 그리웠던 것 같아. 그리고 무엇보다도…… 현태가 좋아졌어……."

뭔가 결심한 듯 유나는 차를 몰고 통진 쪽으로 달렸다.

"정말 미안해 언니. 날 이해해줘. 나도 가족들과 어울려 살고 싶어."

유나가 눈에 눈물을 흘리며 머리를 도리질했다.

"살릴 거야, 반드시. 살려서……! 그래! 거기로 가자! 옛날 공사하다가 버린 큰 하수관이 거기 있었어. 강화대교 아래 바닷가 외진 곳. 거기라면 안전할 거야. 언니도 모르고 나 혼자 갔던 곳이니 날 찾지는 못할 거야."

엑셀을 밟는 유나의 발에 힘이 들어갔다.

후두둑…….

비가 떨어지기 시작했다.

정미는 아리와 함께 김포에 있는 대형 마트에 들러서 시장을 보고 있었다.
"뭘 사려고?"
아리가 물었다.
"부탄가스가 많이 필요할 거야. 그리고 배도 고프고."
"부탄가스?"
아리가 고개를 갸우뚱한다.
정미는 부탄가스를 한 박스를 샀다.
빵과 봉지 커피도 샀다.
조그만 냄비도 하나 사서 마트를 나섰다.
"어째서 유나언니를 오라고 한 곳이 아닌 다른 곳으로 가지?"
아리가 아리송한 모양이다.
"거기가 더 좋을 것 같아서."
정미는 더욱 아리송한 말만 한다.
"승용차 뒷좌석에 실린 저 박스는 뭐야?"
"아! 그것도 뭐에 쓰려고."
정미가 씁쓸한 표정으로 대답했다.
아리는 더 이상 묻지 않았다.

유나는 바닷가 큰 하수관 속에 현태 아빠를 옮기고 상처가 심한 것을 보
고 급히 약을 사러 다시 통진으로 차를 몰았다.
유나의 봉고차가 인근 대로변에 지나가는 것을 보고 아리가 말했다.
"큰언니 저거 유나언니 아니야?"
"그래 맞아!"
"유나언니가 왜 이곳에?"
"아마 현태를 사랑하게 됐나봐. 현태 아빠를 살리고 싶어진 모양이야."
"설마? 더럽게 어떻게 남자를……."

아리가 급격히 실망하는 태도다.

"넌 여기 논길에 차를 세워둘 테니 차문 꼭 잠그고 배고프면 빵 먹고 여기서 자고 있어. 누가 와서 빵빵거려도 절대 차를 빼주면 안 돼. 차를 빼주지 않으면 다른 곳으로 갈 거야. 여기만 막으면 언니에게 아무도 접근하지 못할 테니까. 네가 언니를 지켜줘! 알았지?"

"알았어!"

다행히 아리가 쉽게 대답했다. 아리가 쉽게 대답하는 데는 다 이유가 있었다. 나올 때 아내가 부탁한 것이다.

"절대 큰언니가 뭘 하라고 하면 그대로 따라줘. 마지막엔 큰언니 따라가지 말고. 놈은 큰언니 혼자 처리해야 하거든. 알았지?"

그 말을 생각하며 아리는 차 안에 남았다.

정미 혼자 부탄가스와 다른 박스를 들고 어두운 논길을 걸어가고 있었다.

"유나 네가 언젠가 저곳에 혼자 걸어와 뭔가 생각하는 것을 보고 어떤 곳인가 하고 내가 나중에 혼자 와 봤다. 놈을 처리하기엔 가장 적당한 장소였어. 넌 이곳을 반드시 생각하고 놈을 이리 데려올 줄 알았다."

정미가 깊은 생각에 잠기며 천천히 걸어 바닷가에 도착했다.

대형 하수관이 바닷가에 버려져 밀물과 썰물에 조개들만 잔뜩 달라붙어 있었다.

그 속에 꿈틀거리는 물체가 보였다.

유나가 옮긴 놈이란 것을 알고 정미는 잠시 망설이더니 굳은 결심을 한 듯 하수관 속으로 걸어 들어갔다.

"유나는 다시 돌아오지 못할 것이다. 왜냐하면 카멜이 잡으러 왔으니까."

정미가 차 뒷좌석에 실었던 박스에서 붕대를 꺼내 현태 아빠를 둘둘 말면서 혼자 중얼거렸다.

"이 붕대는 특수하게 만든 것이라 불에 아주 잘 타고 연기가 나지 않는 것이 특징이다. 또한 토치램프를 이용해 가스 불을 붙여야 타고 안 붙이면 바로 꺼지는 습성이 있지. 화력이 강해서 널 태워버리는 데 딱 맞거든."

정미가 중얼거리는 소리를 들었을까.

"넌 누구냐?"

놈이 물었다.

"17년 전, 두 살짜리 어린 아기를 안고 남해안 충무에 신혼여행을 간 부부를 두 살짜리 아기를 미끼로 그 엄마까지 태우고 무인도로 가서 강간하고 무참히 살해한 죄를 기억하느냐?"

"너…… 넌?"

"난 그때 너희들이 바위틈에 던져버린 두 살짜리 그 아기다. 기억나느냐?"

"으으…… 그래! 기억난다. 으으…… 죗값을 치러야지. 그래! 어서 시작해라. 어서…… 그리고 미안하다. 정말 너에겐 미안하다."

"한 가지만 묻겠다. 바로 대답하면 나도 그냥 널 죽일 것이고, 말을 안 하면 엄청난 고통이 뒤따를 것이다."

"으으…… 무슨 말을 물을 것인지 안다. 나와 그 당시 같이 범행했던 나머지 두 명의 행방이 알고 싶을 테지?"

"그렇다!"

"하나는 이미 6년 전에 죽었다. 또 다른 범행을 하고 술을 먹고 돌아오다가 실족해서 바다에 빠져 죽었다."

"나머지 하나는?"

"그자는 전임 외무부 장관이었던 방진복이다."

"방진복이라면?"

"악랄하기로 소문난 방대규의 동생이지. 지난번 대선에서 낙방하고 지금은 대통령 특별 보좌관으로 있다."

"알려줘서 고맙다. 약속대로 곱게 죽이마. 잘 가거라!"

정미가 말했다.

"미안하다. 정말 미안했다. 저승에 가서라도 네 부모님께 무릎 꿇고 사죄하마."

"흑흑…… 그러니까 왜 그런 짓을 했어요? 왜요?"

정미가 눈물을 뿌리며 손이 빠르게 움직였다.

면도칼이 놈의 목을 반쯤 자르고 지나갔다.

피가 꾸역꾸역 나온다.

허나 놈의 눈은 편안한 표정으로 정미를 잠시 응시하더니 천천히 감겼다.

"당신은 고통 없이 갔지만 이제부터 나는 당신 살을 한 점 한 점 태우며 고통에 몸부림 칠 거예요. 이제 당신도 한 줌 재가 돼서 그동안 지은 죄를 뉘우치고 저 멀리 바다 여행이나 가세요. 마침 오늘은 바람이 육지에서 바다로 강하게 불고 있으니 냄새도 재도 다 바다로 갈 겁니다. 잘 가세요."

정미가 도치램프에 불을 붙였다.

놈의 발부터 불을 붙이기 시작했다.

마치 화약에 불이 붙듯 강한 불빛을 내며 놈의 시신은 발부터 차츰차츰 타서 없어지기 시작했다.

오랜 시간이 걸렸다.

재가 날고 눈물이 흘러 정미의 얼굴은 검둥이가 됐다.

타고 남은 뼈는 돌로 탁탁 부셔서 바람에 날려버렸다.

횡……

이제 커다란 하수관 속에 남은 것이라곤 빈 부탄가스통 뿐이다.

박스고 뭐고 다 태워버린 정미는 빈 가스통을 가득 안고 비틀거리며 논길로 돌아왔다.

"큰언니! 세상에……! 이게 뭐야? 얼굴도 그렇고 꼴이 검둥이잖아. 갑자기 거지 중에 상거지가 됐네."

아리가 어른 정미 옷을 벗기고 다른 옷을 그 위에 걸치게 했다.

"내가 운전할게."

아리가 운전석에 앉아 차를 몰기 시작했다.

둘 다 아무런 말이 없었다.

유나는 약을 사러 통진에 갔다가 카멜에게 잡혀갔다.

카멜은 유나를 데리고 가서 오래전에 버려진 돼지우리 속에 처넣고 마치 초승달처럼 생긴 가위를 유나의 목에 걸었다.

조금만 힘을 주면 유나 목이 무처럼 잘라질 판국이다.

"내가 널 어떻게 키웠는데……. 네가 날 배신해? 추자도에 너도 갔다고? 내가 모를 줄 알았나?"

카멜이 하얗게 웃었다.

당연한 이야기다. 테러단을 이끌고 있는 자가 유나 정도가 속인다고 속겠는가.

유나도 그걸 알기에 이미 체념한 상태다.

"죽여요. 이젠 저도 넌덜머리가 나요. 제 언니와 동생을 죽이려는 것도 그렇고, 아빠가 가짜라는 사실도 그렇고. 무엇보다도…… 흑흑…… 언니를 배신한 것이 정말 참을 수 없어. 어서 죽여요."

유나가 악을 쓰며 말하고 두 눈을 감았다.

이미 삶을 포기한 것이다.

"미친…… 그래서 털 없는 짐승은 기르지 말라 했거늘……. 내가 널 기른 게 잘못이지."

카멜의 손에 천천히 힘이 들어갔다.

"윽!"

비명이 터졌다.

유나가 아닌 카멜이다.

손목에 통증을 느낀 카멜이 자신의 손목을 보고 소스라치게 놀랐다.

"요녀 침……!"

어디선가 날아와 자신의 손목에 꽂힌 요녀 침엔 쪽지가 하나 매달려 있었다.

침을 빼내고 얼른 쪽지를 펼쳐보는 카멜.

[그 아이를 보내줘라! 그럼 내가 너희와 원수가 되는 일은 없을 것이다.]

어찌 보면 협박인데, 어찌 보면 협상이기도 했다.

"요녀가 왜? 이 아일……!?"

카멜이 의아하게 생각하며 고개를 두리번거렸다.

"피식……"

카멜이 멋쩍게 웃었다. 자신이 찾는다고 눈에 띌 요녀가 아니기 때문이다.

"이제 너와 나의 인연은 끝이다. 가라! 살려주는 것은 이번이 마지막이다. 다음에 다시 만나면 반드시 죽인다."

카멜이 홱 돌아섰다.

유나가 비틀거리며 일어나 천천히 사라졌다.

카멜도 떠나고 그 장소에서 조금 떨어진 옥수수밭.

"크크…… 그 친구가 그거 하나면 해결된다 하더니 진짜네."

저격수 K가 땅바닥에 털썩 주저앉아 하얗게 웃고 있었다.

"이제 약속 하나는 지킨 것인가. 아니지……. 나도 살았으니 둘 다 지킨 것이지. 그럼 나도 그 친구를 살려줄 일이 있나 가봐야지."

저격수 K가 바람처럼 그 자리에서 사라졌다.

16.

유나는 카멜 손에서 벗어나자 곧바로 현태 아빠를 치료하기 위해 달려갔다.

"……!?"

하수관 속엔 아무것도 없었다. 방금 뭔가 태운 흔적만 남아 있었다.

"이건! 산소 소재로 만든 붕대를 이용해 시체를 태운 흔적이다. 언니가 어떻게 알았지?"

유나는 그것이 정미가 한 것이라는 걸 알았다.

"미안해! 언니. 내가 또 배신을 했어. 이게 아닌데…… 나 왜 이렇게 됐지? 왜 자꾸 나약해지는 거야. 나도 아직 아빠가 누군지…… 엄마 원수가 누군지 모르는데. 왜 자꾸 몸은 안식처를 찾는 거야. 나약하게 말이야."

유나가 바닷가로 걸어가서 쪼그리고 앉아 눈물을 흘리며 울고 있었다.

이미 한밤중인데. 멀리 지나가는 배 한 척에서 불빛이 바닷물에 흔들린다.

턱.

유나의 어깨에 손이 하나 올려졌다.

"……!?"

유나가 고개를 돌려 등에 손을 올린 사람을 쳐다본다.

정미다.

"울긴……! 밤도 늦었는데 집에 가자!"

"언니!"

유나가 얼른 일어나 정미의 가슴에 얼굴을 묻고 울음을 터뜨렸다.

"됐다! 그만 됐어! 너 답지 않게……. 그만 가자!"

정미가 유나의 어깨를 두 팔로 감싸주며 유나를 달랬다.

한참을 그렇게 울기만 하던 유나.

조금은 진정된 듯 정미를 따라 밤길을 걷고 있었다.

"언니!"

"왜? 내가 어떻게 이곳을 알았느냐 묻고 싶은 게지?"

"응! 내가 언니를 배신할 것도 미리 알고. 언니는 역시 나보다 한 수 위야."

"그건 네가 가르쳐줬잖아!"

"응? 내가 언제?"

"현태네 집에 정보부 요원들이 잠복 근무 중인데 현태 아빠가 올까? 네가 나한테 그렇게 물었잖아. 그게 뭘 의미하겠어. 넌 이미 현태와 사랑에 빠졌고. 해서 인지 능력까지 상실했으며 현태 아빠를 죽게 놔둘 네가 아니라는 것쯤은 누구든 알 수 있잖아. 네가 배운 이집트 주술신의 능력. 그것에 단점이 있어."

"엉? 단점이라니?"

"너처럼 남자와 사랑하게 되는 순간 그 능력을 상실하게 되지. 넌 이미 그 신의 능력을 반 이상 상실했다고 봐야 해. 네가 생각해도 그렇지? 카멜 손에 잡히는 것도 그렇고. 여기로 현태 아빠를 데려오는 것도 그렇고. 우리의 철칙도 무시하는 것도 그렇잖아."

"철칙을 무시했다고? 내가?"

"거 봐! 네가 한 짓도 모르잖아. 일을 처리한 현장엔 다시 오지 않는다. 그게 철칙이야. 헌데 너 때문에 나도 다시 왔잖아. 이곳에. 너도 예전 같으면 이미 내가 일을 처리했을 것이라는 것쯤은 인지했을 텐데……. 그냥 여기로 왔잖아?"

"아! 그래! 언니 말이 맞아! 내가 왜 이러지……!"

"범인들이 자기가 범행한 현장에 다시 오니까 잘 잡히는 거야. 발자국을 남기거든. 너도 지금 지문이나 눈물, 머리카락 등이 현장에 남았을 거야. 난 다 태우고 재만 남겼는데……. 네가 무심코 이곳에 와서 남긴 그 증거물은 널 찾게 될 거야. 그냥 지나치는 생각에…… 설마 남긴 것이 있으려고! 하는 생각. 그게 가장 어리석은 행동이지. 그걸 지금 너와 내가 하고 있잖아. 어서 가자!"

"그럼 어떡해? 얼른 다 없애고 가자!"

"어떡해? 이 어두운 밤에? 불을 켜고 돌아다니면서. 나 여기서 이상한 짓 합니다 하며 광고하자고? 어차피 지문이란 것은 네가 내년쯤 성인이 돼야 나타날 거야. 그전에 우린 한국을 떠날 것이고. 머리카락이 문제는 문젠데……. 경찰 수사가 두려운 것은 아니고 사냥개들이 냄새를 맡을 것이니 그게 문제다."

"사냥개들이라니?"

"요녀란 경찰이나 국가 정보원들만 쫓는다고 생각하면 오산이지. 바로 우리의 적. 테러단 또는 살수단들, 해결사들. 줄줄이 요녀를 잡으려고 혈안이 돼 있어. 엄청난 현상금이 걸려있으니까. 떨어뜨린 작은 증거 하나가 바로 덜미를 잡히게 만들지. 우리만 항상 최고라는 자만은 금물이야. 방금 카멜에게서 널 구한 그 친구도 무시하지 못할 친구거든."

"아! 알았어. 언니."

유나와 정미는 승용차를 타고 천천히 도로로 진입하고 있었다.

"……!?"

갑자기 정미 눈이 이채를 띤다.

"왜 그래 언니?"

"방금 누군가 우리가 나온 저 논두렁길로 들어가는 것 같았는데……. 잘못 봤나."

정미가 고개를 갸우뚱한다.

"누가? 난 못 봤는데……!"

"움직임이 그 친구 같아서 말이야. 흐흐……."

"그 친구라면?"

"방금 카멜 손에서 널 구해준 그 친구."

"아! 자린."

"그래! 그 친구 이름이 자린이지. 저격수 K. 흐흐……."

"언니하고 자린하고 그렇게 가까운 사이인 줄 몰랐네."

"아마 건수 찾으러 갔을 거야. 네가 떨어뜨린 증거물 걱정은 안 해도 되겠다. 그 친구가 그걸 찾으러 간 모양이니."

"찾아서 뭘 하려고?"

"뭘 하긴 없애주려고 그렇지."

"왜? 자린이 왜?"

"흐흐…… 나에게 멍에를 씌우겠다 그 말이지. 날 위한 복수를 할 생각이야."

"복수? 도대체 무슨 말인지……."

유나가 고개를 갸우뚱한다.

박윤경.

"이것들이 날 호구로 봤다 이거지. 지현이 전화번호를 나에게 가르쳐주고 날 이용했다는 건데……. 내가 이대로 당할 줄 알았어."

예원예고 톱 모델 출신으로 남학생들에게 인기를 독차지하던 그녀였지만, 어느 날 갑자기 나타난 정미, 유나, 아리 때문에 남학생들에게 외면당했던 박윤경이 이를 갈고 있었다.

"내가 반드시 그 대가를 치르게 하겠어. 유나 네가 현태와 그렇고 그런 사이라고? 어디 두고 보자."

박윤경이 독기를 품고 안현태에게 전화를 걸었다.

"현태니? 나 박윤경이라고 하는데……."

"아! 기억나. 무슨 일이야?"

현태 역시 정미, 유나, 아리가 나타나기 전까진 윤경을 마음에 두고 있었으니 모를 리 없었다.

"한 번 만나자! 네게 좋은 것 하나 줄게."

박윤경은 회심의 미소를 지었다.

연예계 생활을 하면서 얻은 것이 하나 있다.

오늘 그것을 현태에게 줄 생각이다.

학교 수업이 끝나고 가까운 분식집으로 갔다.

현태가 미리 와서 기다리고 있었다.

"어! 윤경아! 여기."

현태가 앉았던 자리에서 일어나며 윤경을 반겼다.

"미리 와 있었네?"

"당근이지. 남자가 그 정도는 돼야……."

"그래! 역시 현태는 예의를 알아."

윤경이 현태를 치켜세워주며 앞 의자에 앉았다.

"헌데…… 무슨 일이야?"

"급하긴. 뭐 먹을래? 여기 라면 끝내주는데."

"웅! 그래 그걸로 해."

"아줌마! 여기 수제라면 두 개요."

윤경이 수제라면을 시켰다.

손으로 직접 만드는 라면이다.

"그래! 이제 본론으로 들어가자."

현태가 말했다.

"네가 유나를 좋아한다고 했잖아. 그래서 내가 좋은 것 하나 주려고."

"뭔데?"

"이거."

윤경이 주머니에서 종이로 곱게 싼 조그만 물건 하나를 현태에게 줬다.

"이게 뭔데?"

"웅! 우리 연예인들 중에 이걸 쓰는 사람이 있는데…… 유나가 마시는 차나 음료수에 이걸 타서 먹이면 널 무척 좋아할 거야. 이게 사람 마음을 사로잡는 마술 같은 약이거든."

"정말? 그런 약이 있었어?"

"그럼! 얼마나 어렵게 구한 건데."

"헌데 이걸 왜 나한테 주는데?"

"먼젓번에 유나를 만났는데…… 이런 말을 하더라고. 널 좋아하긴 하는데…… 용기도 안 나고 자꾸 도망치고 싶어진다고……. 아마 유나가 숫기가 없어서 그런 것 같아. 허니 네가 이 약을 먹이면 유나는 널 아주 많이 좋아할 거야."

"정말이지? 이거 다른 의도가 있는 약은 아니지?"

"얘가! 날 어떻게 보고."

"아! 알았어! 아무튼 고마워."

"그거 유효기간이 있어서 빨리 사용해야 할 거야."

"알았어!"

현태는 얼른 그 약을 주머니에 넣었다.

현태 입이 헤벌쭉 벌어졌다.

그런 현태 모습을 보는 윤경은 회심의 미소를 머금고 있었다.

"그 약 흥분제다. 이 바보야. 흐흐……"

윤경은 속으로 그렇게 비웃고 있었다.

유나.

학교 수업이 끝나고 집으로 돌아가는 중이었다.

"헤……"

현태가 실없이 웃으며 앞에 나타났다.

"안녕!"

유나가 반갑게 인사했다.

"우리 집에 잠깐 들렀다가 가면 안 돼?"

현태가 용기를 내어 말했다.

현태 아버지 일도 있고 해서 미안한 마음에 유나는 거절을 못하고 현태를
따라갔다.

정미.
아리와 함께 마트에 들러서 시장을 보는 정미.
자꾸 마음 한 구석이 답답해지는 걸 느끼는 정미.
"왜? 내 가슴이 답답해지지. 왜지?"
정미가 뭔가 불안한 마음에 시장 보는 것을 서두르고 있었다.
"아리야 얼른 장보고 집에 가자."
"알았어! 큰언니."
정미는 서둘러 시장을 보고 있었다.
사람들이 많이 붐비는 마트에서 누군가 옆구리를 툭 친다.
저격수 K 자린이다.
"이 친구 시장이나 보고 무척 한가롭네."
자린이 먼저 말을 걸었다.
"어허! 겁도 없이 벌건 대낮에 날 만나면 친구들이 널 죽이려고 덤빌 텐데?"
"내가 누구처럼 질질 흘리고 다니는 줄 알았어?"
"역시 너였어. 잘못 봤나 했더니."
"이제 내 부탁 하나를 들어줄 일만 남은 것 알지?"
"그 정도였나?"
"당근이지. 발자국이 보따리로 나오던데. 그런 치명적인 실수를 하다니 너
답지 않아."
"흐흐…… 네가 치워줄 줄 알았지."
"그럼 내가 부탁할 내용도 미리 알고 있겠군!"
"그럼! 그럼!"
정미가 씁쓸한 미소를 짓는다.
"오! 나를 그렇게 생각하는 줄 몰랐네. 다시 보세."
갑자기 얼굴이 붉게 물들어 도망치듯 사라지는 자린.

"누구야?"

"응! 언니 친구야."

정미는 사라지는 자린을 보며 묘한 미소로 여운을 남겼다.

유나는 현태네 집에 도착했다.

"어서 와요!"

현태 엄마가 반갑게 맞아준다.

"안녕하세요?"

유나가 공손히 인사하고 집으로 들어갔다.

현태 엄마는 막 집을 나가려는 차림이다.

"어디 가려고?"

현태가 물었다.

"동창들 모임이 있어서 좀 늦을 테니 유나 맛있는 것 사 주거라."

현태 엄마가 돈을 현태 손에 쥐어준다.

"유나도 잘 놀다가 우리 현태한테 맛있는 것 사달라고 해서 먹고 가요."

"네! 안녕히 다녀오세요."

유나가 인사를 했다.

현태 엄마는 집 밖으로 나갔다.

유나는 소파에 앉아 있고, 현태는 냉장고에서 시원한 오렌지주스를 컵에 따라 박윤경이 준 약을 타서 유나에게 건넸다.

갈증이 났던지 유나는 단번에 들이켠다.

현태는 다시 냉장고 쪽으로 가서 물을 꺼내 병째로 벌컥벌컥 마셨다.

유나에게 약을 먹이며 긴장한 탓이리라.

정미는 아리와 함께 아파트로 돌아왔다.

"……!?"

"언니! 유나언니!"

정미는 아리와 함께 유나를 찾아봤지만 유나는 안 보인다.

"이게 어디로 갔지!"

"어디 놀러 간 모양이다."

아리는 유나가 어디 혼자 놀러 갔다고 생각하는 모양이다.

"우선 저녁 준비나 하자. 아리 넌 쪽파를 좀 다듬어줘. 오늘은 우리 쪽파로 파전이나 부쳐 먹자."

"알았어! 큰언니."

아리는 마트에서 사온 쪽파를 식탁 위에 올려놓고 다듬기 시작했다.

정미는 부침가루를 반죽하고 달걀을 깨서 그릇에 담았다.

"파전엔 해물이 들어가야 제 맛이지."

"그래서 오징어랑 굴을 사가지고 온 거야?"

"그래! 굴을 넣으면 상큼한 맛이 나거든. 큰언니가 맛있게 만들어줄 게 먹어 봐."

"웅! 작은언니도 얼른 와서 같이 먹어야 할 텐데."

아리도 뭔가 불안함을 느낀 것일까. 표정이 그리 밝지 않다.

정미 역시 뭔가 자꾸만 가슴이 답답해짐을 느끼고 창문 밖으로 아파트 정문 쪽을 살펴본다.

현태네 집.

어른들이 없는 공간에서 유나와 현태는 사고를 치고 있었다.

붉게 달아오른 유나의 얼굴이 오히려 현태 가슴에 불을 붙이고.

서로 부둥켜안고 키스를 시작하는 유나와 현태.

이미 이성을 잃은 지 오래다.

하나 둘……

서로 옷을 벗기고 육체를 탐하기 시작했다.

이미 이성을 잃은 유나와 현태는 그렇게 넘지 말아야 할 선을 넘고 있었다.

"호호…… 저것들 잘 논다. 이제 너희들 얼굴 학교에서 안 봤으면 좋겠다."

박윤경은 현태와 유나가 뒤엉켜 사고를 치는 장면을 창 너머에서 사진을 찍고 통쾌하게 웃으며 사라졌다.

아리는 자꾸 거실을 왔다 갔다 하며 유나를 기다린다.

"그렇게 기다리지 말고 전화를 해봐!"

정미가 보다 못해 한마디 한다.

"작은언니 핸드폰은 오늘 학교에서 내가 썼단 말이야. 내 핸드폰이 배터리가 나가서……."

"뭐?"

아리 말을 듣던 정미는 더욱 뭔가 불길한 느낌이 온몸을 엄습해온다.

"잠깐 기다려……!"

정미가 두 손가락으로 머리 양쪽을 누르며 유나의 등 너머로 배운 이집트 주술 능력을 시험하고 있었다.

"헉!"

정미가 깜짝 놀란다.

"큰언니 왜 그래?"

"유나가 가면 안 될 길을 가고 말았다."

"그게 무슨 말이야? 큰언니! 응?"

"현태와 사랑에 빠져서……. 좀 기다리면 곧 오겠지."

정미가 안타까운 표정으로 말했다.

"오고 있어?"

"그래! 오고 있다. 한 10분 기다리면 도착할 거야."

"현태랑 사랑에 빠졌다니? 그게 무슨 뜻인데? 혹시……! 또? 현태랑 스킨십을? 윽! 더럽게 시리 퉤!"

아리가 호들갑을 떤다.

그리고 유나는 정미의 예지 능력대로 10분 후 아파트에 도착했다.

엉거주춤 들어오는 유나를 본 아리는 침을 탁하고 거실에 뱉더니 자기 방으로 들어가서 꼼짝도 안한다.

정미는 유나를 데리고 아파트 베란다로 나갔다.

"어째서?"

"미안해! 언니! 내가 너무 실망을 주지?"

"너 정도면…… 약을 탄 음료수 정도는 알 수 있는데. 왜?"

"미안해! 언니! 나 정말 현태를 좋아해. 그래서 그냥 마셨어."

"너……! 정말. 언니와 아리를 버릴 셈이냐?"

"정말 미안해! 그리고 날 용서해줘."

"용서라! 어떻게?"

정미가 무척 화가 난 표정으로 물었다.

갑자기 유나가 바닥에 무릎을 꿇고 앉았다.

"죽을죄를 졌습니다. 단주님이 내리시는 벌은 뭐든 달게 받겠습니다."

"허! 언제부터 알고 있었지? 그리고 넌 아직 날 단주님이라 부를 자격이 없다. 정식으로 입단시키지도 않았으니까."

"알고 있습니다. 허나…… 훈련생 과정을 마친 사람은 단주님 명을 받들어야 한다는 철칙 정도는 알고 있습니다. 9위 단계를 통과해야 정식 입단이 되는 것도 알고요."

"그래! 유나가 내 동생으로 있으면서…… 그 이집트 주술 능력을 쓸데없는 데 사용을 한 모양이군. 넘지 말아야 할 선을 두 개나 넘었어."

"죽여주십시오!"

유나가 머리를 땅바닥에 대고 엎드리며 말했다.

"당연히 그래야지. 내 동생이라 해도 예외는 없다. 감히 알아선 안 될 것을 알려고 주술을 이용한 점. 또한 애정에 이끌려 동료를 팔아넘긴 죄."

"네? 동료를 팔아넘기다니요? 그건 좀……?"

"아직도 모르겠나? 네가 현태와 저지른 일 때문에 나도 아리도 다시는 예원예고에 다닐 수 없다는 것을? 또한 지금까지 우리를 우상처럼 따르던 네티즌들까지 등을 돌린다는 것을? 설마 모르진 않았겠지?"

"설마……! 그렇게까지?"

"네가 현태와 넘지 말아야 할 선을 넘고. 그때라도 이곳으로 먼저 오지 말고 바로 박윤경부터 처리했어야 했어."

"그렇다면?"

유나가 벌떡 일어섰다.

"이미 늦었어. 일찍 알았다면 내가 손을 썼을 텐데……. 늦었어. 벌써 인터 넷에 쫙 퍼졌을 거야. 아마 내일은 학교에서 너부터 퇴학시킬 것이고, 우린 덤 으로 학생들에게 손가락질을 받을 거야. 인기가 많은 사람은 시기도 그만큼 많이 받거든. 나와 아리는 그 시기라는 폭탄을 받고 매장될 거야. 현태는 어 떻고? 그 녀석도 퇴학당하겠지. 잠깐 어리석은 행동이 어떤 결과를 가지고 올 지 생각도 못했니?"

"죽을죄를 졌습니다."

유나가 다시 털썩 무릎을 꿇었다.

"아마 아리 저 녀석은 다시는 네 곁에 오지 않을 거야. 한심한……. 이제 네 이집트 주술능력은 모두 사라졌어. 왜냐하면 주술신은 동녀의 몸을 요구하 거든. 처녀가 아니면 갖고 있던 능력도 사라지는 거야. 안타깝지만…… 모든 동료들을 위해 널 그냥 용서할 수 없구나. 오랜 기간 같이 살아온 언니로서 마지막 인정을 베풀겠다. 너에게 스스로 목숨을 끊을 기회를 주겠다. 단! 네 흔적은 하나도 남기지 마라. 무슨 뜻인지 알겠지?"

"네! 알겠습니다."

유나가 엎드려 머리를 바닥에 부딪치며 대답했다.

정미가 몸을 홱 돌렸다.

거실로 들어가려는 것이다.

"어…… 언니!"

유나가 부르는 소리에 정미가 발걸음을 멈췄다.

"마지막으로 언니라 한 번 부를게. 그동안 함께 있어서 행복했어. 자꾸 언 니를 배신하는 행동을 했지만 정말 카멜 명령을 따른 것은 아니야. 난 언니 를 정말 좋아했어. 흑흑…… 언니가 단장님이란 것도 벌써 알았고, 언니가 세 상에서 최고로 강하다는 것도 알았기 때문에 내가 어떤 공격을 해도 언니를 상하게 할 수 없다는 것쯤은 알기에 언니를 공격할 수 있었어. 어차피 내 실 력으로 언니 옷깃 하나도 못 건드린다는 것을 알기에. 흑흑…… 언니! 정말 그동안 행복했어. 고마워. 아리에게도 잘 말해줘. 그 녀석 많이 슬퍼할 거야.

다음 생엔 정말 언니 친동생으로 태어나고 싶어. 같게."

유나가 일어나 거실을 거처 현관 밖으로 사라졌다.

유나가 사라진 후 한참이 지나도록 정미는 그 자리에서 꼼짝도 하지 않았다.

정미의 예상대로 이미 인터넷에 유나와 현태가 벌거벗고 성관계를 갖는 동영상이 짝 깔려 있었다.

유나는 정미에게 마지막 인사를 하고 바로 철물점으로 향했다.

철물점에 들른 유나는 굵은 쇠사슬을 30킬로그램 정도 샀다.

무겁지만 겨우 들고 택시를 타는 유나.

2시간이 지나 유나는 아산만 바닷가 높은 다리 위에 섰다.

이미 어두워진 밤.

오가는 차량도 없는 한적한 시골 다리 위.

유나는 사가지고 온 쇠사슬을 천천히 자신의 몸에 감는다.

"이 무게면 내 몸이 다시는 떠오르지 못할 거야. 언니! 잘 있어. 아리도 안녕. 현태야! 너도 안녕…… 엄마! 이 못난 딸 이제 엄마한테 갈게."

유나의 눈에 눈물이 줄줄 흘렀다.

몸에 쇠사슬을 다 감은 유나는 발목을 움직여 다리 난간에 섰다.

다시 쇠사슬이 풀어지지 않게 단단히 묶는 유나.

"언니……! 그리고 아리야! 사랑했어. 정말 사랑했어."

유나가 눈물을 흘리며 몸을 바다로 던졌다.

풍덩 소리가 들리고 바다는 곧 잠잠해졌다.

아리는 울다 지쳐서 잠이 들고, 정미는 홀로 거실에 앉아 울고 있었다.

모내가 그런 정미를 슬픈 표정으로 바라보다가 슬그머니 곁에 와서 앉는다.

"안아드릴까요?"

모내가 두 팔을 벌렸다.

"흑……"

정미가 모내 품에 얼굴을 묻고 심하게 몸을 떤다.

"잘하신 거예요. 정말 잘하신 거예요. 그러니 울지 마세요. 유나도 단주님의 깊은 뜻을 알고 기쁘게 갈 거예요."

모내가 정미 등을 손바닥으로 쓰다듬으며 말했다.

"현태는……?"

"네! 걱정 마세요. 잘 처리했어요."

"엄마! 나 정말 잘한 것일까?"

"그럼요. 잘하셨어요."

"흑흑…… 나중에 유나 보고 싶으면 어떡하지? 아리가 보고 싶다고 떼쓰며 울면 어쩌고?"

"참으세요. 우리 단주님. 씩씩하잖아요. 아리도 차츰 잊어갈 거예요. 세상사 다 그런 거잖아요. 세월이 말해줄 거예요."

"흑흑……! 이럴 땐 정말 내가 싫어. 난 왜 이런 삶을 살아야 할까? 남처럼 엄마 아빠 품에 안겨 애교부리며 사랑받고 좋은 옷에 맛있는 음식에 풍족한 삶을 살 수는 없을까? 왜 난 늘 손에 피를 묻히고 살아가야 하는 것일까?"

"아뇨. 단주님도 이제 그렇게 살 수 있어요. 남은 원수 갚고 지시만 내리며 나머지 단원들이 처리하게 하고 저랑 아내랑 같이 셋이 그렇게 살아요."

"그게 될까? 자꾸 부딪히게 될 텐데? 내가 안 하려 해도 날 가만히 내버려둘까?"

"단주님 능력이면 충분해요. 저도 열심히 도울게요."

"약속했어? 엄마."

"네! 약속했어요. 그러니 그만 뚝 하세요."

정미 등을 손바닥으로 쓰다듬는 모내의 눈에 눈물이 가득했다.

17.

박윤경은 인터넷에 동영상을 유포시킨 즐거움에 콧노래가 절로 나왔다.

오늘 그 눈엣가시 같던 유나는 퇴학 처리되고, 아리와 정미는 네티즌들의 비난을 받았다.

현태와 유나는 사람들 눈에 띄지도 않았다. 모든 것이 다 자신이 만든 걸 작이라고 승리의 기쁨에 가득 차 있었다.

학교에서 집으로 돌아가는 박윤경 앞에 청년 하나가 나타났다.

"……!?"

뭔가 자신에게 할 말이 있어 보이는 청년.

절대 호의적이지 않아 보였다.

윤경의 뇌리에 불현듯 스치는 단 하나. 악녀. 그 무서운 아리의 복수.

슬슬 뒷걸음치던 윤경은 죽을힘을 다해 도망치기 시작했다.

"……!?"

골목으로 들어섰는데…… 저 앞에서 또 한 명의 청년이 걸어오는 것이 보였다.

다시 떠오르는 공포.

악녀 앞에선 도망치지 마라! 도망갈 곳을 미리 지킨다. 어디든 도주할 곳도 없다.

"으으…… 네티즌이라면 다 아는 사실을 이제야 기억하다니."

윤경은 도주를 포기했다.

"잠깐 할 이야기가 있으니 따라오시오. 해코지는 하지 않을 테니 염려 마시고."

청년의 말에 조금은 안심이 된 윤경은 고개를 끄덕거리며 청년을 천천히 따라갔다.

"윤경 씨가 현태에게 건네준 약이 뭔지 아시죠? 향정신성의약품관리법위반.

그건 교도소에 갈 범죄입니다."

걸어가며 청년이 말했다.

"증거 있어요? 경찰이에요?"

윤경이 물었다.

"분식집에 감시 카메라가 있는 것은 못 보셨군요. 또한 현태 학생이 쓰다 남은 약봉지를 증거로 제출했습니다."

"그…… 그럼! 어떡해요?"

"한 가지! 지금 바로 인터넷에 올린 동영상이 비슷한 사람의 영상을 잘못 올렸다고 정정해서 올리세요. 어차피 윤경 씨 목표는 달성했잖아요? 현태도 사라지고 유나도 퇴학 맞고. 아라나 정미에게까지 타격을 줬으니 그 정도면 되지 않겠어요? 더 버티다가 혹시나 아리가 복수라도 한다면? 동영상 화질도 그리 좋지 않고 정정하면 현재 불을 다 끄지는 못하지만 조금은 끄지 않겠어요."

"그 애들이 먼저 절 가지고 놀았단 말이에요."

"잘못 아신 겁니다. 윤경 씨가 받은 쪽지는 그들이 보낸 것도 아니지 않습니까? 괜히 인기가 밀리자 시기심이 생긴 겁니다. 정말 악녀라 하는 아리의 복수를 받을 자신 있어요? 또한 일을 그렇게 처리해준다면 윤경 양을 우리 핸드폰 광고 모델로 전속계약을 하겠다고 하셨습니다. 회장님께서."

"회장님이시라면?"

"H통신입니다. 계약조건은 1년에 약 10억 정도로 생각하신다고 곧 초청하실 것이니 그렇게 처리하시라고 부탁한다 하셨습니다. 만약 거절하시면 아리에게 윤경 양이 모든 일을 저질렀다고 알려준다 하셨습니다."

그 말은 무서운 협박이었다.

윤경은 생각이고 뭐고 얼른 그렇게 하겠다는 약속을 했다.

윤경이 약속을 지키겠다고 PC방에 들어가는 것을 본 청년들은 사라졌다.

윤경은 두려움에 얼른 정정된 글을 인터넷에 올리고 말았다.

후두둑……

굵은 소나기가 아침부터 내리더니 금방 화창한 날씨로 바뀌고 있었다.

유나는 자살하고 현태는 사라졌다.

인터넷에 동영상이 뜨거운 이슈로 등장한 지도 어언 10여 일이 지났다.

미국 대통령 방한 문제로 모든 매스컴이 시끄러운 가운데 동영상 문제는 슬그머니 사라지기 시작했다.

정미는 한강 둔치에 있는 의자에 앉아서 한강물 위로 지나다니는 유람선만 바라보고 있었다.

저쪽 멀리 떨어진 또 다른 의자에는 모내와 아리가 정미를 바라보며 안쓰러운 표정을 짓고 있었다.

"저러고 있은 지 벌써 열흘째야. 저러다 큰언니 잘못되는 것 아닐까?"

아리가 걱정스러운 표정으로 먼저 물었다.

"아니! 큰언니는 누구보다 강한 사람이야. 절대 저 정도로 포기하진 않아. 지금 고민하는 건……. 아마 다른 데 있을 듯."

"다른 데라니? 뭐 짚이는 것이라도 있어?"

"글쎄……! 아마도 아리 때문 아닐까?"

"나? 나를 왜? 혹시 큰언니가 내 곁을 떠날 생각을 하는 거야?"

"아니! 그 반대야."

"반대라면? 내가 큰언니를 버린다, 그런 이야기야? 모내 너? 진짜 말 함부로 한다. 또 그런 말하면 미워할 거야."

"그런 말이 아닌데……."

"그럼 뭐야?"

"아리를 큰언니 품에 묻을까 고민 중일 거야."

"그게 무슨 말이야? 알아듣기 쉽게 말해."

"큰언니가 오늘은 말하지 않을까? 한번 기다려보자."

모내가 입가에 미소를 지었다.

"……!?"

모내 눈이 반짝 기쁜 빛을 발했다.

정미가 일어나는 모습이 보였던 것이다.

모내하고 아리가 벌떡 일어나서 쪼르르 달려갔다.

"큰언니!"

아리가 얼른 정미 품에 안긴다.

"따라와라!"

정미가 아리 등을 손으로 감싸며 말했다.

아리는 순간 싸늘하게 몸이 식고 있었다.

평소 정미의 말투가 아니었기 때문이다.

너무도 냉정하고 차갑기 그지없는 말투였기 때문이다.

"큰언니가 날……."

정미가 저만큼 앞에서 걸어가자 아리는 모내를 바라보며 눈물이 글썽거린다.

모내가 아리를 보며 고개를 설레설레 흔든다.

지금 아리가 생각하고 있는 것이 아니라는 뜻인데.

"날……! 버리려는 것이 아니야?"

아리가 확인하듯 모내에게 물었다.

"웅! 아니야."

"그럼?"

"아마 나에게 반말하지 말라고 할 모양이야."

"뭐? 그게 뭔데?"

"호호…… 우선 따라가 보자."

모내가 앞장서서 정미를 따라가고 아리가 그 뒤를 따라가고 있었다.

한강 둔치 조용한 곳에 도착한 정미가 걸음을 멈췄다.

모내와 아리가 뒤이어 도착했다.

"아리! 여기 무릎 꿇고 앉아라!"

정미가 아리에게 땅바닥을 가리키며 말했다.

아리는 의아한 표정을 지었으나 곧 정미 말을 들었다.

"지금부터 아리를 8단계로 승급시키고 단원으로 가입시키는 동시에 모내 제자로 명한다."

정미 말에 아리는 너무도 황당하다는 표정으로 정미와 아리를 번갈아봤다.

"명을 받겠습니다."

모내가 얼른 바닥에 무릎을 꿇었다.

"보는 눈이 있으니 이제 일어나라!"

정미 말에 아리와 모내가 얼른 일어섰다.

"이제부터 내 말을 잘 들어라!"

정미가 아리와 모내를 보며 말했다.

"아리는 이제부터 모내를 스승으로 모시고 열심히 배우도록! 모내는 아리를 잘 보살펴주고. 딸처럼 제자처럼. 알았어요?"

"네! 알겠습니다."

"큰언니! 모내를 스승으로 모시라니 무슨 말이야?"

"이제부터 공식적인 자리에선 단주님이라 불러라!"

"다…… 단주님? 아! 알았어! 나도 그 정도는 눈치 챘다 뭐. 헌데 모내는?"

아리는 정미의 정체를 어렴풋이 알고 있었던 모양이다.

"모내는 큰언니 엄마야. 앞으로 네 스승님이기도 하고. 그동안 말 못해서 미안."

"아! 그것도 조금은 알고 있었어. 큰언니랑 모내가 울고불고 할 때 내가 그냥 자는 척했던 거야. 뭐 다 아는 것은 아니고 큰언니랑 모내가 사실을 말하길 그냥 기다렸어. 하지만 모내는 약하고 힘도 없고 무슨 훈련을 받은 것도 아닌 것 같은데……! 스승님이라니?"

아리는 도무지 이해가 안 된다는 표정이다.

"너도 대강은 알 거야. 우리의 명령을 내릴 수 있는 순위라 하는 것을……. 1, 2, 3, 4, 5위 이렇게."

"알아! 8위부터는 2, 3, 4, 5위를 공격해서 죽일 수도 있다고 뭐 그랬던 것 같은데?"

"그래! 그러나 제자는 스승을 공격할 수 없다. 그건 부모님을 죽이려 하는 행위기에 절대 금지되어 있다. 네 스승 모내는 바로 그 순위 3에 해당한다. 강함을 넘어 부드러움도 넘어 모든 것을 감출 수 있는 경지에 도달해서 그렇게 보일 뿐. 아리 네가 100명이 있어도 모내 상대는 안 된다."

"헉! 그…… 그 말 정말이야?"

아리가 정미와 모내를 번갈아보며 물었다.

"그래!"

정미가 대답했다.

모내는 그냥 빙긋 웃기만 했다.

"아리가 스승님을 뵙니다!"

아리가 얼른 무릎을 꿇고 모내에게 예를 표했다.

"일어나! 난 사실 나이가 우리 단주님보다 다섯 살이 많아. 아리보단 일곱 살 많지. 아내랑 내가 단주님 여덟 살 때부터 3년간 셋이서만 살았어. 그때부터 단주님은 나와 아내에게 아빠 엄마라고 불렀어. 우린 싫다고 했고. 그러니 이제부터 아리도 내 동생처럼 그렇게 지내자."

"알았어요. 아리 명을 받습니다."

아리가 얼른 고개를 숙이며 대답했다.

"그냥 언니라 불러. 공식적인 자리 아니면."

모내가 말했다.

"그래도…… 큰언니가 엄마라 부르는데. 제가 어떻게?"

"날 엄마라 부르는 건 단주님 하나로 족해. 아직 시집도 안 갔는데……."

"알았어! 언니!"

"이제 단주님 고민이 해결됐나요?"

모내가 정미에게 물었다.

"아직 아니야. 이번 작전에 모내를 아리와 함께 제외하려고 하는데……."

"네? 뭐라고요? 그건 안 됩니다. 제가 아니면 요녀 역할은 누가?"

"생각해둔 사람이 있어."

"생각이라니요? 잘못하면 허상 속에 인물이 드러날 수도 있는데. 절대 안 됩니다."

"드러나게 하려고. 아니! 요녀를 죽이려고. 더 이상 허상은 필요 없어. 마지막 가는 그에게 큰 선물 하나 주려고. 강영진 그자의 아내와 자식들이 불쌍하거든."

"불쌍하다니요?"

"유나 말로는 강영진은 운명이 다 돼 죽지만, 그의 아내는 명은 긴데…… 병에 걸려서 앞으로도 13년이나 매일 병원 신세를 지다가 죽는다 했어. 그의 아들이 하나 있는데, 이제 여덟 살이야. 그때 엄마와 아빠에게 맡겨지던 내 나이와 같지?"

"그래서 요녀를 강영진 손에 죽게 한다. 그 말씀이세요?"

"네! 그래요. 그럼 국가에서 엄청난 상금이라도 줄 테니 부인과 아들은 잘 살 수 있지 않겠어요?"

"왜? 갑자기 강영진 그자를?"

"유나 부탁이거든요. 그 정도는 들어줘야죠."

"작은언니 부탁이라니? 언제? 작은언니 만났어?"

아리가 반색하고 물었다.

10여 일 유나를 못 본 아리로서는 유나 이야기가 무엇보다 반가웠다.

"유나가 그런 부탁을? 그걸 왜 들어주기로 하셨어요?"

"유나에게 나도 부탁했잖아. 그 대가야."

"작은언니 어디 있냐니깐?"

아리가 자기 말엔 대답이 없자 꽥 소리를 질렀다.

"오늘 당장 모내는 아리를 데리고 그곳에 가서 당분간 수련이나 열심히 하고 있도록."

"모내가 단주님 명을 받습니다."

"아……! 진짜! 작은언니 어디 있냐고?"

모내가 짜증내는 아리를 데리고 빠르게 사라졌다.

정미 혼자 한강을 우두커니 바라보고 서 있었다.

아리와 모내가 사라지고 보이지 않을 때 청년 하나가 다가왔다.

"단주님 부름을 받고 왔습니다."

"그래! 그 아이는?"

"일단 믿게 만들어놨습니다."

"언제 파리에서 한국에 왔다고?"

"작년 8월이니 이제 10개월 정도 됐습니다."

"빠르군! 그 짧은 기간에 톱 모델이라. 한국에 연고도 별로 없다면서?"

"네! 없습니다. J라는 회사 사장과 인연이 돼서 고속으로 큰 모양입니다."

"철저히 준비하도록!"

"네! 알겠습니다."

"다른 단원들은 모두 한국에서 철수시키도록. 이제 평화단도 행동을 시작할 것이니 쓸데없이 부딪히지 말고 조용히 본부로 가서 다음 명이 있을 때까지 대기하라고 해."

"명을 받겠습니다."

청년이 고개를 숙여 인사하고 조용히 물러갔다.

현실처럼 선명하게 다가오는 꿈.

유나는 꿈을 꾸고 있었다.

하얀 옷을 입은 현태가 안개가 자욱한 한강 위에 작은 배 하나를 띄워놓고 거기에 타서 손을 흔들고 있었다.

"현태야! 어딜 가? 날 두고 가지 마! 난 다 버리고 네게 왔는데……. 왜 혼자 가는 거야? 가지 마! 제발 나 혼자 있게 하지 마!"

유나가 애타게 불렀지만 현태는 입가에 미소를 지으며 손을 흔들고 있었다.

"네 운명과 아리 운명까지 내가 반드시 고쳐놓고 말 거야. 그러니 안심해. 응?"

유나는 현태와 아리의 운명을 미리 알았다.

현태는 열여덟 살에 죽을 운명. 아리는 스물한 살에 죽을 운명. 남의 앞날을 본다는 것이 꼭 좋은 것은 아니었다.

그래서 유나는 늘 아리에게 져주고 살아야 했고 현태에게 매정하질 못해서 이렇게 부부가 됐는데…… 현태가 지금 배를 타고 혼자 떠나는 것이다.

"가지 마! 제발 가지 마!"

유나가 애타게 애원했지만…… 현태는 차츰 안개 속으로 사라지고 말았다.

신탄진.

대전 옆 작은 도시다.

철도역을 중심으로 도시가 형성된 동네.

P공장.

공장 건물이 길게 이어져 동네에서 자연히 떨어져버린, 겨우 일곱 채밖에 없는 마을.

강가에 이층집이 하나 있었다.

오후 늦은 시간. 모내가 아리를 데리고 그곳에 나타났다.

건물 앞마당에서 빨랫줄에 걸린 말린 빨래들을 걷던 여자가 모내와 아리를 발견하고 달려왔다.

유나다.

"작은언니!"

아리가 울먹이며 달려가 유나를 끌어안았다.

"아리야!"

유나도 아리를 부둥켜안고 눈물을 흘렸다.

"언니! 어서 와요!"

유나가 눈물을 닦으며 모내에게도 인사를 한다.

"잘 있었어?"

"네! 덕분에요."

유나는 그날 일을 회상하며 눈물을 주르륵 흘렸다.

몸에 쇠사슬을 묶어 바다에 던지고 정신을 잃었다.

얼마나 지났을까.

정신을 차렸을 때 유나는 이곳에 누워 있었다.

그리고 눈앞에 모내가 있었다.

"단주님 명령으로 유나를 살렸어요. 이젠 유나는 죽었어요. 유나란 이름부터 버리세요. 또한 이제부터 훈련생이니 9위니 하는 모든 것을 버리라고 했습니다. 오로지 정미의 동생으로, 아리의 언니로 살라고 했습니다. 또한 마지막 명을 하달했습니다. 이는 목숨을 걸고 수행하라 하셨습니다."

유나는 엉금엉금 기어서 모내 앞에 엎드렸다.

"유나가 단주님 명을 받습니다."

"단주님의 마지막 명은 지금부터 살수니 뭐니 하는 것은 다 잊고 오로지 의학 공부만 열심히 해서 이제 4년 남았다는 아리의 후천성 불치병으로 인한 죽음을 막으라고 했습니다."

"유나가 단주님의 마지막 명을 반드시 수행하여 내 동생 아리를 절대 죽지 않도록 불치병을 치료하는 데 최선을 다하겠습니다."

유나는 그렇게 정미의 마지막 명을 수행하며 정미에게 부탁 하나를 했다.

강영진을 도와달라고.

"작은언니! 여기서 뭘 하고 있어?"

아리의 물음에 유나가 모내를 바라본다. 아직 이야기를 안 해줬느냐 묻는 표정이다.

모내가 고개를 끄덕거린다.

유나가 잠시 망설인다. 사실대로 이야기하면 아리의 결벽증이 어떤 반응을 할지 모르기 때문이다. 허나 그런 유나의 잠깐의 망설임이 뜻하지 않은 사고로 이어졌다.

"어! 처제!"

현태가 집으로 들어오다가 아리를 발견하고 반가움에 달려와 덥석 아리 손을 잡은 것이 화근이었다.

"아…… 안 돼!"

유나가 급히 소리쳤지만 이미 늦었다.

"뭐야! 저리 가!"

아리의 주먹이 현태의 가슴을 강타했다.

어려서부터 매달려 살아가는 훈련을 하며 멀리 던지기, 정확히 던지기만 집중 훈련을 받은 아리의 팔 힘은 그 주먹 또한 엄청난 파괴력을 지녔다.

비록 여린 소녀의 손이지만 현태는 5미터는 뒤로 날아가 떨어졌다.

입에서 피를 토하며 곧바로 정신을 잃은 현태.

"더럽게 어딜 만져. 퉤!"

아리가 저만큼 뒤로 물러났다.

"여……보!"

유나가 황급히 달려가 현태를 끌어안고 눈물을 흘렸다.

"뭐? 여보? 유나언니! 둘이 그렇고 그런 사이였어?"

아리가 어처구니없다는 표정이다.

"잠시만! 둘이 이러고 있을 시간이 없어. 어서 병원으로 옮겨야 돼."

모내가 유나의 핸드폰으로 119에 전화했다.

"언제부터 여보야? 그럼 인터넷에 쫙 깔렸다는 그 동영상이 언니가 맞았던 거야? 난 그래도 믿었는데……. 어떻게 더럽게 남자와 둘이 옷을 벗고 그랬 냐? 언니도 아니야. 다신 날 동생이라 부르지도 마."

저쪽 담장 밑에 쪼그리고 앉은 아리는 유나에게 소리치며 눈물을 줄줄 흘 리고 있었다.

앵앵.

119 구조대가 도착하고 현태는 급히 병원으로 옮겨졌다.

유나가 현태와 함께 병원으로 따라갔다.

"참을성이 없어서……. 모처럼 찾아와서 이게 뭐야? 너…… 아무래도 교육 을 받아야겠다."

모내는 무척 화가 난 얼굴이다.

"이……!"

아리가 잔뜩 화난 표정으로 모내에게 대들려다가 정미 말이 문득 떠올랐다.

"모내는 이제부터 네 스승이다. 3순위에 해당하는 강자지만 모든 것을 숨 길 수 있는 능력까지 도달한 단계라서 허약해 보일 뿐이다."

그래 스승…….

아리는 얼른 모내 앞에 무릎을 꿇었다.

"제자가 스승님께 죽을죄를 졌습니다."

"일단 서울로 다시 올라간다. 따라와라!"

모내의 말투는 싸늘했다.

앞서가는 모내. 하늘을 쳐다보며 한숨을 쉰다.

"운명이란 어쩔 수 없는 것. 다 하늘의 뜻인 걸 어쩌겠는가."

모내가 혼자 중얼거린다.

유나는 초조하게 수술실 앞을 왔다 갔다 하면서 기다렸다.

"현태의 운명이 아리에게 맞아 죽는 거였어. 안 돼! 절대 그래선 안 돼!"

유나는 두 손을 모아 간절하게 빌었다.

자신이 예지한 현태의 운명이 빗나가길……

스르르……

수술실 문이 열리고 의사가 나왔다.

"제발…… 괜찮다는 말을 하세요. 제발……!"

유나는 속으로 그렇게 간절히 원했지만…….

"최선을 다했지만 죄송합니다."

의사 입에선 결국 그 말이 나오고 말았다.

"흐흐흐…… 흐흐흐……"

실성한 듯 유나가 웃음과 눈물을 흘리며 비틀거리다가 쓰러졌다.

간호사들이 달려와 유나를 응급실로 이송했다.

"놔요! 흐흐흐……"

응급실에 도착한 유나는 다시 정신을 차리고 미친 듯 현태의 시신을 찾아 달려갔다.

이미 싸늘하게 식은 현태의 몸.

유나는 현태의 몸을 부둥켜안고 피눈물을 흘리고 있었다.

"언니……! 언니의 마지막 지시는 결국 수행할 수 없을 것 같아. 미안해. 정말 미안해."

유나가 눈물을 흘리며 말했다.

정미.

모내와 아리로부터 현태에 관한 이야기를 듣고 몹시 심각한 표정으로 아리를 바라보고 있었다.

"큰언니 미안해…… 정말 미안해."

아리가 잘못을 뉘우치고 눈물을 흘렸다.

"이미 네 후회는 늦었을 것이다. 네가 조금도 인정을 베풀지 않고 휘두른 그 주먹에 현태가 살아나긴 어렵다. 특히 현태 운명이 다 됐다고 유나가 말했으므로 아마도 현태는 네 주먹에 맞고 죽는 운명이었나 보다. 그러나 그보다 더 안쓰러운 것은 유나가 내 마지막 지시를 이행하지 않을 것이라는 데 있다."

정미가 아리를 슬픈 표정으로 바라본다.

모내도 고개를 끄덕이며 정미와 같은 표정으로 아리를 바라본다.

"모내는 아내를 포함한 모든 단원을 본부로 철수시켜라! 오늘 바로 철수하라!"

"네! 명받습니다."

모내가 얼른 밖으로 나갔다.

"아리도 즉시 아내를 따라 본부로 돌아가 처벌을 기다려라!"

정미가 말을 끝내고 돌아섰다.

"아리 명받습니다."

아리도 일어나 밖으로 나갔다.

스르르……

창문이 열리고 하얀 천으로 얼굴을 가린 여인이 들어왔다.

S20 카멜 부인이다.

"단주님 부름을 받고 왔습니다."

카멜 부인이 정미 앞에 무릎을 꿇고 고개를 숙였다.

"일어나요. 평화단[아랍 테러단 명칭] 무기 반입은 철저히 막았지요?"

정미가 엎드려 카멜 부인을 일으키며 물었다.

"네! 모두 막았습니다."

"그럼 그들도 철수하겠군! 무기가 없으니 있어봐야 뭘 하겠어. 그렇죠?"

"네! 그들도 내일까지 모두 철수하고 저를 제외한 단둘만 남을 듯합니다."

"둘이라 하면?"

"K와 FA라 부르는 저격수 둘입니다."

"그들이 노리는 것은 하나겠지요? 미국 대통령?"

"FA는 미국 대통령을 노리지만 K는 카멜의 명을 따르지 않아도 되는 특별한 용병에 속하니 아마 단주님 때문에 출국을 미루고 있지 않나 생각됩니다."

"카멜은요?"

"내일 아침에 일본으로 출국할 예정입니다. 이틀 후 동경에서 저와 만나기로 했습니다."

"문제가 생겨서 부득이 작전을 변경하기 위해 오시라 했습니다. FA를 막는 것을 언니가 막으면……."

"언니라니요? 여긴 공식적인 자리입니다. 단주님!"

"언니와 나 둘뿐인데 뭘 그래요?"

"그렇다 해도……."

"너무 빡빡하면 세상 살맛나겠어요? 그냥 둥글둥글 알았죠?"

"허! 단주님이 누가 보면 저보다 오래 사셨다 하겠어요."

"흐흐…… 아무튼 언니가 FA를 막다간 자칫 언니 정체만 카멜에게 노출될 우려가 있으니 언니는 이번에 요녀 역할을 맡은 사람의 뒤를 봐주세요."

"요녀 역할을 맡은 사람의 뒤를? 무슨 뜻이죠?"

"미국 대통령 환영식에서 2킬로미터 떨어진 T빌딩 47층 화장실에 매복해 있다가 방진복을 제거해요. 요녀처럼 이마 정중앙에 정확하게 한 방으로. 자!"

정미가 저격용 총이 들어 있는 가방을 카멜 부인에게 줬다.

"방진복이라면? 대통령 특별 보좌관? 방대규 동생이죠?"

"네! 맞아요."

"그럼 방대규는 그냥?"

"네! 조사해본 결과 방대규가 유나를 태어나게 만든 장본인이더라고요. 나중에 유나 처분에 맡기려고요. 일단은 살려두죠."

"알겠습니다. 그리고 감사합니다."

"감사하다니요?"

"단주님! 부모님 원수를 갚는 데 저도 한 몫 하게 해주셔서……."

"흐흐…… 방진복이 죽는 즉시 언니는 일본으로 가세요. 그럼 건투를 빌게요."

"네! 단주님. 그럼 본부에서 뵙겠습니다."

카멜 부인이 인사를 하고 다시 창문을 통해 사라졌다.

18

박윤경에게 엄청난 조건의 전속모델 계약이 이뤄졌다.

이상한 것은 박윤경이 소속된 J라는 회사를 통하지 않고 단독 계약으로 촬영까지 끝난 후에 J라는 회사에 알려 정식 계약을 다시 하기로 했다는 것이다.

바쁜 일정 때문에 촬영부터 서두르자는 것이 10억이라는 돈을 지불하기로 전속모델 계약을 한 T통신의 요구였다.

말이 계약이지 사실 모든 것이 그냥 대화로만 이뤄졌다.

선 촬영, 후 계약을 약속했다.

윤경이 맡은 역은 누군가를 구출하기 위해 적의 저격수를 찾아 제거하는 것이라 했다.

몇 번에 거쳐 예행연습을 했다.

길거리엔 미국 대통령 방한을 축하하기 위해 태극기와 성조기가 나란히 내걸리기 시작했다.

박윤경의 촬영날이 밝았다.

늘 그렇듯 고급 승용차를 몰고 청년이 윤경을 데리러 왔다.

윤경은 청년을 따라 여의도로 향했다.

29층 건물 옥상에 마련된 촬영장.

"지금부터 윤경 양은 이곳에 매복해서 저기 보이는 W빌딩 28층 좌측 맨 끝 유리창을 주시하세요. 이 총으로 연습한 대로 조준을 하고 있다가 유리창이 열리고 저격수 역의 머리가 보이면 정확하게 그 머리를 조준해서 방아쇠를 당기는 겁니다. 한 번에 갑시다. 방아쇠를 당기면 상대 저격수 역할을 하는 사람 머리에 명중하게 됩니다. 한 번에 촬영이 끝나는 겁니다. 만약 실패하면 다시 며칠을 예행연습을 해야 하니 집중합시다."

"네!"

"연습용 물감총알이 단 하나뿐이니 장난은 하지 말고 단 한 번에 성공합시다. 이건 품속에 잘 넣어두세요."

청년은 두꺼운 회색 천으로 된 주머니를 윤경에게 줬다.

"이건 뭐죠?"

"이건…… 성공하시면 윤경 양에게 상으로 드리려고 준비한 겁니다."

"뭐예요? 크기를 봐선 시계 같은데? 명품인가요?"

"시간이 없어요. 어서 준비하세요. 조준 잘하시고요. 이제부터 딱 15분 남았습니다. 창문이 열리고 저격수 역할을 하는 사람 머리가 보이면 바로 방아쇠를 당겨야 합니다. 늦으면 상대는 다시 창문 안으로 들어갈 겁니다."

청년은 다시 한 번 당부하는 것을 잊지 않았다.

"네! 알았어요. 실수 안 할게요."

"전 그럼 촬영 때문에……."

"촬영은 어디서?"

"저 건너편 건물에서 할 겁니다. 줌으로 윤경 양이 잘 나오게 바싹 당겨드릴게요."

청년은 급히 옥상에서 내려갔다.

윤경은 예행연습을 한 대로 몸을 숨기고 총을 꺼내 알려준 창문을 향해 조준하고 있었다.

강영진.

아침부터 바쁘게 뛰어다니는 그에게 어린아이 하나가 다가왔다.

"누구냐? 넌?"

"어떤 예쁜 누나가 이걸 전해 달라 했어요."

어린아이는 강영진에게 쪽지 하나를 건네줬다.

[유나예요. 오늘 요녀가 나타날 거예요. 오전 10시 5분, A빌딩 옥상에 나타날 거예요. 강 형사님은 즉시 총을 들고 그 옆 X빌딩 30층으로 가세요. 거기서 A빌딩 옥상을 보면 동쪽 안테나 옆에서 요녀가 볼일을 마치고 총을 든 채 나타날 거예요. 생포하려고 하면 반드시 놓칠 거예요. 요녀가 얼마나 빠르고 무서운지 아시죠? 반드시 사살하세요. 그럼 강 형사님은 영웅이 될 거예요. 그리고 이 쪽지는 읽고 태우시는 거 아시죠? 저와의 관계가 알려지면 안 되는 것도.]

강영진 두 눈은 점점 커졌다.

입가에 웃음이 자꾸 번졌다.

손으로 입을 막으며 얼른 라이터를 꺼내 유나에게서 받은 쪽지에 불을 붙여 재떨이에 넣었다.

강영진은 급히 특수 수사팀에 임시로 머물던 경찰특공대 소속 친구를 불러 같이 경찰차를 몰고 A빌딩으로 달렸다.

특공대 소속 경찰관은 저격용 총을 들고 있었다.

"무슨 일이야?"

경찰특공대 소속 동료가 물었다.

"요녀를 잡으러 가는 중이야."

강영진은 무척 들떠 있었다.

이미 요녀를 잡아 영웅이 되는 상상을 하며 잔뜩 부풀어 있었다.

덩달아 경찰특공대 동료까지 마음이 붕 떠 있었다.

정미는 저격수 K와 같이 있었다.

"뜻대로 될까?"

저격수 K가 묻는다.

"잘될 거야."

"만약 우리 측 FA가 모델의 총에 죽기 전에 먼저 방아쇠를 당기면?"

"그거야 운명이겠지. 나완 상관없는 일이고."

"하기야 미국 대통령이 저격을 당하든 말든 친구하고야 상관없겠지. 안 그래?"

"당연하지. 그의 운명인데."

"역시 냉정하군. 윤경이라는 그 모델을 희생시키는 것도 그렇고."

"흐흐…… 그런 나에게 친구는 왜 그런 부탁을 결심했지? 무섭지도 않나?"

"친구와 나 둘이 합치면 세상의 모든 살수, 테러조직을 통일할 수 있지 않을까 하는 광대한 꿈이랄까."

"스스로를 너무 과대평가를 하는 건 아닐까? 그리고 날 그런 도구로 이용하려는 생각까지 했단 말이지? 이거 불쾌한데……."

"아! 미안. 실수했어. 사실은 이게 아닌데……. 사실은…… 난 네가 좋다. 윽! 겨우 말했네. 이런 말하기까지 얼마나 용기가 필요했는지 알아?"

"그래서?"

"다 알면서……."

"알아! 네가 여장을 하고 다니지만 남자란 사실을. 그리고 네가 나에게 청혼하려고 한다는 것도."

"오케이?"

"아니!"

"이거 실망인데. 난 그래도 한 방에 오케이 할 줄 알았는데. 알고 보면 나도 꽤 잘생긴 남자거든. 실력도 꽤 되고."

"그래! 그것도 알아. 용병단이라 부르는 해결사들의 집단 스윙클럽의 회장이란 것도."

"켁! 그것까지?"

"시간이 필요한데 기다려주겠나?"

"당근이지. 한 5년까진 기다려줄 수 있어. 너무 오래 걸리면 곤란하고. 이 직업이라는 것이 어디 생명을 보장할 수 있어야지."

"3년 안에 대답을 주겠다."

"왜 3년이 필요한지 물어도 될까?"

"내 귀여운 동생이 앞으로 3년밖에 못 살거든. 4년까지는 산다 했는데…….

어려울 듯. 운명이란 것이 말이지. 자신이 살아가려는 욕심이 있어야 그 운명이란 것도 제치고 더 오래 살 수 있는데. 스스로 포기하면 아마 그 운명이란 시간도 못 돼서 죽음을 맞이할 수 있으니까."

"그럼 아리가 앞으로 3년밖에 못 산다는 거야?"

"그래."

"어떻게 막을 방법은?"

"있었어. 아리의 운명을 알고 있는 유나가 그 방법도 찾아낼 수 있었는데…… 틀렸어."

"틀리다니?"

"내가 보니 유나의 운명이 아리보다 1년을 앞서가는 운명으로 바뀌었어."

"그게 무슨 말이야? 그럼 너도 남의 운명을 안다, 이거야?"

"아리가 유나 남편을 죽게 해서. 그것을 비관한 유나가 스스로 죽음을 택할 것으로 보여. 나는 유나 등 뒤에서 유나가 배운 그 이집트 주술신이라는 것을 배웠어."

"정말 쓸데없는 것을 배웠네. 너답지 않게."

"너도 그렇게 생각하지? 남의 운명을 안다는 것은 참 어리석은 거야. 남의 것만 알면 뭐해? 자신의 운명은 모르는데."

"엥! 자신의 것은 모른다고? 난 또! 네가 나와 어떻게 될지 미리 알고 있는 줄 알았지."

"흐흐……"

정미가 묘한 웃음을 흘렸다.

"이번에 돌아가면 시간을 좀 내주겠어?"

"시간?"

"응! 유람선을 타고 지중해를 한 바퀴 돌며 휴식이나 즐기려고. 어때?"

"좋은 생각이야. 헌데 미안하지만 안 될 듯."

"왜?"

"난 리비아 벵가지에 가려고 하거든."

"아! 거기 내전에서 피해를 입는 민간인 보호를 위해서? 이라크에서도 그랬다 하더라. 그리고 보면……. 살수가 정의 편에 서서 싸운다 하면 다들 믿지 않을 텐데……. 내가 직접 봐야겠다. 그래 바로 벵가지로 날아가마. 거기서 보자. 올 때까지 가오리 낚시나 즐겨야지."

"틀렸어! 이번엔 치열한 전투를 하게 될 거야. 피비린내 나는……."

"흠! 기대되는데……. 아무튼 벵가지에서 보자!"

작별 인사를 마친 저격수 K는 천천히 정미에게 멀어져갔다.

단주님.

아리에게 문제가 생겼습니다.

심하게 고통스러워해서 병원에 데리고 가서 검사했습니다.

어릴 때부터 팔에 무리를 줘서 근육 훈련을 한 것이 문제가 됐나 봅니다.

근육이 서서히 폐사되어 생명을 앗아가는 병이라 합니다.

그래서 아리가 성격도 변하고 누가 몸에 접촉하는 것조차 거부하는 등 이상 증세를 보인 것 같습니다.

요즘은 어떤 훈련도 못하고 그냥 도덕적인 공부에만 매달려 있습니다.

모내에게서 걸려온 전화는 정미의 마음을 답답하게 만들었다.

시간은 오전 10시가 됐다.

미국 대통령을 환영하는 한국 측 정치인들이 여의도 광장으로 모여들었다.

공항에서 청와대로 향하는 도중 이곳에서 잠시 기자회견이 있을 예정이다.

방대규의 동생 방진복이 기자회견장 한쪽에 서 있었다.

저 멀리 미국 대통령이 탄 승용차가 도착해서 경호를 받으며 차에서 내리는 모습이 보였다.

핑.

작은 소리가 하나가 들린 순간 방진복은 이마에 뭔가 통증이 느껴졌다.

정신이 아득해온다.

마치 고목이 쓰러지듯 방진복은 이마 정중앙에 총탄을 맞고 쓰러졌다.

A빌딩 옥상.

윤경은 촬영을 위해 조준하고 있었다.

목표물이 창문을 열고 머리를 보였다.

총을 들고 뭔가 겨누고 있는 목표물.

윤경은 촬영을 위해 방아쇠를 당겼다. 이제 10억을 벌었다는 기쁨과 함께.

목표물이 쓰러지는 것이 보였다.

이제 촬영을 마쳤다고 생각한 윤경이 매복 장소에서 몸을 일으키고 걸어

나왔다.

손에 총을 들고.

탕.

정말 총소리가 들렸다.

윤경이 쓰는 촬영용 총과는 소리부터 달랐다.

윤경의 가슴에 화끈한 통증이 느껴졌다.

고개를 숙여 가슴을 내려다본 윤경은 피가 분수처럼 솟는 자신의 가슴을

보며 말했다.

"이게 아닌데……."

윤경은 서서히 쓰러졌다.

우르르.

윤경이 쓰러지고 곧 경찰들이 옥상에 몰려왔다.

강영진이 윤경의 손에 든 저격용 총과 품속에서 회색 천으로 된 주머니를

회수했다.

주머니엔 요녀 침이 가득 들어 있었다.

"와! 잡았다. 국제적인 살수 요녀를 내 손으로 잡았다."

강영진은 두 팔을 높이 들고 신이 나서 외쳤다.

영문도 모른 채 총을 맞고 쓰러진 윤경은 아직도 눈을 감지 못하고 뭔가

말하려는 듯 입을 움직였으나 강영진의 눈엔 그것이 보일 리 만무했다.

계속 입을 움직이며 진실을 말하려던 윤경은 서서히 눈을 감고 말았다.

[뉴스를 말씀드리겠습니다. 국제적으로 신비스럽기로 유명한 살수 요녀를 한국의 경찰 강영진 경감이 잡았습니다. 요녀는 미국 대통령을 환영하려던 대통령 특별보좌관 방진국 씨를 암살하고 도주하려다가 강영진 경감이 쏜 총에 사살된 것으로 알려졌습니다. 요녀 손에는 2킬로미터 사정거리의 사제 저격용 총이 들려 있었고, 품속에선 '요녀 침'이라 부르는 요녀만의 표창이 가득 들어 있었다고 합니다. 요녀는 이미 10개월 전에 프랑스에서 한국으로 위장 입국을 한 것으로 알려져 그 치밀함에 혀를 내두를 정도였다 합니다.]

정미의 모든 작전은 성공적으로 끝났다.

한국에서의 모든 작전을 완료한 정미는 바로 출국했다.
유나는 현태를 묻고 어디론가 자취를 감췄다.
그리고 리비아 사막.
마치 울분이라도 토하듯 아리의 처절한 몸부림이 시작됐다.

세 소녀.
정미, 아리, 모내.
공포의 소녀들은 리비아 반군들과 합류하여 잔인한 손속으로 사막을 피로 물들이기 시작했다.
그 이름은 알려지지 않았다.
오로지 단 하나의 이름만 입에서 입으로 전해졌다.
악녀 아리.
그 여린 손에 들린 기관단총은 신들린 듯 피를 부르기 시작했다.
마치 자신의 죽음에 대한 울분을 토하듯 아리의 손속은 너무도 잔인했다.
아리가 지나간 사하라 사막은 피로 붉게 물들었다.
아리 하나를 제거하기 위해 수많은 전투기와 탱크가 집중 사격을 하기 시작했다.
마치 우박 떨어지듯 온 천지가 실탄과 폭탄으로 덮였다.

휘잉……

3년이 지나갔다.

벵가지.

리비아 제2도시로 지중해 해안가에 위치한 평화로운 곳.

저벅저벅.

정미와 저격수 K라 부르는 자린.

여장을 풀고 남장을 한 자린의 모습은 여자라면 누구나 금방 반할 정도로 미남자였다.

못생긴 여자로 변장하느라 눈을 작게 만들었는데 사실 자린은 눈도 컸다.

서글서글한 큰 눈이 남자다운 면모를 보여주고 있었다.

그 둘이 해안가를 나란히 걷고 있었다.

정미의 손엔 꽃이 한 줌 들려 있었다.

슬그머니 자린이 정미 손을 잡는다.

잠시 멈칫 하며 자린을 바라보던 정미가 자린에게 한 손을 내 맡긴 채 걸어간다.

둘은 말없이 해안가 작은 언덕으로 올라갔다.

언덕 위에 조그만 무덤 하나가 있다.

사막모래로 된 사암을 깎아 만든 비석에 이렇게 쓰여 있다.

[사랑하는 동생 아리 여기에 잠들다]

아리의 무덤이다.

자린과 정미가 나란히 아리 무덤 앞에 앉았다.

정미는 가지고 온 꽃을 무덤 앞에 놓고 눈물을 흘린다.

"당신은 아직도 잊은 것이 하나도 없어. 아리 무덤만 보면 눈물부터……."

"징그럽게 당신이 뭐야? 결혼한 지 이제 한 달도 안 됐는데…… 벌써 당신이라니?"

"흐흐…… 자꾸 말이 그렇게 나오네."

"이 녀석 우리가 결혼했다고 하면 아마도 무덤 속에서도 더럽게 퉤 하고 침을 뱉을걸."

정미가 말하면서 지난 일을 잠시 생각한다.

사하라의 악녀 아리.
피를 부르던 아리의 잔인한 손도 그리 길지는 않았다.
수없이 떨어지는 폭탄 속에서 아리는 결국 죽음을 맞이했다.
모내와 정미가 겨우 시신을 수습해 이곳 벵가지로 옮겨와 묻었다.
리비아 전투에 참여한 소녀는 아리와 모내, 정미 외에 자린도 있었다.
결국 아리는 스스로 죽음을 택한 것이다.

"아리야! 네가 가고 유나를 찾으려 했지만 결국 찾지 못했어. 아리야! 네가
좀 도와주렴. 유나를 찾게 좀 도와줘. 아랍 주술신의 능력. 그 능력은 동녀에
게만 있다고 내가 유나에게 말했지. 이젠 나도 결혼해서 그 능력을 잃었어.
그래서 유나를 찾기가 더 어려워졌어. 아리야! 네가 큰언니를 좀 도와줘라.
응?"
정미가 눈물을 흘리며 말했다.
"우리 단원들을 풀어서 찾고 있으니 좀 기다려줘. 곧 소식이 오겠지."
자린이 정미 등을 손바닥으로 쓰다듬으며 말했다.

정미와 자린 둘이 아리 무덤에서 일어난 것은 해가 뉘엿뉘엿 지중해 바다
속으로 사라지고 있는 저녁 시간이 돼서다.
"오늘은 이곳 호텔에서 자고 내일 트리폴리로 갑시다."
"아니! 바로 트리폴리로 가. 아침 첫 비행기로 돌아가게. 여기서 트리폴리까
지 고속버스로 쉬지 않고 달려도 9시간이나 걸려. 가면서 차에서 자다가 바
로 비행기 타면 돼."
"알았어!"
정미 의견에 자린은 무조건 따르는 편이다.

헉헉……

가쁜 숨을 몰아쉬며 청년 하나가 달려왔다.

스윙클럽 회원이다.

이제는 정미의 살수단과 통합하여 하나가 된 단체의 단원이다.

그 이름은 자미단.

자린의 '자'와 정미의 '미'를 합쳐 지은 이름이다.

"단주님! 찾았습니다."

단주는 정미다.

"유나를 찾았다고?"

"네! 찾았습니다."

"어디야?"

"아직 한국에 있습니다."

"한국?"

"네!"

"그래! 수고했다. 자세한 보고는 가면서 듣겠다. 한국까지 네가 안내해라."

정미가 말했다.

"아냐! 나도 같이 갈래."

자린이 얼른 나섰다.

"둘 다 같이 움직이다가 잘못되면? 우리 자미단은 누가 이끌지?"

정미가 물었다.

"싫어! 그런 말로 날 떼어놓으려 하지 마."

자린이 투정을 부렸다.

할 수 없다는 듯 정미가 웃고 말았다.

P병원.

마치 식물인간처럼 누워 있는 중년 여인이 있었다.

강영진의 부인이다. 여인이 누워 있는 침대 옆에 지현이 앉아 있었다.

지현 옆에는 열 살 정도 되는 남자아이가 앉아 있었다.

꽤나 똘똘해 보이는 아이였다.

부모님 원수를 갚기 위해 움직이다 자주 만나게 된 강영진과 인연이 되어 지현이 그 아내와 아들을 보살펴주고 있었다.

"풍아!"

지현이 강영진의 아들을 불렀다.

이름이 강풍이다.

"이모 왜?"

풍이에겐 지현은 이모였다.

"오늘은 그만 가자! 엄마는 간병인 아주머니께 맡기고……. 민이 울겠다. 그리고 얼른 훈련도 받아야 하고. 시간이 없어."

"네! 이모."

풍이 씩씩하게 대답했다.

헌데 훈련이라니.

"아주머니! 다음에 또 들를게요. 풍이 데리고 전 이만 갑니다."

지현이 식물인간이 된 부인에게 작별 인사를 하고 풍이를 데리고 병실을 나갔다.

누워 있는 여인의 눈에서 눈물이 조금 비쳤다.

지현이 풍이를 옆에 태우고 빨간 승용차를 몰고 한강을 거슬러 팔당 쪽으로 달리고 있었다.

팔당대교를 건너 다시 양평 쪽으로 달렸다.

용문산.

깊은 계곡 속에 넓은 공터가 나타났다.

숲속에 조그만 슬레이트 건물이 하나 보였다.

으앙으앙.

아기 울음소리가 조용한 숲속에 울려 퍼졌다.

뽀얗게 먼지를 일으키며 승용차가 숲으로 들어왔다.

지현이 몰고 온 빨간 승용차다.

으앙.

아기 울음소리가 더욱 크게 들렸다. 마치 지현이 오는 것을 알기라도 하듯.

"민아! 이모 왔다."

지현이 차에서 내리며 큰 소리로 말했다.

울음소리가 갑자기 뚝 그치더니 슬레이트 건물에서 쪼르르 달려 나오는 귀여운 아이가 하나 있었다. 검은 두 눈이 얼굴의 4분의 1은 될 것 같은 인형처럼 생긴 여자아기였다.

"이모!"

쪼르르 달려와 지현의 품속으로 뛰어들어 안겼다.

"우리 수민이. 이모가 늦었지? 잠든 사이에 얼른 다녀온다는 것이 그만 늦었어. 미안해."

지현이 수민의 볼에 뽀뽀를 해줬다.

"이모! 수민이 많이 안 울었어. 정말이다."

"그럼! 그럼! 우리 수민이가 얼마나 씩씩한데. 울긴……."

지현이 수민을 안고 일어났다.

풍이는 혼자 쪼르르 슬레이트 건물 안으로 달려 들어갔다.

"엄마는?"

"웅! 아직 자고 있어."

"그래! 얼른 밥해먹자. 우리 수민이 배고프겠다."

"오빠는?"

"풍이는 훈련을 받아야지."

"오빠 왜 매일 훈련만 받아?"

"웅! 그건 엄마가 너무 아프기 때문이란다."

"엄마가 아파서 안 아프게 하려고 훈련받는 거야?"

"그래! 그래! 우리 수민이도 더 크면 훈련을 받을 거야."

"이모가 맛있는 것 만들어줘. 배고파."

"그래 들어가자. 이모가 우리 수민이가 제일 좋아하는 오므라이스 만들어줄게."

"와! 신난다."

지현이 수민이를 안고 슬레이트 건물 속으로 들어갔다.

19.

콜록콜록.

슬레이트 건물 속에서 기침 소리가 들렸다.

지현이 수민을 안고 들어간 방 안에 누워 있는 여자가 보였다.

하얀 마스크로 입을 가린 여자가 지현이 들어오자 겨우 몸을 일으켰다.

콜록콜록.

여자가 기침을 심하게 했다.

"야! 그냥 누워 있지 왜 일어나?"

지현이 안쓰러운 표정으로 말했다.

"아, 이젠 좀 괜찮아! 어서 풍이 훈련시켜야지."

여자는 벽을 짚고 겨우 일어났다.

비틀비틀.

겨우 걸어서 밖으로 나온 여자.

"풍이 어디 있느냐? 어서 훈련받자."

"네! 사부님! 훈련받고 있는 중이에요."

풍이 목소리가 집 뒤뜰에서 들렸다. 여자는 집 뒤로 걸어갔다.

나무와 나무 사이에 긴 쇠파이프를 건너질러 놓았다.

풍이는 지금 그 파이프에 매달려 두 팔로 돌아다니고 있었다.

어린 풍이는 마치 원숭이처럼 파이프에 매달려 빠르게 움직이고 있었다.

"두 팔에 힘을 빼고 최대한 빠르게 멀리 손을 옮기고, 옮기는 순간 한 손은 미리 파이프에서 놔야 한다."

"네! 사부님!"

"앞으로 며칠 더 매달려 다니는 훈련을 하고 멀리 던지기를 해야 한다. 자! 다리를 좌우로 흔들며 빠르게 더 빠르게…. 콜록콜록."

여자가 다시 심하게 기침을 한다.

"몸이 그 지경이 돼서 뭘 가르치려느냐?"

뒤에서 들려오는 소리에 기침하던 여자가 파르르 경련을 일으켰다.

자린과 정미가 나타난 것이다.

털썩.

마스크를 벗고 여자가 무릎을 꿇었다.

여자는 유나였다.

"뵙고 싶었습니다."

유나가 눈물을 흘린다.

정미도 유나 앞에 같이 무릎을 꿇고 앉았다.

"나도 보고 싶었다. 몸이 왜 이 지경이 된 것이냐?"

"전 괜찮습니다. 아리 병을 치료해서 명을 연장시키라는 그 명을 아직 완수하지 못했습니다."

"그래서 그 명을 수행하기 위해 저 어린 꼬마에게 아리와 같은 훈련을 시키는 것이냐?"

"네! 그렇습니다. 이제 조금은 치료 방법을 알 것 같습니다. 조금만 더 시간을 주시면 반드시 아리의 병을 치료해서 명을 완수할 것입니다."

"아리 병을 말이냐?"

"네! 그렇습니다."

"이제 그 명을 수행할 필요가 없다. 아리는 벌써 3년 전에 죽었다."

"네? 죽다니요? 뭔가 잘못 아신 겁니다. 아리는 죽지 않았습니다."

"죽었다. 그러니 이제 그만해도 된다."

"아닙니다. 아리는 아직 살아 있습니다. 죽지 않았습니다."

"죽었다는 데도, 이제 그만해라. 그만해."

정미가 눈물을 뿌리며 유나를 일으켜 세웠다.

유나도 눈물을 흘리고 있었다.

"안녕하세요?"

지현이 다가와 인사했다.

"아! 반가워요. 민지현 씨."

"네! 반가워요. 정말 아리가 죽었나요? 유나는 아리를 살려야 한다고 저 아픈 몸을 이끌고 우리 풍이를 훈련시키고 있는데……. 죽다니. 어떻게 죽었어요?"

"아리도 유나에게 죄를 졌다고 괴로워하며 리비아 사막에서 스스로 죽음의 길로 갔어요. 근육이 폐사되는 병이라 하던데. 통증도 심했고요. 죄책감도 심해서 스스로 생을 포기했죠."

"언니가 막아야지. 왜 막지 않았어?"

정미 말을 듣고 유나가 정미를 원망하는 투로 말했다.

"나도 막을 수 없었어. 찾아갔을 땐 이미 전투기와 탱크의 집중 사격을 받고 이미 시신으로……."

정미는 말을 잇지 못하고 눈물만 흘렸다.

"미안하다. 유나 넌 아리를 살리려고 고생하는데 큰언니가 죽으러 가는 것도 잡지 못했으니. 널 볼 면목이 없구나."

"죽었어. 결국. 아리가 죽었어……! 그래, 다 그렇게 된 거야. 모두가 스승님 작품이었어."

"무슨 말이야? 스승님 작품이라니? 아무리 화가 나도 스승님을 욕되게 하지 마라."

유나의 말에 정미가 주의를 줬다.

"아냐! 언니는 아직 몰라. 스승님이 아리와 나는 언니의 부모님 원수를 갚기 위한 도구로 만드신 것을. 복수가 끝나면 자연히 아리와 난 죽음의 길로 가게 돼 있었어. 풍이를 아리와 같은 방법으로 훈련을 시키며 알게 된 것인데. 몸을 흔들며 팔을 하나 건너 잡을 때 한쪽 팔마저 놓으면 자연히 몸이 공중에 뜨는데. 그런 방법으로 훈련을 시켰으면 아리의 운명은 백 살도 가능했어. 스승님이 그걸 모르셨을 리 없어. 다 아시면서 아리가 스무 살 정도에 죽도록 만드신 거야. 또한 나 역시 스무 살 정도면 살 수 없도록 훈련 방법을 택하셨어. 해서 나도 차츰 뇌가 폐사되는 몸이 된 거야. 아무튼 큰언니, 잘 왔어."

"네 말이 사실이야? 정말 스승님이 아리와 널 죽도록 미리 손을 쓰신 거야?"

"그렇다니까."

"몰랐다. 언젠가 스승님이 아리와 넌 나의 부모님 원수를 갚기 위해 필요한 존재라고 하셨을 때 그런 뜻이 숨어 있는 줄 몰랐다."

"그래! 언니는 몰랐을 거야. 내가 그건 누구보다 잘 알아. 언니가 그걸 알았다면 아마 부모님 원수를 포기하는 한이 있어도 아리와 날 살리려고 했을 것이라는 걸."

"아무튼 유나 그리고 아리에게 미안하다. 언니 때문에 너희들이 희생되었구나. 정말 미안하다."

"언니가 미안해할 것 없어. 지현 씨! 자리 좀 비켜줄래요? 풍이도 데리고. 잠시만."

유나가 정미와 비밀 이야기를 할 모양이다.

"알았어요."

지현은 얼른 풍이를 데리고 건물 앞마당 쪽으로 나갔다.

"수민이 이리 와라!"

유나가 수민을 불렀다.

"응! 엄마!"

수민이 쪼르르 달려와 유나 품에 안겼다.

갑자기 수민을 안고 유나가 정미에게 절을 올린다.

"단주님께 청이 하나 있습니다. 전 이미 제 수명을 다했습니다. 앞으로 살아야 겨우 10여일 정도. 어떡하든 제 수명을 연장해서 풍이에게 제 모든 것을 가르쳐주겠으나 아마 더 이상 버티긴 힘들 것입니다. 허니 단주님께서 제 딸을 맡아주십시오. 부디 청을 들어주십시오."

"그 아이가 현태와 너 사이에서 태어난 딸이라고?"

"네! 그렇습니다. 수민이 아빠가 죽고 나서 제가 임신한 것을 알았습니다. 해서 아기를 기르기 위해 몸을 숨겼던 것입니다. 단주님께는 죽을죄를 졌습니다. 전 죽여도 좋습니다. 허나 제 딸 수민이만은 꼭 받아주십시오. 마지막 청입니다."

"수민이라고? 이름이?"

"네!"

"수민아 이리 온!"

정미가 쪼그리고 앉아 수민을 불렀다.

"수민아! 큰이모한테 가봐!"

유나가 수민을 땅에 내려놓으며 말했다. 수민은 머뭇거리더니 정미에게 천천히 다가왔다.

"어디보자! 우리 수민이 참 예쁘네."

정미가 수민을 번쩍 안고 일어섰다.

"수민이 큰이모 따라 갈래?"

"응!"

어린 수민은 망설임 없이 고개를 끄덕거렸다. 아마도 잠깐 놀러 가는 줄 안 모양이다.

"좋다! 이제부터 수민이는 내가 맡아 기르마. 너는 몸을 보존해서 제발 오래 살아 있기를 바란다. 이건 명령이다. 제발 죽지 마라."

"감사합니다. 정말 감사합니다. 단주님께 더 이상 추한 모습 보여드리기 싫으니 이만 돌아가십시오. 마지막 절을 올립니다."

유나가 다시 일어나 정미에게 큰절을 했다.

"아니! 나도 네게 마지막으로 한 가지 해주고 싶은 것이 있다. 내 손으로 밥 한 끼 해서 너에게 먹여주고 싶구나."

"감사합니다. 단주님 은혜는 죽어서도 잊지 않겠습니다."

유나가 눈물을 흘렸다.

정미는 수민을 내려놓고 부엌으로 들어갔다.

"우리 수민이는 이모부랑 놀자."

"네!"

자린은 수민을 안고 집 뜰을 돌아다니기 시작했다.

청년 하나가 자린에게 다가왔다.

"……!?"

"보고 드립니다. 카멜이 죽었습니다."

"뭐? 카멜이 죽었다고? 어떻게?"

"내분이 일어나 서로 죽이고 죽고 했답니다."

"그럼! 현재 평화단장은 누구냐?"

"카멜 부인이 맡고 있다고 합니다."

"허! 이거 삼국통일이 되겠군!"

"네? 무슨 말씀이신지."

"차차 알게 될 것이다. 수고했다. 이만 가거라."

청년은 자린에게 인사를 하고 다시 사라졌다.

"이모부!"

수민이 자린을 부른다.

"응?"

"저 삼촌 누구야?"

"이모부 동생이란다."

"웅!"

자린과 수민이 조금씩 친해지고 있을 때, 정미는 열심히 음식을 만들었다.

마지막 만찬이라 해야 할까.

유나는 정미가 만들어준 음식을 눈물 콧물 다 쏟으며 먹었다.

바라보는 정미와 지현도 모두 함께 울고 말았다.

"풍이 오빠! 수민이는 큰이모 따라 갈게."

"그래! 이 담에 커서 우리 다시 만나자!"

풍이는 수민이가 떠나가는 것을 알았다. 수민이는 잠시 놀러 가는 줄 알았지만……

그렇게 정미는 수민을 안고 공항으로 향했다.

떠나가는 정미 뒤에서 유나는 눈물을 흘리며 큰절을 올렸다. 풍이와 지현은 손을 흔들었다.

세월은 유수와 같다 했는가.

15년이 순식간에 지나갔다.

예원예고.

언제부터인가 남녀공학으로 변했다.

감소하는 학생 수 때문이었다.

노란 개나리꽃이 담장 가득 금가루를 뿌려 놓고 있는 화창한 봄날.

1학년 2반 교실.

학생들이 왁자지껄 소란을 떨고 있을 때 담임선생이 들어왔다.

학생들이 갑자기 조용해졌다.

'공포의 확성기'라 불리는 1학년 2반 담임선생은 얼굴에 털이 가득한 털보 선생이었다.

몸집도 뚱뚱한 남자 선생님.

목소리가 얼마나 큰지 학생들이 공포의 확성기라는 별명을 붙였다.

예원예고에서 학생들이 두려워하는 교사 순위 3위에 랭크된 황갑수 선생.

얼른 입을 다물던 학생들이 다시 술렁이기 시작한다.

황갑수 선생 뒤를 예쁜 여학생이 따라 들어왔기 때문이다.

"햐! 너무 예쁘다."

"저 눈 좀 봐! 너무 크고 마치 인형 같다."

"캭! 내가 찜했다."

저마다 한마디씩 떠들며 술렁이고 있는 학생들 앞에서 여학생은 인사를 했다.

"반가워! 나! 안수민이라고 해. 터키에서 살다가 한국으로 이사 왔어. 앞으로 친하게 지내자."

여학생이 인사하자 너도 나도 자기 이름을 대며 인사하느라 교실이 시끄럽다.

"조……용……!"

엄청난 고함 소리가 학생들 귀를 먹먹하게 만들었다.

역시 공포의 확성기다웠다.

학생들이 다시 조용해졌다.

"어디 빈자리가……! 옳지! 저기 정길이 옆에 앉아라."

"야호……!

담임선생이 빈자리를 가리키자 마치 로또라도 당첨된 듯 정길이 환호성을 질렀다.

수민이가 학생들 사이를 걸어서 정길이 옆에 가서 앉았다.

학생들 시선이 온통 수민에게 쏠리자 공포의 확성기가 다시 고함을 지른다.

"수……업……하……자!"